संवाद में सफलता

संवाद में सफलता

डेल कारनेगी

अनुवाद : डॉ. सुधीर दीक्षित

MANJUL
मंजुल पब्लिशिंग हाउस

MANJUL
मंजुल पब्लिशिंग हाउस
कॉरपोरेट एवं संपादकीय कार्यालय
द्वितीय तल, उषा प्रीत कॉम्प्लेक्स, 42, मालवीय नगर, भोपाल-462 003
विक्रय एवं विपणन कार्यालय
सी-16, सेक्टर 3, नोएडा, उत्तर प्रदेश, 201301
वेबसाइट : www.manjulindia.com
वितरण केन्द्र
अहमदाबाद, बेंगलुरू, भोपाल, कोलकाता, चेन्नई,
हैदराबाद, मुम्बई, नई दिल्ली, पुणे

डेल कारनेगी द्वारा लिखित मूल अंग्रेजी पुस्तक
कम्युनिकेटिंग यॉर वे टू सक्सेस का हिन्दी अनुवाद

यह हिन्दी संस्करण 2018 में पहली बार प्रकाशित
तृतीय आवृत्ति 2024

ISBN 978-93-87383-94-4

अनुवाद : डॉ. सुधीर दीक्षित
कवर डिज़ाइन : तृणांकुर बैनर्जी

मुद्रण व जिल्दसाज़ी : रेप्रो इंडिया लिमिटेड

अनुक्रम

प्रस्तावना

संवाद का मार्ग

चार तरीक़े हैं और सिर्फ़ चार तरीक़े हैं, जिनसे हमारा संसार से संपर्क होता है। इन चार संपर्कों से ही हमारा मूल्यांकन और वर्गीकरण होता है : हम क्या करते हैं, हम कैसे दिखते हैं, हम क्या कहते हैं और हम इसे कैसे कहते हैं।

—डेल कारनेगी

हम क्या कहते हैं और हम इसे कैसे कहते हैं - आजकल संवाद यह तय करने में अहम भूमिका निभाता है कि हम सफल होंगे या असफल। सरकार, उद्योग और शिक्षा के सभी महान दिग्गज अन्य लोगों के साथ प्रभावी ढंग से संवाद करने की कला में कुशल होते हैं।

ज़रूरी नहीं है कि यह योग्यता पैदाइशी हो। जो भी इसे हासिल करना चाहता है, वह ऐसा कर सकता है। सिर्फ़ इच्छाशक्ति और संकल्प की ज़रूरत है। जब हम अपनी संवाद योग्यता को बेहतर बना लेते हैं, तो हम अपने बॉस, अपने साथियों, अपने ग्राहकों, अपने मित्रों व परिवार वालों के सामने अपने विचारों को ज़्यादा प्रभावी तरीक़े से पेश कर सकते हैं।

ज़्यादा शक्ति और जोश के साथ संवाद करने की योग्यता की कल्पना करें। हम किसी नीरस मीटिंग को रोचक और लाभकारी बना सकते हैं। हम अपने साथियों को डेडलाइन पूरी करने तथा अपने तय लक्ष्यों से आगे निकलने के लिए प्रेरित और प्रोत्साहित कर सकते हैं।

रोज़मर्रा के ज़्यादातर संवाद में ग़लत संप्रेषण और ग़लतफ़हमी की काफ़ी गुंजाइश रहती है। हमारी कंपनी में जिस भाषा का इस्तेमाल होता है, उसे कंपनी के अंदर समझने में कोई दिक़्क़त नहीं आती है, लेकिन वह शब्दावली हमारी कंपनी या उद्योग के बाहर वालों की समझ से अक्सर परे होती है, इसलिए उसका ग़लत मतलब निकाला जा सकता है।

जब हम अपने विचारों को व्यवस्थित करते हैं और पूरे विषय को समेटने के बजाय मुद्दे की बात पर केंद्रित रहते हैं, तो हम अपनी बात सुनने वाले लोगों को समान स्तर पर रखते हैं, क्योंकि लोग व्यवस्था और स्पष्टता को पसंद करते हैं। सभी पेशेवर लोगों में अपनी राय स्पष्टता से, सारगर्भित और विश्वसनीय अंदाज़ में व्यक्त करने की योग्यता होनी चाहिए, ख़ास तौर से बिना तैयारी के तात्कालिक या अनपेक्षित स्थितियों में। इन स्थितियों में साहस, आत्मविश्वास, विचारों को फटाफट व्यवस्थित करने की क़ाबिलियत और उन्हें क्रमबद्ध व विश्वसनीय तरीक़े से व्यक्त करने की योग्यता की ज़रूरत होती है।

संवाद एकांगी मार्ग नहीं है। सिर्फ़ संवाद करने वाला दूसरे पक्ष को संदेश नहीं भेजता है। प्रभावी संवाद दोतरफ़ा मार्ग होना चाहिए, जिसमें फ़ीडबैक एक पक्ष से दूसरे पक्ष तक लगातार प्रवाहित हो। संदेश भेजने वाले को सामने वाले से फ़ीडबैक लेना चाहिए। संवाद करने वाले को यह सुनिश्चित करना चाहिए कि सामने वाले ने उसकी कही बात समझ ली है और स्वीकार कर ली है। इसके लिए उसे प्रश्न पूछने चाहिए, अवलोकन करना चाहिए और ग़लतफ़हमियाँ नज़र आने पर उन्हें दुरुस्त करना चाहिए तथा यह पक्का कर लेना चाहिए कि सामने वाला पूरी बात सही तरीक़े से समझ गया है। यह सुनिश्चित करना भी ज़रूरी है कि सामने वाले ने संदेश को स्वीकार कर लिया हो, ताकि उस काम को पूरा करने में उसकी सच्ची इच्छा रहे।

अच्छे संवाद की इन बुनियादी बातों पर अमल करने से न सिर्फ़ हमारे संदेश ज़्यादा लोगों तक तेज़ी से पहुँचेंगे, बल्कि कामकाज में ग़लतियाँ भी कम होंगी और काम भी समय पर पूरा होगा। इससे हमारे कर्मचारी ज़्यादा कार्यकुशल व ज़्यादा ख़ुश रहेंगे और हम कम समस्याओं तथा ज़्यादा संतुष्टि के साथ मैनेजर के रूप में अपना काम कर पाएँगे।

इस पुस्तक में आप अपने मौखिक व लिखित संवाद को बेहतर बनाने की कुछ रणनीतियाँ सीखेंगे - इनसे आप अपने कामकाज और जीवन के हर पहलू में ज़्यादा सफल बनने की दिशा में बड़े क़दम उठा सकते हैं।

आप सामने वाले के साथ रोज़मर्रा की सीधी चर्चा में अपनी मौखिक संवाद योग्यताओं को आदर्श बनाना सीखेंगे - बातचीत की कला। साथ ही, आप श्रोता समूहों के सामने सार्वजनिक भाषण देने या किसी समूह या समिति के सदस्यों के सामने रिपोर्ट पेश करने में भी बेहतर बनेंगे।

आप सामने वाले की बात को सचमुच सुनने के तरीक़े सीखेंगे, ताकि आप संदेश को पूरी तरह समझ लें। आप सीखेंगे कि आपकी बॉडी लैंग्वेज आपके संदेश को किस तरह बढ़ाती या घटाती है और अपने श्रोताओं की बॉडी लैंग्वेज की व्याख्या कैसे की जाए।

आप यह भी सीखेंगे कि अपने लिखित संवाद - चाहे यह पत्र, मेमो, ईमेल या टेक्स्ट मैसेज हो - को स्पष्ट, सारगर्भित, पूर्ण और पाठक के लिए ज़्यादा आकर्षक कैसे बनाया जाए।

इस पुस्तक से अधिकतम लाभ पाने के लिए पहले तो इसे पूरा पढ़ जाएँ, ताकि आप विचार और जानकारी देने व पाने की पूरी अवधारणा समझ लें। फिर हर अध्याय को दोबारा पढ़ें और दिशानिर्देशों पर अमल शुरू करें। इससे आप बेहतर संवाद की राह पर चलने लगेंगे - जो सफलता की राह है।

—आर्थर आर. पेल, पीएच.डी.
संपादक

1

सामने वाले तक विचार पहुँचाएँ

डॉन एम. आवेश में थे। "मैंने विस्तार से समझाया था कि वह काम कैसे करना है। उसने मुझसे कहा था कि वह समझ गया है, लेकिन उसने काम को पूरी तरह गड़बड़ कर दिया है। अब इसे शुरू से अंत तक दोबारा करना होगा।" यह आपके साथ कितनी बार हुआ है? आप किसी अधीनस्थ को विस्तृत निर्देश देते हैं, किसी साथी को कोई विचार समझाते हैं, किसी ग्राहक को कोई प्रक्रिया बताते हैं - इसके बाद आपको लगता है कि सामने वाला इसे स्पष्टता से समझ गया है, लेकिन बाद में आपको पता चलता है कि वह बिलकुल भी नहीं समझा था। हम कई समस्याओं से बच सकते हैं और हमारा काफ़ी समय बच सकता है, अगर हम यह सुनिश्चित कर लें कि हमारी बात को सामने वाला उसी तरह समझ गया है, जिस तरह हम उसे समझाना चाहते हैं।

क्या सामने वाला संदेश को सचमुच समझ गया है?

जब डॉन ने अपने अधीनस्थ को विस्तृत निर्देश दिए, तो आपको क्या लगता है, अंत में उसने कौन-सा प्रश्न पूछा होगा? आपका अनुमान सही है। उसने पूछा था, "आप समझ गए?" और आपको क्या लगता है, अधीनस्थ ने क्या जवाब दिया होगा? एक बार फिर आपका अनुमान सही है। उसने निश्चित रूप से यही कहा था, "हाँ, मैं समझ गया।" कोई कहता है कि वह समझ गया है, तो इसका मतलब हमेशा यह नहीं होता कि वह सचमुच समझ गया

है। कुछ लोग बस सोच लेते हैं कि वे सामने वाले की बात समझ गए हैं और ज़ाहिर है, वे कहते भी यही हैं कि वे समझ गए हैं। बहरहाल, चूँकि उनकी व्याख्या जानकारी देने वाले व्यक्ति की व्याख्या से भिन्न हो सकती है, इसलिए वे दरअसल समझ ही नहीं पाए थे।

अन्य लोग बताई गई बातों का सिर्फ़ थोड़ा-सा हिस्सा समझते हैं और यह मान लेते हैं कि वे पूरा संदेश समझ गए हैं। बाक़ी लोग इसे बिलकुल भी नहीं समझते हैं, पर उन्हें अपने बॉस के सामने यह बताने में शर्म आती है कि वे उनकी बात नहीं समझे हैं, इसलिए वे कहते हैं कि वे समझ गए हैं और फिर वे अपनी बुद्धि से उनकी बातों का मतलब निकालने की कोशिश करते हैं। इन स्थितियों में कोई सच्चा संवाद हुआ ही नहीं है और यह संभावना है कि ग़लतियाँ की जाएँगी, ग़लतफ़हमियाँ होंगी और समय बरबाद होगा, भावनाएँ भड़केंगी और काम ठीक से नहीं हो पाएगा।

अच्छे संवाद करने वाले अपने विचार दूसरों तक कैसे पहुँचाते हैं? आइए ऑफ़िस के मैनेजरों, फ़ैक्ट्री के सुपरवाइज़रों, सेल्स मैनेजरों और अन्य प्रशासकीय अधिकारियों के एक सर्वे की कुछ प्रतिक्रियाओं पर नज़र डालते हैं।

न्यू यॉर्क सिटी में एक ट्रेवल एजेंसी की ऑफ़िस मैनेजर बेट्टी एम. ने बताया कि वह कभी किसी कर्मचारी से यह नहीं पूछती हैं कि क्या वह निर्देशों को समझ गया है। इसके बजाय वह अधीनस्थ से कहती हैं कि वह उसे बताए कि वह क्या करने वाला है। बेट्टी ने हमें बताया, "मैं उन्हें एक क्विज़ देती हूँ। यदि मैं किसी क्लर्क को कोई प्रोजेक्ट पूरा करने का काम सौंपती हूँ, तो उसे समझाने के बाद मैं उससे यह पूछती हूँ कि वह क्या करने वाली है। मेरे दिमाग़ में जो था, यदि उसकी व्याख्या उससे अलग होती है, तो मैं इसे उसी समय सही कर सकती हूँ, ताकि यह बाद में समस्या न बने। यदि प्रोजेक्ट जटिल है, तो मैं बहुत से प्रश्न पूछती हूँ, जैसे "यदि यह होता है, तो आप क्या करेंगी?" और "यदि वह होता है, तो?"

बेट्टी की ज़िम्मेदारियों में क्लर्क स्टाफ़ को यह सिखाना भी है कि रिज़र्वेशन करने और विमान टिकट ख़रीदने व जारी करने में प्रयुक्त कंप्यूटर कैसे चलाएँ। उसने कहा : " कोई क्लर्क उस कंप्यूटर को सही तरीक़े से चला लेगा, यह सुनिश्चित करने के लिए उससे सवाल पूछने के अलावा मैं उससे कहती हूँ कि वह मुझे कंप्यूटर पर कई तरह की समस्याओं से निबटकर

दिखाए। उससे कंप्यूटर पर सचमुच काम कराकर मैं ख़ुद देख सकती हूँ कि उसने कितना सीखा है और उसमें कितनी योग्यता है।"

क्या संदेश स्वीकार कर लिया गया है?

जो बताया जाता है, उसे समझना अच्छे संवाद का एक बुनियादी पैमाना है, लेकिन एक और घटक है, जो इतना ही महत्त्वपूर्ण है। बताई गई बात सामने वाले को न सिर्फ़ समझना चाहिए, बल्कि उसे वह बात स्वीकार भी करना चाहिए। मैनेजर एक क्लर्क से कहती है कि काम दोपहर तीन बजे तक पूरा हो जाना चाहिए। इसमें कोई शक नहीं है कि क्लर्क को इसका मतलब अच्छी तरह समझ में आ जाता है, लेकिन वह ख़ुद से कहती है, "किसी तरह से नहीं हो सकता।" क्या आप सोचते हैं कि वह काम तीन बजे तक पूरा हो जाएगा? संभावना नहीं है। जब तक कि काम करने वाला व्यक्ति यह महसूस न करे कि समयसीमा तार्किक है और इसमें काम किया जा सकता है, तब तक वह उस समयसीमा में काम पूरा करने की कोशिश ही नहीं करेगा।

लुइस आर. रॉक हिल, साउथ कैरोलिना में एक इमारत रख-रखाव सेवा की स्वामिनी और प्रबंधक हैं। वह अपने कर्मचारियों से सहभागिता का आग्रह करके स्थितियों को सँभालती हैं। आम तौर पर प्रोजेक्ट में स्त्री-पुरुषों की टीम होती है। वह उन्हें इकट्ठा करके सबसे पहले तो यह बताती हैं कि क्या करने की आवश्यकता है और समय के दबाव का क्या कारण है। फिर वह उनसे पूछती हैं कि उनके ख़याल से इसे कब तक पूरा किया जा सकता है और उनके दूसरे सुझाव क्या हैं। अक्सर वे ऐसे समाधान बताते हैं, जो सिर्फ़ प्रबंधन के बताए समाधानों से बेहतर होते हैं, लेकिन समय-समय पर इन बैठकों से लुइस को यह पता चलता है कि ओवरटाइम या अतिरिक्त मदद की ज़रूरत है और समय का उसका मूल अनुमान अति आशावादी था। चूँकि उनके कर्मचारी जानते हैं कि वह उन्हें सहभागी बनाती हैं और उनकी बात सुनती हैं, इसलिए वे मुश्किल स्थितियों में उन्हें ज़्यादा सहयोग करते हैं, जब अतिरिक्त प्रयास, ऊर्जा और समर्पण की ज़रूरत होती है।

हम क्या कहेंगे, इसकी योजना बनाएँ

चाहे हम किसी समूह के सामने बोल रहे हों या आमने-सामने किसी अकेले व्यक्ति से बात कर रहे हों, हमें अपने संदेश पर पूरा विचार करना चाहिए

और पहले से ही योजना बना लेनी चाहिए कि हम अपना संदेश कैसे प्रस्तुत करेंगे। कई बार तो हमें तैयारी करने के लिए बहुत कम समय मिलेगा या बिलकुल भी नहीं मिलेगा, इसलिए हमें तुरंत सोचना होगा, लेकिन अक्सर जब किसी चीज़ पर विचार-विमर्श की आवश्यकता होती है, तो हम बहुत कम समय में ही तैयारी कर सकते हैं।

विषय को जानें

नौकरी में हम आम तौर पर दूसरों से उन विषयों पर संवाद करेंगे, जिनसे हम अच्छी तरह से वाकिफ़ हैं : जो काम हम कर रहे हैं, हमारी विशेषज्ञता संबंधी मामले या कंपनी संबंधी समस्याएँ। फिर भी हमें तथ्यों की समीक्षा करके यह सुनिश्चित कर लेना चाहिए कि हमारे पास सारी उपलब्ध जानकारी है और हम किसी भी प्रश्न का जवाब देने के लिए तैयार हैं।

समय-समय पर हमें ऐसे विषयों पर रिपोर्ट तैयार करने को कहा जा सकता है, जिनसे हम अपरिचित हैं। मिसाल के तौर पर, हो सकता है कि हमारी कंपनी एक नया कंप्यूटर सॉफ़्टवेयर ख़रीदना चाहती है और हमसे इसकी रिपोर्ट तैयार करने को कहा जाता है।

- विषय के बारे में ज़्यादा से ज़्यादा जानकारी हासिल करें। प्रस्तुति के लिए जितनी जानकारी की ज़रूरत हो, उससे दस गुना ज़्यादा जानकारी रखें।
- प्रस्तावित ख़रीदारी के सकारात्मक और नकारात्मक पहलुओं तथा उनके समाधान आदि पर नोट्स तैयार करें।
- चाहे हम यह रिपोर्ट एक व्यक्ति के लिए (हमारे बॉस, मिसाल के तौर पर) बना रहे हों या मैनेजरों अथवा तकनीकी विशेषज्ञों के समूह के लिए बना रहे हों, हमें उस विषय से संबंधित किसी भी तरह के प्रश्नों का जवाब देने के लिए तैयार रहना चाहिए।

श्रोताओं को जानें

यदि श्रोता बात को न समझ पाए, तो संवाद में सबसे कुशल व्यक्ति भी अपना संदेश पहुँचाने में असफल रहेगा। अच्छे संवाद का आधा हिस्सा अपने

श्रोताओं को समझना है। ऐसे शब्द चुनें, जिन्हें आपके श्रोता आसानी से समझ लें। यदि श्रोता तकनीकी पृष्ठभूमि वाले हैं, तो आप संवाद में तकनीकी शब्दावली का इस्तेमाल कर सकते हैं : हमारे श्रोता इस ख़ास शब्दावली को स्पष्टता और आसानी से समझ लेंगे। लेकिन अगर हम तकनीकी विषय पर ग़ैर-तकनीकी श्रोताओं से बातचीत कर रहे हैं, तो तकनीकी भाषा का इस्तेमाल न करें। यदि श्रोता हमारी शब्दावली को ही नहीं समझ सकते, तो हमारा संदेश खो जाएगा।

मिसाल के तौर पर, चार्ल्स एक इंजीनियर है, जिसे अपने कामकाज के सिलसिले में दूसरे इंजीनियरों से बातचीत करनी होती है। वह सारे समय तकनीकी शब्दावली का इस्तेमाल करने का आदी है। मान लें, उससे कहा जाता है कि वह एक नए इंजीनियरिंग प्रोजेक्ट की फ़ंडिंग के लिए कंपनी के वित्त विभाग के सामने एक प्रस्तुति दे। संदेश सही तरीक़े से पहुँचे, यह सुनिश्चित करना श्रोताओं की नहीं, बल्कि चार्ल्स की ज़िम्मेदारी है। यदि वह आम लोगों की भाषा में तकनीकी बातों को स्पष्ट कर सकता है, तो उसे ऐसा करना चाहिए। लेकिन अगर तकनीकी शब्दावली का इस्तेमाल करना अनिवार्य हो, तो पहली बार किसी तकनीकी शब्दावली का इस्तेमाल करते वक़्त चार्ल्स को ठहरकर उसे समझाना चाहिए और अगर उसे महसूस होता है कि दोहराने की ज़रूरत है, तो उसे कम से कम एक बार फिर समझाना चाहिए।

आप लोगों की इच्छा के ख़िलाफ़ उनसे हामी तो भरा सकते हैं, लेकिन इसके बाद भी उनकी राय वही रहती है।

—डेल कारनेगी

स्पष्टता से बोलें

हम सभी ऐसे वक्ताओं को सुन चुके हैं, जो बुदबुदाते हैं, बहुत तेज़ी से या बहुत धीरे बोलते हैं और जिनका लहज़ा समझना मुश्किल होता है। अगर कोई स्पष्टता से नहीं बोलता है, तो वह जो संदेश देने की कोशिश कर रहा है, उसका ज़्यादातर हिस्सा श्रोताओं तक नहीं पहुँच पाएगा। ख़राब बोलने को सुधारना तुलनात्मक रूप से आसान है। अध्याय 4 में इसके कुछ तरीक़े विस्तार से बताए जाएँगे।

बॉडी लैंग्वेज

अपने व्यवहार की कुछ आदतों के बारे में हम जागरूक भी नहीं होते हैं, लेकिन उनसे इस बात पर बहुत असर हो सकता है कि हम कैसी छाप छोड़ते हैं। आमने-सामने के संवाद पर सामाजिक भाषाविदों ने जो अध्ययन किए, उनमें यह निष्कर्ष सामने आया कि एक व्यक्ति से दूसरे व्यक्ति तक पहुँचने वाले संदेश का सिर्फ़ सात प्रतिशत शब्दों से व्यक्त हुआ था। लगभग 38 प्रतिशत अर्थ स्वर की विशेषताओं से संप्रेषित हुआ था - आवाज़ का लहज़ा, विराम, स्वराघात आदि - और पूरे संदेश का 55 प्रतिशत हिस्सा दिखने वाले शारीरिक संकेतों के माध्यम से संप्रेषित हुआ था, जिसे हम "बॉडी लैंग्वेज" की श्रेणी में रखते हैं। अक्सर हमें इस बात का पता नहीं होता कि इससे इस बात पर फ़र्क़ पड़ता है कि दूसरे हमें किस तरह देखते हैं।

मुद्रा

अच्छी (या ख़राब) मुद्रा दूर से ही दिख जाती है और देखने वाले के भावनात्मक मस्तिष्क में तुरंत दर्ज हो जाती है। यह बाक़ी ग़ैर-शाब्दिक संकेतों से कम सूक्ष्म होती है, क्योंकि यह पूरे शरीर द्वारा व्यक्त होती है।

शोध के प्रतिभागियों का यह मानना था कि उत्कृष्ट मुद्रा वाले लोग शिथिल मुद्रा वाले लोगों से ज़्यादा लोकप्रिय, महत्त्वाकांक्षी, विश्वासी, दोस्ताना और बुद्धिमान थे। ग़ौर करें, अपनी शारीरिक मुद्रा को बेहतर बनाने का काम शुरुआत में अजीब और अतिशयोक्तिपूर्ण लगेगा। आपको इस ओर मेहनत करनी चाहिए कि आपका धड़ सीधा तना रहे, कंधे चौड़े फैले रहें और निचला शरीर संतुलित रहे।

चेहरे के सारे भावों में मुस्कान सबसे असरदार होती है। सच तो यह है कि अगर हम मुस्कराते हैं, तो लोग हमारे दृष्टिकोण के ज़्यादा क़ायल हो सकते हैं। जब हम मुस्कराते हैं, तो सामने वाला भी लगभग हमेशा मुस्कराता है। यह सिर्फ़ प्रतिबिंबन नहीं है। यह तो हमारी मुस्कान से अचानक उत्पन्न होने वाली गर्मजोशी और ख़ुशी का भाव है।

लेकिन ध्यान रखें, झूठी मुस्कान न मुस्कराने से भी ज़्यादा हानिकारक होती है। सिर्फ़ जबड़े की मांसपेशियों से गर्मजोशी भरी मुस्कान देने की कोशिश न करें। विश्वसनीय मुस्कान में पूरे चेहरे का इस्तेमाल होता है और

जब हम होने वाली बातचीत के बारे में सकारात्मक नज़रिया रखते हैं, तो यह तुरंत हमारे चेहरे पर खिल जाती है।

> *जब आप दूसरे लोगों को देखकर मुस्कराते हैं, तो आप उन्हें सूक्ष्म तरीक़े से बता रहे होते हैं कि आप उन्हें पसंद करते हैं, कम से कम कुछ हद तक। वे उस अर्थ को समझ लेंगे और आपको ज़्यादा पसंद करेंगे। मुस्कराने की आदत को आज़माएँ। आपके पास खोने के लिए कुछ नहीं है।*
>
> ***—डेल कारनेगी***

आँखों का संपर्क

जब हम अपने श्रोता की तरफ़ सीधे देखते हैं, तो इससे यह संदेश जाता है कि हम आत्म विश्वासी और ईमानदार हैं तथा सामने वाले में रुचि ले रहे हैं। अगर आँखों का संपर्क कम है, तो इसे आम तौर पर डर, बेईमानी, शत्रुता या बोरियत का संकेत माना जाता है।

शोध दर्शाता है कि जब नौकरी का इंटरव्यू लेने वाला आँखों का संपर्क क़ायम रखता है, तो उम्मीदवार ज़्यादा पूर्ण और अच्छे जवाब देते हैं। कक्षा में जो पढ़ाया जाता है, उसे विद्यार्थी कितना समझते और याद रखते हैं, वह भी शिक्षक की आँखों के संपर्क से सीधे जुड़ा होता है। दूसरी तरफ़, सामने वाले की आँखों पर ही निगाह टिकाए न रखें। उसके पूरे चेहरे को देखें।

हम अपने श्रोताओं की बॉडी लैंग्वेज को कैसे समझें, इस बारे में अध्याय 3 में बात की जाएगी।

संदेशों को टीवी की तरह प्रसारित करें

हमें अपनी पाँचों इंद्रियों से जानकारी मिलती है। सूँघने, स्वाद लेने और महसूस करने से विचार तथा आभास विकसित होते हैं, लेकिन हमारे दिमाग़ में सबसे ज़्यादा जानकारी सुनने और देखने से पहुँचती है - ऑडियो और वीडियो। टेलीविज़न के इस युग में इसमें एक गहरा बदलाव हुआ है। टेलीविज़न ने ऑडियो और वीडियो को मिला दिया है, ताकि जो लोग इस माध्यम पर बच्चों के एनीमेशन प्रोग्रामो से लेकर आज के समाचारों को देखते

बड़े हुए हैं, वे लोग आँख-कान से एक साथ जानकारी ग्रहण करने के आदी हो जाएँ। हमें दूसरे लोगों के साथ अपने संप्रेषण में "बहुल-इंद्रिय-संदेश" देने की आदत डाल लेनी चाहिए, ताकि हमारे संदेश ज़्यादा प्रभावी ढंग से पहुँच सकें।

सिर्फ़ बताएँ नहीं - दिखाएँ!

जोआन जब अपने कर्मचारियों को बीमा दावे निबटाने का प्रशिक्षण दे रही थी, तो उसने पाया कि जब वह प्रक्रिया समझाते समय फ़्लो चार्ट बनाती थी, तो कर्मचारी इसे ज़्यादा आसानी से लेते थे। सिखाते समय वह हर क़दम के लिए बॉक्स खींचती थी और तीर बनाकर एक क़दम से दूसरे क़दम तक की गतिविधि दिखाती थी।

स्टीव ने दुःखद अनुभव से सीखा कि काम करने के तरीक़े के बारे में बताने भर से कर्मचारी उसकी बात नहीं समझ पा रहे थे। वेयरहाउस में आए बिना कर्मचारी उसकी बताई हुई बातों को पूरी तरह नहीं समझ पाते थे। उसे अपने प्रशिक्षुओं को अलग-अलग जगहों से वेयरहाउस में लाने में बहुत समय और पैसा ख़र्च करना होता था। प्रशिक्षण को सरल बनाते हुए उसने उन वेयरहाउस का एक मॉडल तैयार किया। अब वह इस मॉडल के ज़रिये अपने कर्मचारियों को प्रशिक्षण देता था और बताता था कि उन्हें कौन-सा काम कब और कहाँ करना होगा।

कई एक्ज़ीक्यूटिव्ज़ के ऑफ़िसों में फ़्लिप चार्ट या चॉकबोर्ड होते हैं, ताकि वे विज़ुअल माध्यम का इस्तेमाल करके अपने मौखिक संप्रेषण में जान डाल सकें। अगर किसी विषय पर चार्ट, ग्राफ़, रेखाचित्र या स्केच के साथ बात की जाती है, तो प्रस्तुति ज़्यादा असरदार हो जाती है। जब बोली गई बातों के साथ-साथ चित्र भी दिखाए जाते हैं, तो लोग किसी विषय के बारे में ज़्यादा तेज़ी से सीखते हैं और ज़्यादा लंबे समय तक याद रख पाते हैं।

सिरेकस यूनिवर्सिटी स्कूल ऑफ़ जर्नलिज़्म के एक बेहद लोकप्रिय प्रोफ़ेसर थे। वे कार्टूनिस्ट भी थे। व्याख्यान देते वक़्त वे कार्टून और हास्य-चित्र बनाते थे। उनके साथी इस आदत पर नाक-भौं सिकोड़ते थे और उनकी इस हरकत को प्रोफ़ेसर के आदर्श व्यवहार के अनुरूप नहीं मानते थे। वे उपहास करते हुए कहते थे, "वह पढ़ा नहीं रहा है, वह तो बस अपनी

कक्षाओं का मनोरंजन कर रहा है।" सच है, उनके विद्यार्थियों को यह रोचक लगता था, लेकिन इसकी बदौलत वे बहुत ज़्यादा जानकारी प्राप्त कर लेते थे, जो अकेले व्याख्यानों से संभव नहीं था। बरसों बाद भी उनके विद्यार्थियों को उनकी सिखाई बातें याद रहती थीं।

विजुअल साधनों का प्रभावी इस्तेमाल कैसे किया जाए, इस बारे में अध्याय 5 में बात की जाएगी।

आपका उद्देश्य यह है कि आपके श्रोता वह देख लें, जो आपने देखा है, वह सुन लें, जो आपने सुना है, वह महसूस कर लें, जो आपने महसूस किया है। ठोस, अच्छी भाषा में प्रासंगिक विवरण व्यक्त करना घटना का जीवंत वर्णन करने और इसे अपने श्रोताओं तक चित्र की तरह पहुँचाने का सर्वश्रेष्ठ तरीक़ा है, जैसे यह हुई थी।

—डेल कारनेगी

फ़ोन पर चित्र बनाएँ

एक मीडिया का इस्तेमाल हम चित्र बनाने के लिए नहीं कर सकते हैं और यह है फ़ोन। लेकिन अगर हम फ़ोन पर शब्द-चित्र खींच दें, तो हमारे श्रोता उसे "देखने" में सक्षम हो सकते हैं। हम जो कह रहे हैं, उसका शब्द-चित्र बनाने पर श्रोता अपने मन की आँख से तसवीर देख सकता है।

मान लें, हमसे अपनी इमारत का रास्ता पूछा जाता है। हम कहते हैं : "आई-95 से एग्ज़िट 23 तक जाएँ, जो मलबेरी सड़क है। रैम्प से दाएँ मुड़ें और कार से चौथी ट्रैफ़िक लाइट तक जाएँ, यह 17वाँ एवेन्यू है। 17वें एवेन्यू से बाएँ मुड़ें और बारह ब्लॉक आगे स्मिथ रोड तक पहुँचें। स्मिथ रोड पर दाएँ मुड़ जाएँ और पाँच ब्लॉक आगे जाएँ। हमारा नंबर 2345 स्मिथ रोड है।"

यह वर्णन स्पष्ट है। लेकिन अब आइए यही रास्ता हम शब्द-चित्रों के माध्यम से बताते हैं : "आई-95 से एग्जिट 23 तक जाएँ, यह मलबेरी सड़क है। रैंप से दाएँ मुड़ जाएँ और कार से चौथी ट्रैफ़िक लाइट तक जाएँ। आपके बाईं तरफ़ टैक्सेको स्टेशन है और दाईं तरफ़ मैकडॉनल्ड है। यह

17वाँ एवेन्यू है। 17वें एवेन्यू से बाएँ मुड़ें। कार से फ़ायरहाउस तक जाएँ, यह स्मिथ रोड है। कार दाएँ मोड़ें और बाईं तरफ़ ईंट की पीली इमारत तक जाएँ। यही हमारा ऑफ़िस, 2345 स्मिथ रोड है।"

क्या यह ज़्यादा आसान नहीं है? आने वाले को लाइटें या ब्लॉक नहीं गिनने पड़ते हैं या सड़क के नाम नहीं देखने पड़ते हैं। उसे तो बस बड़ी इमारतों पर निगाह रखनी होती है, जो वैसे भी आसानी से दिख जाती हैं।

भविष्य को टीवी की तरह प्रसारित करें

सफल सेल्स कर्मी शब्द-चित्रों का इस्तेमाल करते हैं। ऑड्री कंप्यूटर बेचती है। उसके एक संभावित ग्राहक के सामने जो समस्याएँ थीं, उन पर बातचीत करते समय उसे पता चला कि वह बुनियादी तौर पर अपने अव्यवस्थित ऑफ़िस को लेकर चिंतित था, जिसका वह प्रबंधक था। उसने शिकायत की, "हर जगह काग़ज़ और फ़ाइलों का अंबार लगा हुआ है। और मैं कभी अपनी ज़रूरत की फ़ाइलें नहीं खोज पाता - हालाँकि वे शायद उसी ढेर में कहीं दबी होती हैं।"

अपनी कंपनी के प्रॉडक्ट के तकनीकी पहलुओं का वर्णन करने के बाद ऑड्री ने कहा, "आइए आज से छह महीने बाद की तसवीर देखते हैं। आप ऑफ़िस में जाते हैं। वहाँ डेस्कों और कुर्सियों पर काग़ज़ या फ़ाइलों के कोई ढेर नहीं हैं। आपके सारे कर्मचारी अपने कंप्यूटरों पर काम कर रहे हैं; आपको एक फ़ाइल की ज़रूरत पड़ती है। आप टर्मिनल पर बैठते हैं और फ़ाइल का नाम डालते हैं। तुरंत चाही गई जानकारी आपकी स्क्रीन पर प्रकट हो जाती है। कोई इंतज़ार नहीं, कोई निराशा नहीं।"

ऑड्री ने भविष्य का शब्द-चित्र खींच दिया है। प्रबंधक को इसका मानसिक चित्र देखने और ख़रीदने का महत्त्व समझने के लिए ज़्यादा कल्पना की ज़रूरत नहीं है।

स्पष्ट संवाद की बाधाएँ

चाहे हम संदेश कितनी ही अच्छी तरह तैयार कर लें और प्रस्तुत भी कर दें, अक्सर सामने वाले तक हमारा पूरा संदेश नहीं पहुँच पाता है। राह में कुछ बाधाएँ आ जाती हैं, जो संदेश के संप्रेषण में रुकावट डालती हैं।

इनमें से कुछ बाधाएँ भौतिक नहीं, बल्कि मनोवैज्ञानिक होती हैं। हमारी अभिव्यक्ति भले ही दोषहीन रही हो और हमने शब्द समझदारी से चुने हों, लेकिन अमूर्त क्षेत्रों में समस्याएँ उत्पन्न हो जाती हैं : हम में से प्रत्येक की धारणाएँ, अपना नज़रिया और भावनाएँ होती हैं।

धारणाओं की जाँच करें

हमारे पास इस बारे में एक अच्छा विचार होता है कि कोई ख़ास समस्या किस कारण उत्पन्न होती है और इसे कैसे सुलझाया जा सकता है। इस पर दूसरों से बातचीत करते समय हम यह मान लेते हैं कि वे भी इसके बारे में उतना ही जानते हैं, जितना कि हम जानते हैं, इसलिए हमारा कथन इस ग़लत धारणा पर आधारित होता है कि उनके पास वह व्यावहारिक ज्ञान है, जो दरअसल उनके पास नहीं होता। नतीजा यह होता है कि हम उन्हें पर्याप्त जानकारी नहीं देते हैं।

अपने नज़रिये के बारे में जागरूक बनें

संवाद की एक और बाधा संदेश भेजने वाले और पाने वाले दोनों के नज़रिये हैं। जो मैनेजर घमंडी होता है, वह दी जाने वाली जानकारी और निर्देशों में इस बात को उजागर कर देगा। वह स्टाफ़ के सदस्यों को छोटा या हीन समझेगा, जो उन्हें समझ में आ सकता है। इससे द्वेष उत्पन्न होता है, जो संवाद को अवरुद्ध कर देता है। संदेश को ग्रहण करने के लिए यह ज़रूरी है कि न सिर्फ़ श्रोता इसे समझ ले, बल्कि स्वीकार भी करे। जब द्वेष उत्पन्न हो जाता है, तो स्वीकृति संभव नहीं होती है।

जो कर्मचारी अपने लीडर के नज़रिये से चिढ़ने में व्यस्त होता है, वह दरअसल उसकी कही बात "सुनता" ही नहीं है। स्टाफ़ के सदस्यों के साथ संप्रेषण करते समय अच्छे लीडर तानाकशी और "नीचे दिखाने वाली" हरकतों जैसे घमंड के सूचकों से बचते हैं।

पूर्व धारणाओं पर निगाह रखें

लोगों में वह सुनने की प्रवृत्ति होती है, जो सुनने की वे अपेक्षा रखते हैं। उन्होंने उस विषय पर पहले से जो बातें सुन रखी हैं, उनके आधार पर

वे मिलने वाले संदेश को तोड़-मरोड़ लेते हैं। इसलिए अगर नई जानकारी अपेक्षा से भिन्न है, तो वे इसे ग़लत मानकर ख़ारिज कर सकते हैं। नए संदेश को सचमुच सुनने के बजाय हो सकता है कि वे अपने मन की पुरानी बातें सुन रहे हों।

इसका क्या मतलब है? लोगों को दिमाग़ खुला रखने का प्रशिक्षण देना चाहिए। जब कोई उन्हें नई जानकारी देता है, तो उन्हें उसे निष्पक्षता से सुनने और उसका मूल्यांकन करने का अतिरिक्त प्रयास करना चाहिए। उन्हें इसे सिर्फ़ इसलिए बाहर नहीं रोक देना चाहिए, क्योंकि यह उनकी पूर्व धारणाओं से भिन्न है।

दूसरों के साथ संवाद करते समय उनकी पूर्व धारणाओं का पता लगाने की कोशिश करें। यदि वे ऐसे लोग हैं, जिनके साथ हम नियमित रूप से काम करते हैं, तो हम शायद जानते हैं कि अनेक मुद्दों पर उनका कैसा दृष्टिकोण है। उनके सामने अपने दृष्टिकोण रखते वक़्त इस ओर ध्यान दें कि इस बारे में उनके विश्वास क्या हैं। यदि उनके विश्वास हमारे विश्वासों से भिन्न हैं, तो उन बाधाओं को लाँघने की कोशिश करने को तैयार रहें।

पूर्वाग्रह-हमारे और उनके

किसी व्यक्ति के पक्ष में या उसके ख़िलाफ़ हमारे पूर्वाग्रह इस बात पर असर डालते हैं कि हम उनके संदेशों को किस तरह से ग्रहण करते हैं। जिस व्यक्ति को हम पसंद करते हैं और उसका सम्मान करते हैं, उसके विचार हम ज़्यादा ग़ौर से सुनते हैं और हमारे द्वारा उसके विचार स्वीकार करने की उतनी ही ज़्यादा संभावना होती है। इसके विपरीत, जिन लोगों को हम पसंद नहीं करते, हममें उनकी दी गई जानकारी को बाहर रखने और उनके विचारों को अस्वीकार करने की प्रवृत्ति होती है।

अनुभूति दरअसल ग्रहण करने वाले के मन में वास्तविक होती है। जब तक कि किसी स्थिति के बारे में हमारी और सामने वालों की अनुभूति सामंजस्य में न हो, तब तक हमारे बीच ग़लतफ़हमियों की काफ़ी गुंजाइश रहती है।

पूर्वाग्रह हमेशा इस बात को भी प्रभावित करते हैं कि सामने वाले हमारी बात को कैसे ग्रहण करते हैं। जिस विषय पर लोगों की प्रबल भावना

होती है, उसके बारे में विपरीत दृष्टिकोण सुनते ही लोग अपने कान बंद कर लेते हैं। कैरोल इसका अच्छा उदाहरण है। कंपनी कंट्रोलर की भूमिका में वह लागत कम करने पर आमादा रहती है। जिस बात से लागत बढ़ती हो, उसे वह सुनना ही नहीं चाहती, चाहे दीर्घकालीन लाभ कितने भी हों। किसी मौलिक विचार पर उसे राज़ी करने के लिए हमें पहले उसे यह विश्वास दिलाना होगा कि हालाँकि लागत कुछ समय के लिए बढ़ सकती है, लेकिन आगे चलकर इससे लागत कम होगी।

कई लोग तो अपने पूर्वाग्रहों के बारे में चेतन ही नहीं होते हैं। यह विश्लेषण करने का समय निकालें कि हमने अतीत में कुछ निर्णय क्यों लिए हैं। क्या वे हमारे पूर्वाग्रहों से बहुत प्रभावित रहे हैं? ये छह क़दम उठाएँ :

1. अपने पूर्वाग्रहों के बारे में जागरूक बनें।
2. पहचानें कि हम ये पूर्वाग्रह क्यों रखते हैं।
3. समान गुणों को स्वीकार करें।
4. अपने पूर्वाग्रहों को एक तरफ़ रख दें और दिमाग़ को खुला रखें।
5. दूसरे लोगों के विचारों पर निष्पक्षता से सोचने की कोशिश करें।
6. किसी नकारात्मक अनुभव की वज़ह से अपने पूर्वाग्रहों को दोबारा ताज़ा होने की अनुमति न दें।

अपनी भावनात्मक अवस्था के बारे में जागरूक बनें

हम सभी के बुरे दिन होते हैं। और ऐसे ही किसी बुरे दिन हमारा कोई सहयोगी किसी नए विचार के बारे में पूरी तरह रोमांचित होकर हमारे पास आता है। हम कैसे प्रतिक्रिया करते हैं? शायद हम सोचते हैं, "इस समय मेरे सिर पर पहले से ही काम का बहुत बोझ है, इसकी किसे ज़रूरत है?" हमारा दिमाग़ बंद होता है और संदेश दिमाग़ में पहुँचता ही नहीं है।

किसी संदेश को देते या पाते समय हमें न सिर्फ़ अपनी भावनात्मक अवस्था के बारे में जागरूक रहना चाहिए, बल्कि हमें अपने अधीनस्थ की भावनात्मक अवस्था के बारे में भी सोचना चाहिए। कोई महत्त्वपूर्ण प्रोजेक्ट आता है और हम इसके बारे में अपने स्टाफ़ के दो सदस्यों डैन और जोआन

के पास बात करने जाते हैं। जोआन इस काम को लेकर उत्साही है; डैन संदेहवादी है। क्यों? डैन इसलिए चिढ़ा हुआ है, क्योंकि वह किसी दूसरे प्रोजेक्ट पर काम कर रहा है और उसी पर ध्यान केंद्रित करना चाहता है। वह महसूस करता है कि यह काम उसे सौंपने के बारे में हम विवेकशून्यता और विचारशून्यता का परिचय दे रहे हैं।

टब में क़दम रखने से पहले हमें हमेशा पानी के तापमान की जाँच कर लेनी चाहिए। डैन और जोआन से उनके वर्तमान कामों के बारे में संक्षिप्त बातचीत से हमें पता चल सकता है कि डैन अपने वर्तमान प्रोजेक्ट में कितना समय लगा रहा है। नए काम को पेश करते वक़्त यह जताएँ कि उसका वर्तमान काम महत्त्वपूर्ण है और हम उसकी प्रगति से ख़ुश हैं। उसे दिखाएँ कि नए काम के लिए हमने उसे इसलिए चुना, क्योंकि इससे उसके वर्तमान काम में रुकावट नहीं आएगी, बल्कि यह उसके वर्तमान काम का पूरक बनेगा।

संवाद-मार्ग : वक्ता और श्रोता के बीच विकृति

संवाद में हस्तक्षेप और विकृति का एक बड़ा स्रोत वह मार्ग है, जिससे संदेश वक्ता से श्रोता तक पहुँचता है। कई बड़े संगठनों में संवाद निश्चित मार्गों से होकर ही गुजरता है। मार्ग जितने ज़्यादा व्यापक होते हैं, संदेश के विकृत होने की उतनी ही ज़्यादा आशंका रहती है। इसका उदाहरण लोकप्रिय पार्टी गेम है, जहाँ एक व्यक्ति कोई घटना अपने पड़ोसी को फुसफुसाकर बताता है, जो इसे अगले व्यक्ति के सामने दोहराता है और यह सिलसिला पूरे कमरे में चलता जाता है। जब तक वह कहानी मूल व्यक्ति को दोबारा बताई जाती है, कहानी पूरी तरह बदल जाती है।

यह असामान्य नहीं है कि "मार्गों द्वारा" मौखिक रूप से बताई जाने वाली जानकारी हर व्यक्ति के बाद विकृत हो जाए, जिससे अंतिम श्रोता तक पहुँचने वाला संदेश वही नहीं होता है, जो वक्ता ने भेजा था।

लिखित संवाद का इस्तेमाल करने से यह मुश्किल काफ़ी कम हो सकती है। लिखी बातों का ग़लत मतलब निकालना ज़्यादा मुश्किल होता है, हालाँकि अलग-अलग लोग लिखी गई बातों की भी अलग-अलग व्याख्या कर सकते हैं। लेकिन लिखने के कुछ नुक़सान भी होते हैं : कई मसलों पर लिखित संवाद या तो नहीं किया जा सकता या नहीं करना चाहिए। लिखने में समय

लगता है। तात्कालिक और अल्पकालीन रुचि वाले मसलों के बारे में लिखना उचित नहीं होता।

एक ज़्यादा प्रभावी तरीक़ा यह है कि प्रेषक से प्राप्तकर्ता यानी वक्ता से श्रोता तक के संवाद-मार्ग को छोटा किया जाए और व्यावहारिक होने पर बीच की कड़ियों से बचना मुनासिब रहता है। रास्ते में कड़ियाँ जितनी कम होंगी, अर्थ में विकृति की उतनी ही कम आशंका रहेगी। बँधे-बँधाये संवाद-मार्गों का मुख्य कारण यह सुनिश्चित करना है कि किसी प्रोजेक्ट के लिए ज़िम्मेदार लोगों को इससे जुड़ी हर चीज़ की जानकारी रहे। इसमें समझदारी लगती है, लेकिन अक्सर इसकी अति कर दी जाती है। यदि किसी मसले में नीतिगत निर्णय या बड़ी गतिविधि के मुख्य क्षेत्र शामिल हैं, तो संवाद-मार्ग का अनुसरण करना महत्त्वपूर्ण होता है। लेकिन कंपनियों में ज़्यादातर संप्रेषण सामान्य मसलों पर होता है। इनके लिए संवाद के लंबे मार्गों का इस्तेमाल न सिर्फ़ संदेश को विकृत कर सकता है, बल्कि इससे काम भी धीमा हो जाता है।

फ़ीडबैक के प्रति खुले रहें

हमारी बाहरी छवि का प्रबंधन करने में शायद सबसे बड़ी चुनौती यह रहती है कि हम ख़ुद को ठीक उसी तरह नहीं देख सकते, जिस तरह दूसरे हमें देखते हैं। शोध बताता है कि हम अपने बारे में दूसरों से ज़्यादा आलोचनात्मक होते हैं। इसके अलावा हम अपने उन नकारात्मक व्यवहारों के बारे में पूरी तरह अनजान हो सकते हैं, जिन्हें सुधारने की ज़रूरत है।

अपनी बाहरी छवि की सटीक जानकारी पाने के कुछ तरीक़े ये हैं :

- मीटिंग में बोलते वक़्त के अपने वीडियो देखना और सुनना
- आईने के सामने बोलकर रिहर्सल करना
- विश्वस्त सहकर्मियों से ईमानदार राय लेना
- श्रोताओं की प्रतिक्रिया पर ग़ौर करना।

“कोच” रखना एक अच्छा विचार है, जो संवाद की समस्याओं को पहचानने में मदद करे और उनसे उबरने में हमारी मदद करे। इस क्षेत्र में पेशेवर

भाषण कोच या डेल कारनेगी के "हाई-इम्पैक्ट प्रज़ेंटेशन्स" प्रोग्राम के व्यावहारिक सेमिनारों से मदद मिल सकती है।

काम सौंपें

अपने स्टाफ़ को काम सौंपना किसी मैनेजर या सुपरवाइज़र के सबसे महत्त्वपूर्ण संवाद कार्यों में से एक है। अक्सर हम यह शिकायत सुनते हैं : "मैं यह नहीं समझ पाता कि मेरे कर्मचारी आदेशों का पालन क्यों नहीं कर पाते हैं। मैं उन्हें बिलकुल स्पष्ट निर्देश देता हूँ, फिर भी वे उसे समझने में ग़लती कर देते हैं।"

अक्सर हमने कितनी बार यह बात कही है या दूसरे सुपरवाइज़रों को अफ़सोस करते सुना है कि उनके कर्मचारी काम सही ढंग से नहीं कर सकते हैं। शायद इसका कारण यह नहीं है कि हमारे कर्मचारी अयोग्य हैं, बल्कि यह है कि हम काम उतने प्रभावी ढंग से नहीं सौंप रहे हैं, जितने प्रभावी ढंग से सौंपे जा सकते हैं।

असाइनमेंट की योजना बनाना

जैसा इस अध्याय की शुरुआत में बताया गया था, हमें अपने संदेश की योजना बनानी चाहिए। अक्सर सुपरवाइज़र असाइनमेंट की तैयारी में समय नहीं लगाते हैं। वे जानते हैं कि क्या करना है और वे यह मान लेते हैं कि किसी कर्मचारी को इसे करने का आदेश देने से ही काम सही तरीक़े से हो जाएगा।

योजना इस स्पष्ट अवधारणा से शुरू होती है कि क्या हासिल होना चाहिए। भले ही हम वैसा काम पहले भी कई बार कर चुके हों, लेकिन एक बार फिर इस पर पूरी तरह सोच-विचार करना महत्त्वपूर्ण होता है। सोचें कि अधीनस्थ इसे किस तरह से देख सकता है। यदि हमारे सामने यह प्रोजेक्ट पहली बार आया होता, तो हमें क्या जानने की ज़रूरत होती? सूची बनाएँ कि हम कौन-से उद्‍देश्य हासिल करना चाहते हैं और इन्हें हासिल करने के लिए आवश्यक जानकारी, सामग्री, साधनों, समर्थन स्रोतों और काम को करने के लिए आवश्यक हर अन्य चीज़ को लिख लें।

योजना बनाने का एक बहुत अहम हिस्सा यह तय करना होता है कि वह काम किस कर्मचारी को सौंपें। लोगों का चयन करते समय इस बात

पर ग़ौर करना चाहिए कि काम कितना महत्त्वपूर्ण है। यदि काम को तेज़ी से और बहुत कम निगरानी के साथ कराना अनिवार्य हो, तो ऐसे लोगों को चुनें, जो पहले ऐसे काम में योग्य साबित हो चुके हैं। बहरहाल, यदि उस काम में हमारे पास मार्गदर्शन देने के लिए पर्याप्त समय है, तो इसे कम योग्य लोगों को सौंपने से फ़ायदा हो सकता है, क्योंकि इस प्रोजेक्ट का इस्तेमाल करके आप अपने स्टाफ़ की योग्यता बढ़ा सकते हैं और उन्हें प्रशिक्षित कर सकते हैं।

असाइनमेंट पर संवाद करना

बारबरा निराश थी। उसने कैरोल को विस्तार से बताया था कि वह क्या कराना चाहती है और कैरोल ने उसे आश्वस्त किया था कि वह समझ गई है। अब एक सप्ताह बाद कैरोल ने जो काम करके दिया, वह बिलकुल गड़बड़ था। उसका बहाना : "मैंने सोचा था, आप यही चाहती हैं।"

नॉर्मन परेशान था। उसके बॉस ने उसे ऐसी डेडलाइन दी थी, जिसे पूरा करना उसके हिसाब से असंभव था। नॉर्मन के मन में ये बातें थीं, "वे समझते ही नहीं हैं। मैं इतने कम समय में इतना ज़्यादा काम कर ही नहीं सकता। मैं जो कर सकता हूँ, वह सब करूँगा, लेकिन मैं जानता हूँ कि मैं कामयाब नहीं हो सकता।"

जैसा इस अध्याय में पहले बताया गया है, सुपरवाइज़र को यह सुनिश्चित कर लेना चाहिए कि कर्मचारी निर्देश को पूरी तरह समझ गया है और उसने उसे स्वीकार कर लिया है।

कार्य-योजना तैयार करें

जिन प्रोजेक्टों में काफ़ी समय लगने की उम्मीद हो, उन्हें शुरू करने से पहले अधीनस्थ से कार्य-योजना तैयार करने को कहें। इसमें यह स्पष्ट होना चाहिए कि क्या करना है, इसे कब तक करना है और इसमें किसके समर्थन की ज़रूरत हो सकती है।

रीटा को यह काम सौंपा गया था कि वह एक मीटिंग में पूरे देश से शिकागो आ रहे बीस सेल्स कर्मियों की यात्रा का इंतज़ाम करे। काम शुरू करने से पहले उसने कार्य-योजना लिखी, जिसमें उसने इससे जुड़े हर पहलू

पर विचार किया, जिनमें सेल्स कर्मियों को जानकारी देना, हवाई यात्रा और होटल के रिज़र्वेशन कराना और सभी लोगों तक टिकट समय रहते पहुँचाना शामिल था। योजना में समयसारणी भी थी कि हर चरण कब शुरू और पूरा होगा और उसे हर चरण में किस-किस का सहयोग चाहिए होगा। काम शुरू करने से पहले अपने बॉस के साथ विचार-विमर्श करने का नतीजा यह हुआ कि किसी भी तरह की ग़लतफ़हमियाँ और संभावित समस्याएँ उत्पन्न नहीं हुईं।

ग़ौर करें कि रीटा ने अपनी कार्य-योजना लिखी थी। इसका यह फ़ायदा था कि वह और उसके बॉस दोनों ही किसी भी समय जाँच करके यह देख सकते थे कि योजना का क्रियान्वयन ठीक से हो रहा है या नहीं। इसका यह फ़ायदा भी था कि उत्पन्न होते ही समस्याओं को तुरंत पकड़ा जा सकता था।

जाँच करना

चाहे किसी काम की योजना कितनी ही अच्छी तरह बनाई गई हो, यह सुपरवाइज़र का दायित्व है कि वह समय-समय पर जाँच करके यह सुनिश्चित करे कि काम योजना के अनुसार हो रहा है।

ऐलन का मानना है कि अगर वह ज़्यादा बार जाँच करेगा, तो उसके कर्मचारी सोचेंगे कि उसे उन पर भरोसा नहीं है। "मैं चाहता हूँ कि मेरे कर्मचारी सच्चे सहभागी बनें। एक बार जब मैं उनकी कार्य-योजना से सहमत हो जाता हूँ, तो मैं मानकर चलता हूँ कि वे इसके अनुरूप काम करेंगे। अगर मैं उनकी जाँच करने लगूँ, तो वह छवि ध्वस्त हो जाएगी, जो मैं बनाने की कोशिश कर रहा हूँ।"

ऐलन की बात में कुछ दम है, लेकिन इसके बावजूद उसके विभाग की सफलता के लिए अंततः वही ज़िम्मेदार है और यदि सौंपे गए काम सही तरीक़े से पूरे नहीं होते हैं, तो इससे उसकी योग्यता पर प्रश्न चिन्ह लगेगा। सौंपे गए काम सही तरीक़े से पूरे हो जाएँ, यह सुनिश्चित करने के लिए हमें जाँच करते रहना चाहिए। ध्यान रहे, जाँच इस तरह करें, ताकि कर्मचारियों को ऐसा न लगे कि हमें उन पर भरोसा नहीं है।

ऐलन के प्रबंधन दर्शन की कुंजी है सहभागिता। इसलिए जाँच सहभागी अंदाज़ में करनी चाहिए। ऐलन के लिए यह उचित नहीं था कि वह अपने

कर्मचारियों की पीठ के पीछे से झाँके या अप्रत्याशित जाँच करके उन्हें हैरान करे। इसके बजाय होना यह चाहिए था कि जाँच को कार्य-योजना में ही शामिल करना चाहिए था। जब कर्मचारी योजना बनाता है, तभी जाँच बिंदु भी प्रोजेक्ट में शामिल होने चाहिए। जैसे ही प्रोजेक्ट का कोई चरण पूरा होता है, कर्मचारी ऐलन से काम की प्रगति पर बातचीत करेगा। उसे अपने काम की समालोचना करने और नई चीज़ों को भी उस काम में शामिल करने के लिए प्रोत्साहित करना चाहिए। ज़ाहिर है, ऐलन भी उचित टिप्पणियाँ करेगा और सुझाव देगा। इस तरह जाँच सहभागी नीति का हिस्सा बन जाती है और अधीनस्थ के लिए प्रेरणा का काम करती है, ताकि वह सौंपे गए काम की चुनौती पूरी करने में ज़्यादा सफल हो।

कूटनीति और चतुराई का इस्तेमाल करना

हमारे संवाद के तरीक़े से सकारात्मक या नकारात्मक भाव उत्पन्न हो सकते हैं। यदि हम सम्मान या संवेदनशीलता के बिना आक्रामक शैली में संवाद करते हैं, तो दूसरों की रक्षात्मक और क्रोधित भावनाएँ उन्हें वह संदेश सुनने से रोक सकती हैं, जो हम पहुँचाने की कोशिश कर रहे हैं। कूटनीति और चतुराई से संवाद करना एक ऐसी नीति है, जो शक्ति और संवेदनशीलता को मिला देती है तथा भावनाओं को दूर रखती है। जब हम कूटनीति और चतुराई के साथ काम करते हैं, तो हम सामने वाले को सहज बनाने के लिए उसके हिसाब से अपनी शैली ढाल लेते हैं।

ज़्यादातर लोगों में संवाद की अपनी मनपसंद शैली का अनुसरण करने की प्रवृत्ति होती है। संवाद शैलियों पर शोध के हिसाब से आम तौर पर पाँच श्रेणियाँ या शैलियाँ होती हैं :

- *दोस्ताना शैली :* ये लोग अनौपचारिक, स्नेही, संबंध केंद्रित, मददगार और गर्मजोशी भरे होते हैं। वे बहस करना पसंद नहीं करते और वे सकारात्मक फ़ीडबैक की तलाश करते हैं।
- *विश्लेषणात्मक शैली :* ये लोग औपचारिक, व्यवस्थित और सुनियोजित होते हैं। वे आँकड़ों और विवरणों से प्रभावित होते हैं। वे प्रमाण को ग़ौर से देखते हैं और जिन समस्याओं पर बात हो रही है, उनके जवाब और समाधान खोजने के लिए इन सारी चीज़ों का इस्तेमाल करते हैं।

- *रोमांचित शैली :* ये लोग प्रदर्शनात्मक और अभिव्यक्ति-केंद्रित होते हैं। ये अपनी बात रखते समय मुद्राओं का इस्तेमाल करने के आदी होते हैं। विवरणों के बजाय ये बड़ी तसवीर से ज़्यादा सरोकार रखते हैं। इनकी मुख्य चिंता यह होती है कि इसमें उनके लिए क्या है।
- *व्यावहारिक शैली :* ये लोग लक्ष्य-केंद्रित होते हैं और उद्देश्य हासिल करने पर केंद्रित होते हैं। भले ही इनकी प्रबल राय और दृष्टिकोण हों, लेकिन ये सामने रखे गए दूसरे विकल्पों पर विचार करने को तैयार रहते हैं।
- *कूटनीतिक और चतुर संवाद की शैली वाले :* सामने वाले की शैली के हिसाब से उससे घनिष्ठता स्थापित कर लेते हैं। वे उतना समय बिताते हैं, जो दूसरे व्यक्ति के लिए सुविधाजनक हो। जिस व्यक्ति से वे बात कर रहे होते हैं, उसकी शैली के हिसाब से उपयुक्त गति और भाषा का इस्तेमाल करते हैं। सामने वाले व्यक्ति की संवाद शैली के आधार पर समय को लेकर सचेत रहते हैं।

कर्मचारियों का विश्वास अर्जित करना

संवादकुशल बनने के लिए हमें उन लोगों का विश्वास और सम्मान हासिल करना चाहिए, जिनके साथ हम जुड़े हुए हैं। इसे अर्जित करने के लिए हमें यह करना चाहिए :

1. दूसरों की रुचियों में मन लगाएँ, प्रश्न पूछें, यह पता लगाएँ कि वे किस चीज़ से प्रोत्साहित होते हैं, और सीखने व विकास करने में उनकी मदद करें।
2. आँख-कान और हृदय से संजीदगी से सुनें; पूर्वाग्रह व मूल्यांकन न रखें।
3. राय की भिन्नताओं, पूर्वाग्रहों और विविधताओं के बावजूद सामने वाले में गुण खोजें व उनका सम्मान करें।
4. निर्णयों में दूसरों को शामिल करें, खुला और स्वीकार करने वाला नज़रिया प्रदर्शित करें तथा नए विचारों के प्रति अपनी मानसिकता खुली रखें।

5. सौदेबाज़ी और समझौता करने की इच्छा रखें और अलग-अलग दृष्टिकोण वाले लोगों के बीच मध्यस्थ बनें।
6. बोलने से पहले सोचें। अपने शब्द और कार्य चुनते वक़्त श्रोताओं, संबंध और परिवेश पर विचार करें।
7. सबको शामिल करने वाली भाषा का इस्तेमाल करें और कूटनीति, चतुराई व संवेदनशीलता का सहारा लें।
8. विश्वास से, निर्णयात्मक अंदाज़ में और अधिकार के साथ बोलें तथा राय व्यक्त करते समय प्रमाण पेश करें।
9. अपने अटल विश्वासों और आदर्शों की रक्षा करें।
10. विनम्र विशेषज्ञ बनें और दूसरों की विशेषज्ञता को स्वीकार करने के लिए तैयार रहें।
11. विश्वसनीय बनें, दूसरों की गोपनीय बातें उजागर न करें, वादे पूरे करें और अपने शब्दों के अनुरूप काम करें।
12. मनोदशा के उतार-चढ़ाव से बचें। एक जैसे अंदाज़ में, तार्किक अंदाज़ में, पक्षपातरहित, ईमानदार और नैतिक तरीक़े से काम करें।
13. आदर्श रोल मॉडल बनें, पेशेवर अंदाज़ में काम करें और हमेशा अपने वादे के मुताबिक़ काम करें।
14. दूसरों में विश्वास का प्रदर्शन करें, अपने ख़ुद के विचार और भावनाएँ खुलकर प्रकट करें।
15. विश्वास योग्य बनें - अपने शब्दों और कामों में अनुरूपता रखें।
16. संसाधन के रूप में सुलभ और उपलब्ध रहें।
17. लक्ष्य और परिणाम संप्रेषित करते समय यथार्थवादी बनें।
18. ज़िम्मेदारी स्वीकार करें और ग़लतियाँ, विफलताएँ तथा दोष स्वीकार करें।
19. दूसरों से सीधे बात करें। आलोचना में हिस्सा न लें और कभी किसी की पीठ पीछे बात न करें।
20. गौरवशाली क्षणों को साझा करें, उपलब्धियों के लिए दूसरों को श्रेय दें।

सार

- चाहे हम किसी समूह के सामने अपने विचार पेश कर रहे हों या सिर्फ़ एक व्यक्ति के सामने, कुछ कहने से पहले हमें यह योजना बना लेनी चाहिए कि हम अपना संदेश कैसे पेश करेंगे।
- स्पष्टता से बोलें, ताकि सामने वाला हमारी बात आसानी से समझ जाए। उत्साह से बोलें, ताकि हमारे श्रोताओं को नींद न आ जाए।
- अपनी बॉडी लैंग्वेज के बारे में जागरूक बनें।
- अपने संवाद को विकृत करने वाली बाधाओं को दूर करें।
- अपने पूर्वाग्रहों को जानें और नियंत्रित करें।
- काम सौंपते समय योजना बनाएँ कि हम क्या कहेंगे। जिन लोगों को हम काम सौंप रहे हैं, उन्हें विस्तार और स्पष्टता से निर्देश दें। उनसे पूछें कि हमारी बात से उन्होंने क्या समझा है। फिर योजना पर अमल की जाँच करें।
- यह सुनिश्चित करें कि हमने जो कहा है, उसे सामने वाले ने न सिर्फ़ समझ लिया है, बल्कि स्वीकार भी कर लिया है।
- दूसरों के साथ अपने सभी संबंधों में चतुर और कूटनीतिक बनें।

2

अच्छी बातचीत की कला

रोचक बातचीत करने की योग्यता किसी इंसान की सबसे मूल्यवान व्यक्तिगत संपत्ति में से एक है। यह कारोबारी और सामाजिक सफलता में बहुत सहायक होती है। इससे दूसरे लोगों को आपके साथ रहने में मज़ा भी आता है।

अच्छी बातचीत करने की कला हमें दूसरों पर, ख़ास तौर पर आपरिचित लोगों पर, जितनी अच्छी छाप छोड़नी में सक्षम बनाती है, उतना कोई दूसरी चीज़ नहीं बनाती। बातचीत की श्रेष्ठ कला से आप संवादकुशल बनते हैं, लोगों की रुचि जगाते हैं, उनका ध्यान केंद्रित रखते हैं और उन्हें अपनी ओर नैसर्गिक रूप से आकर्षित करते हैं। यह क्षमता होना दरअसल बहुत बड़ी उपलब्धि है। इससे न सिर्फ़ अजनबियों पर अच्छी छाप छूटती है, बल्कि दोस्त भी बनते हैं और क़ायम रहते हैं। इससे बंद दरवाज़े खुल जाते हैं और सामने वालों के दिल पसीज जाते हैं। इससे हम सभी तरह के लोगों के लिए रोचक बन जाते हैं। इससे हमें संसार में आगे बढ़ने में मदद मिलती है। इससे ग्राहक हमारे पास ज़्यादा तादाद में आते हैं। इसकी बदौलत हम लोगों को राज़ी सकते हैं कि वे हमारे विचार स्वीकार करें, हमारे नेतृत्व का अनुसरण करें और हमारे प्रॉडक्ट ख़रीदें।

जो लोग अच्छी तरह बात कर सकते हैं, जिनमें चीज़ों को आकर्षक अंदाज़ में रखने की कला होती है, जो अपने भाषा कौशल से दूसरों में तुरंत रुचि जगा सकते हैं, वे बहुत फ़ायदेमंद स्थिति में होते हैं। यह लाभ उनके

पास नहीं होता, जिनके पास विषय का ज्ञान तो शायद ज़्यादा होता है, लेकिन वे आसानी या वाकपटुता से अपने विचार व्यक्त नहीं कर सकते।

शब्दों में बहुत शक्ति होती है। लेकिन अगर हम बिना सोचे-विचारे बोलते हैं या स्पष्टता और सारगर्भित अंदाज़ में अपनी बात रखने की कोशिश नहीं करते हैं, तो इससे हमारी नकारात्मक छवि बनेगी। सिर्फ़ चटर-पटर बोलना या आलोचना करना प्रभावी नहीं होता। प्रभावी बातचीत के लिहाज़ से ये बहुत सतही चीज़ें हैं। कोई भी चीज़ हमारी संस्कृति की उत्कृष्टता या घटियापन, हमारी परवरिश या इसके अभाव को इतनी जल्दी नहीं बता सकती, जितना कि हमारी बातचीत बता देती है। यह हमारे पूरे जीवन की कहानी बयान कर देती है। हम क्या कहते हैं और उसे कैसे कहते हैं, इससे हमारे सारे रहस्य उजागर हो जाते हैं, संसार के सामने हमारी सच्चाई प्रकट हो जाती है।

संवादकुशल कैसे बना जाता है?

बुद्धि, मानसिक शक्ति या किसी क्षेत्र में विशेषज्ञता से मदद मिल सकती है, लेकिन इनमें से कोई भी वह सबसे अहम कारण नहीं है, जिससे संवादकुशल व्यक्ति दूसरों के ध्यान को आकर्षित करता है और उसे कायम रखता है।

हमें ऐसी बातचीत करनी चाहिए कि सामने वाला हमारी परानुभूति को महसूस कर ले और यह भी जान ले कि वह किसी सच्चे इंसान से मिला है। "आप कैसे हैं?" या "आपसे मिलकर ख़ुशी हुई?" आदि घिसे-पिटे अंदाज़ में न कहें, जिससे कोई दिली भावना न झलकती हो। मिलनसार रहें और अलग-अलग स्वभावों के अनुरूप ढलें। जिन लोगों से मिलें, उनसे नज़रें मिलाएँ और उन्हें अपने व्यक्तित्व का अहसास कराएँ। उनकी तरफ़ देखकर मुस्कराएँ और अच्छे शब्द बोलें, ताकि वे हमसे दोबारा मिलकर ख़ुश हों।

दोस्ताना बनें

यदि हम ऐसा संवादकुशल बनना चाहते हैं, जिसका हर जगह स्वागत हो, तो हमें दोस्ताना अंदाज़ में व्यवहार करना चाहिए। हमें अपने हृदय के पट बड़े पैमाने पर खोल देना चाहिए। हमें कई लोगों की तरह अपने हृदय के पट ज़रा से खुले नहीं रखने चाहिए, जो मिलने वाले लोगों से एक तरह से यह

कहते हैं, “आप थोड़ा अंदर झाँक सकते हैं, लेकिन आप तब तक अंदर नहीं आ सकते, जब तक मैं यह तसल्ली नहीं कर लेता कि आप अच्छे इंसान हैं या नहीं।” बहुत सारे लोग दोस्ताना अंदाज़ के मामले में कंजूस होते हैं। वे इसे ख़ास अवसरों या अंतरंग मित्रों के लिए सुरक्षित रखते हैं। वे सोचते हैं कि यह इतना ज़्यादा क़ीमती है कि हर एक को नहीं देना चाहिए।

अपना हृदय खोलने से न घबराएँ। इसका द्वार चौड़ा खोल दें। सारा संकोच छोड़ दें। किसी व्यक्ति से इस तरह न मिलें, मानो हमें ग़लती करने का डर हो और इस तरह व्यवहार करें, जिसे याद करने में हमें ख़ुशी हो।

यह गर्मजोशी भरा, ख़ुशी-ख़ुशी हाथ मिलाना तथा दिली अभिवादन मिलने वालों से सद्भाव का बंधन जोड़ देगा। वे मन ही मन सोचेंगे, “अरे वाह, यह तो वाक़ई रोचक व्यक्तित्व है। मैं इसके बारे में ज़्यादा जानना चाहता हूँ। स्पष्ट रूप से इसे मुझमें कुछ ऐसा दिखता है, जो ज़्यादातर लोग नहीं देख पाते हैं।”

मित्रतापूर्ण व्यवहार, गर्मजोशी भरे अंदाज़ तथा संजीदा अभिवादन के साथ खुले दिल से लोगों से मिलने की आदत डालें; इससे हमारे जीवन में चमत्कार हो जाएगा। हम यह पाएँगे कि कठोरता, संकोच और उदासीनता, हर एक में रुचि का भावहीन अभाव, जो इस समय हमें बहुत परेशान करता है, वह ग़ायब हो जाएगा। लोग देखेंगे कि हम उनमें सच्ची रुचि लेते हैं, कि हम सचमुच उनके बारे में जानना चाहते हैं, उन्हें ख़ुश करना चाहते हैं और उनकी रुचि जगाना चाहते हैं। मित्रता की आदत हमारी सामाजिक शक्ति में क्रांति कर देगी। हममें ऐसे आकर्षक गुण विकसित हो जाएँगे, जो हमने पहले कभी सपने में भी नहीं सोचे थे कि हमारे पास होंगे।

हम क्या कहते हैं, यही महत्त्वपूर्ण नहीं है; यह भी महत्त्वपूर्ण है कि हम इसे कैसे कहते हैं

यह ध्यान रखें कि हम सिर्फ़ बोले गए शब्दों के ज़रिये ही अपने संदेश को व्यक्त नहीं करते हैं, बल्कि अपने आवाज़ के लहज़े, चेहरे के भाव, मुद्राओं और चाल-ढाल से भी करते हैं।

जब चार्ल्स डब्ल्यू. ईलियट हारवर्ड के प्रेसिडेंट थे, तो उन्होंने कहा था, “मैं एक मानसिक गुण किसी भी सुसंस्कृत महिला या पुरुष की शिक्षा का

अनिवार्य हिस्सा मानता हूँ। यह गुण है मातृभाषा का सटीक और परिष्कृत इस्तेमाल।”

अच्छी बातचीत जैसी कोई अन्य उपलब्धि नहीं है, जिसका हम लगातार और प्रभावी इस्तेमाल कर सकें, जो दोस्त बनाने और बनाए रखने में हमारी मदद करे। इसमें कोई शक नहीं है कि हममें से ज़्यादातर लोग भाषा में जितने निपुण होने का लक्ष्य बनाते हैं, हमें उससे ज़्यादा बड़ा लक्ष्य बनाना चाहिए।

बातचीत की योग्यताएँ विकसित करें

हममें से ज़्यादातर लोग अपनी बातचीत में अनाड़ी होते हैं, क्योंकि हम इसे कला नहीं बनाते हैं; हम अच्छी तरह बातचीत करना सीखने की मुश्किल या कष्ट नहीं उठाते हैं। हम पर्याप्त पढ़ते या सोचते नहीं हैं। हममें से ज़्यादातर लोग ख़ुद को लापरवाह भाषा में व्यक्त करते हैं, क्योंकि ऐसा करना ज़्यादा आसान होता है, बजाय इसके कि हम बोलने से पहले सोचें तथा सुंदरता, आसानी और शक्ति के साथ अभिव्यक्ति की कोशिश करें।

बातचीत में कमज़ोर लोग बेहतर न बनने के लिए यह बहाना बनाते हैं, “वाकपटु लोग बनते नहीं हैं, पैदा होते हैं।” हम इसी तर्ज़ पर यह बहाना भी बना सकते हैं कि अच्छे वकील, अच्छे डॉक्टर या अच्छे व्यापारी बनते नहीं हैं, पैदा होते हैं। कड़ी मेहनत के बिना इनमें से कोई भी बहुत ज़्यादा दूर तक नहीं जा पाएगा। यह तमाम महत्त्वपूर्ण उपलब्धि की क़ीमत है।

कई लोग अपनी तरक्की का काफ़ी श्रेय अच्छी वाकपटुता को देते हैं। बातचीत में लोगों की रुचि जगाने और उन्हें बाँधे रखने की योग्यता बहुत बड़ी शक्ति है। जिन जानकार लोगों की अभिव्यक्ति लापरवाही भरी होती है और वे अपनी जानकारी को कभी तार्किक, रोचक या प्रभावशाली भाषा में नहीं रख पाते, वे हमेशा भारी घाटे में रहते हैं।

बातचीत की कला में माहिर लोगों की बातें सुनना बहुत आनंददायक होता है। उनकी भाषा झरने जैसी सुंदरता से बहती है, उनके शब्द इतनी नाज़ुक नफ़ासत, सुरुचि और सटीकता से चुने जाते हैं, उनके शब्द-चयन में इतना परिष्कार होता है कि वे हर श्रोता का मन मोह लेते हैं।

हम यह सोच सकते हैं कि हम ग़रीब हैं, इसलिए हमारे लिए जीवन में कोई अवसर नहीं है। हमारी स्थिति ऐसी हो सकती है कि दूसरे हम

पर आश्रित हों, इसलिए हम स्कूल या कॉलेज नहीं जा सकते हों या संगीत या कला का अध्ययन नहीं कर सकते हों, जैसा हम चाहते हैं। हम किसी निराशाजनक परिवेश में अटके हो सकते हैं या किसी असंतुष्ट, निराश महत्त्वाकांक्षा की यातना झेल सकते हैं। इनमें से कोई चीज़ हमें रोचक बातचीत करने वाला बनने से नहीं रोक सकती, क्योंकि हम अपने बोले हर वाक्य में सर्वश्रेष्ठ अभिव्यक्ति का अभ्यास कर सकते हैं। अच्छी भाषा का इस्तेमाल करने वाली पुस्तकें पढ़ने और ऐसे लोगों से बातचीत करने से हमें मदद मिल सकती है।

बहुत कम लोग इस बारे में बहुत ज़्यादा सोचते हैं कि वे अपनी बात कैसे कहेंगे। वे अपने मन में आने वाले पहले शब्द बोल देते हैं। वे ऐसा वाक्य बनाने के बारे में नहीं सोचते हैं, जिसमें सौंदर्य, संक्षिप्तता, पारदर्शिता और शक्ति हो। शब्द उनके होंठों से अनाप-शनाप प्रवाहित होते हैं, जिनमें बहुत कम विचार या व्यवस्था या क्रम होता है।

बहरहाल, अच्छी सामग्री पढ़ने से न सिर्फ़ दिमाग़ व्यापक होता है और नए विचार आते हैं, बल्कि इससे हमारा शब्द भंडार भी बढ़ता है और इससे हमें बातचीत में बहुत मदद मिलती है। कई लोगों के पास अच्छे विचार तो होते हैं, लेकिन अपने शब्द भंडार की कमी के कारण वे अपनी बात सही से रख नहीं पाते हैं। उनके पास अपने विचारों को पोशाक पहनाने और आकर्षक बनाने के लिए पर्याप्त शब्द नहीं होते हैं। वे गोल-गोल घूमते रहते हैं, बार-बार दोहराते हैं, क्योंकि जब उन्हें अपना सटीक अर्थ बताने के लिए कोई ख़ास शब्द चाहिए होता है, तो वह उन्हें नहीं मिल पाता।

यदि हमारे मन में अच्छी बातचीत करने की महत्त्वाकांक्षा है, तो हमें शिक्षित, सुसंस्कृत लोगों के साथ रहना चाहिए। यदि हम ख़ुद को अलग-थलग रखते हैं, तो भले ही हम कॉलेज स्नातक हों, लेकिन हम बातचीत में निपुण नहीं हो पाएँगे।

हम सभी को उन लोगों से सहानुभूति होती है, ख़ास तौर पर संकोची और शर्मीले लोगों से, जिनमें दमन की भयंकर भावना होती है और वे विचार का गला घोंट देते हैं, जब वे कुछ कहने की कोशिश करते हैं, लेकिन नहीं कह पाते। संकोची युवा लोग अक्सर स्कूल या कॉलेज में अपने विचार व्यक्त करने की कोशिश में ऐसी भारी पीड़ा का अनुभव करते हैं। लेकिन बड़े वक्ता

भी इसी तरह के अनुभव से गुज़रे हैं, जब उन्होंने पहली बार लोगों के सामने बोलने की कोशिश की और अक्सर ग़लतियों व असफलताओं की वजह से उन्हें गहरे अपमान का सामना करना पड़ा। बहरहाल, कुशलता और सुंदरता के साथ अपनी बात रखने की लगातार कोशिश करना संवाद में माहिर बनने का एकमात्र तरीक़ा है; दूसरा कोई तरीक़ा नहीं है।

यदि हम पाते हैं कि विचार व्यक्त करने की कोशिश करते समय वे हमसे दूर उड़ जाते हैं। यदि हम शब्द खोजने की कोशिश में अटकते और भटकते हैं, तो हमें यह विश्वास रखना चाहिए कि अगर हम ईमानदारी से कोशिश करते हैं, भले ही यह कोशिश नाकाम हो जाए, तो अगली बार अच्छा बोलना हमारे लिए ज़्यादा आसान हो जाएगा। अगर हम कोशिश करते रहें, तो हम बहुत जल्दी अपने अटपटेपन और संकोच को परास्त कर देंगे तथा आरामदेह व कुशल अभिव्यक्ति की कला में पारंगत हो जाएँगे।

संवाद में माहिर सभी लोगों ने श्रोता से ख़ुद तक आने वाली ऐसी शक्ति महसूस की है, जो उन्होंने पहले कभी महसूस नहीं की थी और जो अक्सर नए प्रयास के लिए उद्दीप्त व प्रेरित करती है। विचार से विचार के मिलन, मस्तिष्क से मस्तिष्क के संपर्क से नई शक्तियाँ उत्पन्न होती हैं, जैसे दो रसायनों के मिलने से अक्सर एक नया तीसरा तत्व उत्पन्न होता है।

आप दूसरे लोगों में रुचि लेकर दो महीनों में इतने ज़्यादा मित्र बना सकते हैं, जितना स्वयं में दूसरों की रुचि जगाने की कोशिश करके दो साल में भी नहीं बना सकते।

—डेल कारनेगी

दूसरों में रुचि लें

हममें से कई लोग बोलने में ही नहीं, बल्कि सुनने में भी कमज़ोर होते हैं। हम इतने आतुर रहते हैं कि सामने वाले की बात सुनते ही नहीं हैं। हम ध्यान केंद्रित करने और कहानी या जानकारी सीखने के लिए उत्सुक नहीं रहते हैं। इस कारण हम शांत नहीं रहते हैं, जो वक्ता के प्रति एक तरह का असम्मान है। हम बेचैनी से इधर-उधर देखते हैं, शायद किसी कुर्सी या टेबल पर अँगुलियों से छेड़छाड़ करते हैं, चेहरे पर ऊब का भाव रखते हैं मानो

हम वहाँ से जाने को बेताब हों और वक्ताओं की बात पूरी होने से पहले ही उनकी बात काट देते हैं या उन्हें टोक देते हैं। वास्तव में हम लोग इतने अधीर हो चुके हैं कि हमारे पास पद या पैसे की लालसा में धक्का-मुक्की करने के अलावा किसी दूसरी चीज़ के लिए समय ही नहीं रहता है।

चिड़चिड़ी अधीरता हममें से कई लोगों का मुख्य गुण होता है। जिस चीज़ से हमें ज़्यादा कारोबार या पैसे न मिलते हों या जिससे हमें मनचाहा पद हासिल करने में मदद न मिलती हो, उससे हम जल्दी ही ऊब जाते हैं।

अपने मित्रों के साथ रहने का आनंद लेने के बजाय हममें उन्हें सीढ़ी के पायदान की तरह देखने की प्रवृत्ति होती है। हम उनका मूल्य इस आधार पर लगाते हैं कि उन्होंने कितने मरीज़ या ग्राहक हमारे पास भेजे या उनमें हमें किसी राजनीतिक पद तक ऊपर उठाने की कितनी सामर्थ्य है।

परानुभूति की कमी हमारी बातचीत में गिरावट का एक कारण है। हम बहुत ज़्यादा स्वार्थी होते हैं, हम ख़ुद के भले के बारे में सोचने में व्यस्त रहते हैं, अपने ख़ुद के छोटे-से संसार में लिपटे रहते हैं और अपनी ख़ुद की तरक्की में इतने ज़्यादा जुटे रहते हैं कि दूसरों में रुचि ही नहीं लेते हैं। जो भी व्यक्ति परानुभूतिपूर्ण नहीं है, वह अच्छी बातचीत नहीं कर सकता। हमें किसी दूसरे के जीवन में दाख़िल होने, दूसरे व्यक्ति के साथ इसे जीने में सक्षम बनना चाहिए, तभी हम अच्छे श्रोता या अच्छे वक्ता बन सकते हैं।

यदि हम ख़ुद को रुचिकर बनाना चाहते हैं, तो हमें सामने वाले के जीवन में दाख़िल होने में सक्षम होना चाहिए। हमें उनकी रुचि के अनुसार उनके दिल को स्पर्श करना चाहिए। चाहे हम किसी विषय के बारे में कितना ही ज़्यादा क्यों न जानते हों, यदि उसमें सामने वाले की कोई दिलचस्पी नहीं है, हमारी कोशिशें काफ़ी हद तक नाकाम रहेंगी।

कई बार यह देखना दुःखद होता है कि औसत रिसेप्शन या क्लब समारोह में लोग खड़े रहते हैं, दिल से बातचीत करना नहीं जानते हैं, लगभग असहाय और अशक्त दिखते हैं। इसका कारण बस इतना है कि वे ख़ुद में बहुत ज़्यादा डूबे हुए हैं। वे दूसरों के जीवन में दिल से दाख़िल नहीं होते हैं या ख़ुद को अवसर में पूरी तरह से नहीं डुबाते हैं, इसलिए वे अच्छे वक्ता नहीं बन पाते।

वे भावहीन, संकोची और सुदूर होते हैं, क्योंकि उनका दिमाग़ कहीं और होता है, उन्हें तो सिर्फ़ ख़ुद और अपने स्वार्थ से प्रेम होता है। उनकी रुचि केवल दो ही चीज़ों में होती है; कारोबार और उनका ख़ुद का छोटा-सा संसार। यदि हम इन चीज़ों के बारे में बात करते हैं, तो उनकी रुचि तुरंत जाग जाती है, लेकिन वे हमारी या हमारे मामलों की परवाह नहीं करते हैं। उन्हें इस बात से कोई मतलब नहीं रहता कि हमारे हालचाल कैसे हैं या हमारी महत्त्वाकांक्षा क्या हैं या वे हमारी कैसे मदद कर सकते हैं। ऐसी बेचैन, स्वार्थपूर्ण और सहानुभूतिरहित अवस्था में उनकी बातचीत कभी उच्च स्तर तक नहीं पहुँच पाएगी।

व्यवहारकुशल बनें

बहुत संवादकुशल लोग हमेशा काफ़ी व्यवहारकुशल होते हैं - वे बिना अप्रसन्न हुए रोचक लगते हैं। कुछ लोगों में यह ख़ास गुण होता है कि वे हमारे भीतर के सर्वश्रेष्ठ पहलू को स्पर्श कर लेते हैं, बाक़ी हमारे भीतर के सबसे बुरे पहलू को जाग्रत कर देते हैं। जब भी वे हमारे सामने आते हैं, उनकी हरकतों या बातों से हमें चिढ़ होने लगती है। बाक़ी ख़ुशमिज़ाज और रुचिकर होते हैं। वे कभी हमारे संवेदनशील मसलों को छूकर हमें भड़काते नहीं हैं। हमारे अंदर जो भी सहज, मधुर और सुंदर है, उस सबको वे प्रेरित कर देते हैं।

हर मिलने वाला कहता था कि लिंकन रोचक बनने की कला में माहिर थे। वे अपनी कहानियों और हँसी-मज़ाक़ से लोगों को आरामदेह बनाते थे। अपने सामने वे उन्हें इतना सहज बना देते थे कि सामने वाले लोग निस्संकोच अपने मानसिक ख़ज़ाने उनके सामने खोल देते थे। उनसे बात करके अजनबी हमेशा ख़ुश होते थे, क्योंकि वे बहुत दोस्ताना तथा अनूठे थे और वे लेने के बजाय देने में विश्वास करते थे।

ज़ाहिर है, लिंकन जैसा हास्यबोध इंसान की वाकपटुता को बहुत बढ़ा देता है। लेकिन हर व्यक्ति में हास्यबोध नहीं होता; और अगर हममें हास्यबोध का अभाव है, तो दिलचस्प बनने की कोशिश में हम हास्यास्पद भी बन सकते हैं।

संवादकुशल लोग अति गंभीर नहीं होते हैं। वे छोटे-छोटे विवरणों से हमें अभिभूत नहीं करते हैं। तथ्य और आँकड़े दिमाग़ को थका सकते हैं, इसलिए वे उनके साथ-साथ दिलचस्प प्रसंग और क़िस्से भी सुनाते हैं। जोश बहुत ज़रूरी है। भारी बातचीत से श्रोता ऊब सकते हैं। लेकिन सावधान रहें : अगर चर्चा बहुत ज़्यादा हल्की हुई, तो यह दिलचस्प तो होगी, लेकिन उससे हमारा उद्देश्य पूरा नहीं हो पाएगा।

संवाद कला में निपुण बनने के लिए हमें सहज, उत्साही, स्वाभाविक व सहानुभूतिपूर्ण होना चाहिए और सद्भाव का प्रदर्शन करना चाहिए। हमें सहायता करने का भाव महसूस करना चाहिए और दूसरों को रोचक लगने वाली चीज़ों में पूरे दिल से दाख़िल होना चाहिए। हमें लोगों का ध्यान हासिल करना चाहिए और दिलचस्प बातें करके ध्यान को क़ायम रखना चाहिए। ध्यान रहे, हम उनकी रुचि सिर्फ़ गर्मजोशी भरी सहानुभूति से ही हासिल कर सकते हैं - सच्ची दोस्ताना सहानुभूति। यदि हम भावहीन, सुदूर और सहानुभूतिरहित हैं, तो हम उनका ध्यान आकर्षित नहीं कर सकते।

मानसिकता खुली रखें और सहिष्णु बनें। जो लोग सुरुचि, न्याय और निष्पक्षता के अहसास का उल्लंघन करते हैं, उनमें दूसरे रुचि नहीं लेते हैं। वे अपने आंतरिक स्वरूप के सभी मार्गों को कसकर बंद कर देते हैं। फलस्वरूप जो भी बातचीत होती है, वह सतही और मशीनी होती है, जिसमें कोई जीवंतता या भावना नहीं होती।

हर जगह सफल बनने के लिए दृढ़, प्रभावशाली और रोचक भाषा में बोलने की शक्ति विकसित करें। हमने कुछ हासिल किया है, यह साबित करने के लिए किसी अजनबी को अपनी सारी संपत्ति की सूची बताना ज़रूरी नहीं है।

हमारे नज़रिये, हमारे दिल में मौजूद भावनाओं और हमारे व्यक्तित्व का हमारे वाक्-कौशल से पूरा-पूरा सरोकार होता है। हम दूसरों पर जो छाप छोड़ते हैं, उससे हमारी सफलता पर ज़बर्दस्त फ़र्क़ पड़ता है। तब हम विश्वसनीय लगेंगे, महारत की छाप छोड़ेंगे और इस तरह आधा युद्ध जीत लेंगे।

नाम पता करें और याद रखें

याद रखें, किसी व्यक्ति का नाम उसके लिए सभी भाषाओं में सबसे मधुर और सबसे महत्त्वपूर्ण शब्द होता है।

—डेल कारनेगी

किसी नए व्यक्ति से मिलते समय उसका नाम जानने की ख़ास कोशिश करें। अक्सर परिचय देते समय नाम बुदबुदाकर बोला जाता है, ख़ास तौर पर अगर एक से ज़्यादा व्यक्तियों का परिचय साथ दिया जा रहा हो। यदि नाम स्पष्ट सुनाई नहीं दिया है, तो इसे दोहराने का आग्रह करना अशिष्टता नहीं है। बातचीत में नाम का इस्तेमाल करने से यह हमारे दिमाग़ में दृढ़ता से बैठ जाता है।

इन सुझावों का अनुसरण करें :

- यह तय करें कि नाम के किस हिस्से का इस्तेमाल करना है। अमेरिका के लोग आम तौर पर नाम के पहले हिस्से यानी मूल नाम का इस्तेमाल करते हैं, जब तक कि सामने वाले की उम्र बहुत ज़्यादा न हो या वह बहुत बड़ा अधिकारी न हो, जिस स्थिति में मि./मिस का इस्तेमाल करें, जब तक कि वह ख़ुद न कहे, "पहले नाम का इस्तेमाल करें।" बाक़ी संस्कृतियों में हमेशा औपचारिक "श्री," "श्रीमती," "कुमारी" या "डॉ.," "प्रो." आदि पदनाम का इस्तेमाल किया जाता है, जब तक कि सामने वाला कम औपचारिक होने की अनुमति न दे।
- उस व्यक्ति के नाम के साथ मानसिक चित्र जोड़ें। शब्दों में न सोचें - चित्रों में सोचें। जब हम कुसुम से मिलते हैं, तो यह चित्र देखें कि वह फूलों से लदी हुई है। "सरिता" नाम हमें नदी किनारे की याद दिलाता है और "नारायण" हमें शेषनाग पर लेटे भगवान की याद दिलाता है।
- बातचीत में तुरंत नाम दोहराएँ, लेकिन इसकी अति न करें, वरना यह नक़ली दिखेगा। हर तीन-चार मिनट की बातचीत में एक बार काफ़ी है और आख़िरी बार विदा लेते वक़्त।
- यदि वही नाम हमारे किसी रिश्तेदार, मित्र या किसी दूसरे परिचित का है, तो हम उस व्यक्ति के साथ नए व्यक्ति की तसवीर देखते हैं।

- सबसे महत्त्वपूर्ण, इसका इस्तेमाल करें, इसका इस्तेमाल करें, इसका इस्तेमाल करें... जब तक कि यह दृढ़ता से हमारे मन में न जम जाए।

सामने वाले व्यक्ति के बारे में जानकारी हासिल करें

जब हम किसी नए व्यक्ति से मिलते हैं, तो उसके बारे में ज़्यादा से ज़्यादा जानकारी हासिल करना महत्त्वपूर्ण होता है। उससे सवाल पूछकर जानकारी हासिल करें। ध्यान रहे, इसे सवाल-जवाब का सत्र न बनाएँ। बस कुछ अच्छी तरह चुने गए प्रश्नों से अवरोध हट जाएँगे और बातचीत खुलकर प्रवाहित होने लगेगी।

यह एक नाज़ुक प्रक्रिया है, क्योंकि सामने वाले को यह नहीं लगना चाहिए कि हम उसके जीवन में बहुत ज़्यादा दख़लंदाज़ी कर रहे हैं या अति जिज्ञासु हैं। स्थिति के लिहाज़ से उचित सवाल पूछना मुनासिब होता है। मिसाल के तौर पर, कुछ प्रश्न कारोबारी पृष्ठभूमि में उचित होते हैं; बाक़ी सामाजिक स्थितियों में उचित होते हैं।

किसी सामाजिक स्थिति में अच्छी शुरुआत करने वाले प्रश्न आम तौर पर यह हो सकते हैं कि कोई किस इलाक़े में रहता है, उसकी रुचियाँ या शौक़ क्या हैं, परिवार या साझे परिचित आदि। अच्छी बातचीत शुरू करने वाले अन्य प्रश्नों में ये शामिल हैं कि सामने वाला किस स्कूल या कॉलेज में गया था, वर्तमान ताज़ा घटनाएँ या सामने वाले की कही बात से संबंधित सवाल।

जब कारोबारी पृष्ठभूमि में लोगों से मिलें, तो शुरुआत करने वाले अच्छे प्रश्न उसके उद्योग या कंपनी के बारे में होते हैं। उस उद्योग को प्रभावित करने वाली ख़बरों, उसकी नौकरी या करियर की प्रकृति के बारे में प्रश्न पूछें।

हम कौन-कौन से प्रश्न पूछेंगे, उनकी सूची बनाने की ज़रूरत नहीं है। एक बार बातचीत शुरू होने के बाद टिप्पणियाँ और प्रतिक्रियाएँ आसानी से प्रवाहित होने लगती हैं।

बातचीत की शैलियाँ

चाहे आमने-सामने की चर्चा हो या समूह के सामने व्याख्यान, हम दूसरों के साथ जिस अंदाज़ में संवाद करते हैं, उसी से यह तय होता है कि दूसरे हमारी बात को किस तरह ग्रहण करेंगे। हमें निष्क्रिय, आक्रामक या सकारात्मक माना जा सकता है।

निष्क्रिय लोगों के कुछ लक्षण ये हैं :

- वे दूसरों के बारे में ज़्यादा परवाह करते हैं और अक्सर इस चक्कर में ख़ुद को नुक़सान पहुँचा लेते हैं।
- वे मन ही मन अक्सर तनाव में रहते हैं, हालाँकि यह दूसरों के सामने स्पष्ट नहीं होता।
- उनमें आत्म-सम्मान की भावना कम होती है।
- सम्मान पाने के बजाय उन्हें इस बात की ज़्यादा परवाह होती है कि सामने वाले उन्हें पसंद करें।
- वे दूसरों को ऊँचा दिखाते हैं, भले ही इसके लिए ख़ुद को कीमत चुकानी पड़े।
- वे दूसरों को दोष देने के बजाय दोष ख़ुद पर ओढ़ लेते हैं।
- वे टकराव से बचते हैं।
- जब उन्हें सामने वाले से कोई काम कराना होता है, तो वे सीधे इसकी माँग करने के बजाय अप्रत्यक्ष रूप से सुझाव देते हैं या इच्छा व्यक्त करते हैं।

आक्रामक शैली निष्क्रिय शैली के विपरीत होती है। आक्रामक लोगों में ये लक्षण देखे जाते हैं :

- ये लोग ख़ुद पर बहुत ज़्यादा केंद्रित होते हैं।
- वे अक्सर अंदर से तनावग्रस्त होते हैं।
- उनमें आत्म-सम्मान की कमी होती है, लेकिन वे इसे ख़ुद भी स्वीकार नहीं करते हैं।

- आम तौर पर लोग उन्हें पसंद नहीं करते हैं, न ही उनका सम्मान करते हैं।
- वे तानों या अपमानजनक टिप्पणियों से दूसरों को नीचा दिखाते हैं।
- वे हर चीज़ और हर व्यक्ति को नियंत्रित करने की कोशिश करते हैं।
- जब ग़लतियाँ होती हैं या असफलताएँ मिलती हैं, तो वे दूसरों पर दोष मढ़ते हैं और ख़ुद को ज़िम्मेदार समझने के बारे में कभी सोचते ही नहीं हैं।
- उन्हें विपरीत दृष्टिकोण वाले लोगों के साथ आमना-सामना करने में मज़ा आता है और वे इसकी तलाश करते हैं।
- यदि वे शक्ति के पद पर होते हैं, तो वे दूसरों को अनुसरण करने के लिए बाध्य करते हैं।
- वे अक्सर शब्दों से अपने विरोधियों का अपमान करते हैं।
- जब उन्हें किसी से काम कराना होता है, तो वे सीधे इसकी माँग करते हैं या आदेश देते हैं।

प्रभावी संवाद करने वाले मध्यम मार्ग चुनते हैं। वे आत्मविश्वासी और सकारात्मक होते हैं।

- वे अपने ख़ुद के अधिकारों का पूरा ध्यान रखते हैं, लेकिन सामने वाले व्यक्ति या व्यक्तियों के प्रति भी संवेदनशील होते हैं।
- यदि वे तनाव में होते हैं, तो वे इससे निबटते हैं और आगे बढ़ जाते हैं।
- उनमें प्रबल, सकारात्मक आत्म-छवि होती है।
- वे स्पष्टवादी और ईमानदार होते हैं।
- वे दूसरों का सम्मान अर्जित करते हैं।
- वे दूसरों की प्रशंसा करते हैं।
- वे अपनी ख़ुद की ग़लतियों और असफलताओं को स्वीकार करते हैं और दूसरों से भी ऐसा ही करने की अपेक्षा रखते हैं।

- वे टकराव पसंद नहीं करते। यदि दूसरे असहमत हैं, तो वे धमकी भरे अंदाज़ बिना निष्पक्ष चर्चा करके उन्हें अपने दृष्टिकोण से सहमत कराने की कोशिश करेंगे।
- वे हमेशा दूसरों की बात सुनने के इच्छुक रहते हैं।
- जब उन्हें किसी से काम कराना होता है, तो वे बताते हैं कि क्या करना चाहिए और फिर इसे हासिल करने के लिए दूसरों के साथ काम करते हैं।

अपने व्यक्तित्व को बदलना आसान नहीं होता, लेकिन अगर हमारी शैली निष्क्रिय या आक्रामक है, तो संवाद में निपुण होने तथा बेहतर बनने के लिए हमें सकारात्मक-आत्मविश्वासी नीति पर चलना सीखना चाहिए।

फ़ोन पर हमारा व्यक्तित्व

जब भी हम फ़ोन उठाते हैं - करने के लिए या सुनने के लिए - तो हम दूसरे छोर वाले व्यक्ति पर एक छाप छोड़ रहे होते हैं। प्रायः सामने वाले के मन में हमारी और हमारी कंपनी की जो इकलौती छवि बनेगी, वह इसी बातचीत से बनेगी।

आमने-सामने के संवाद में कई साधन होते हैं, जो अच्छी (या बुरी) छाप छोड़ने में हमारी मदद करते हैं : हमारे चेहरे की भाव-भंगिमाएँ, हमारी मुद्राएँ और सामग्री या विजुअल साधनों का इस्तेमाल। फ़ोन के मामले में हमारे पास सिर्फ़ एक साधन होता है : हमारी आवाज़। ज़्यादातर लोग अपनी आवाज़ उस तरह नहीं सुनते हैं,जिस तरह दूसरे सुनते हैं। हमारी आवाज़ दूसरों को कैसी लगती है, इसका सचमुच पता लगाने का सबसे अच्छा तरीक़ा यह है कि हम अपनी कई फ़ोन कॉल रिकॉर्ड करके उन्हें सुनें और मूल्यांकन करें कि हमारी आवाज़ कैसी लगती है। ज़ाहिर है, सबसे महत्त्वपूर्ण यह है कि दूसरों को हमारी आवाज़ कैसी लगती है। जैसा ऊपर बताया गया है, रिकॉर्डिंग सुनें और इसकी गुणवत्ता को बेहतर बनाने के लिए सभी आवश्यक परिवर्तन करें।

हमारा नज़रिया

दोस्ताना बनना दूसरों के साथ प्रभावी व्यवहार का एक मुख्य गुण है। क्या हमें रिकॉर्डिंग में हमारी आवाज़ दोस्ताना लगती है या फिर यह चिड़चिड़ी लगती है? हो सकता है, वह फ़ोन किसी ग़लत समय पर आ गया हो। शायद हम पर बॉस के किसी आदेश का दबाव है, हमारे सामने कोई डेडलाइन है, जिसे हम पूरा करने की कोशिश कर रहे हैं या विभाग में कोई संकट आ गया है, लेकिन हमें फ़ोन करने वाला यह बात नहीं जानता है (या इसकी परवाह नहीं करता है)। हमें ख़ुद को इतना अनुशासित करना चाहिए कि हम उस फ़ोन कॉल के सिवा बाक़ी हर चीज़ को अपने दिमाग़ से बाहर निकाल दें।

यदि हम किसी चीज़ के बारे में परेशान हैं, तो फ़ोन उठाने से पहले गहरी साँस लें, अपनी मांसपेशियाँ शिथिल करें और अपने दिमाग़ को साफ़ कर लें। शांत बनें, ध्यान दें और हम सामने वाले की बात में परवाह भरी रुचि की जो छाप छोड़ना चाहते हैं, वह अपने आप पहुँच जाएगी।

फ़ोन सुनने की तकनीकें

फ़ोन का तुरंत जवाब दें। कारोबारी स्थिति में तीन बार बजने तक फ़ोन का जवाब दे देना चाहिए। यदि हम किसी दूसरे का फ़ोन सुन रहे हैं, तो या तो अपने वॉइसमेल का इस्तेमाल करें या वर्तमान फ़ोन को होल्ड पर रखकर अभी-अभी आए फ़ोन को उठा लें। उससे या तो कुछ देर इंतज़ार करने को कहें या नंबर लेकर ख़ुद फ़ोन लगाने का वादा करें। यदि हम कुछ मिनट से ज़्यादा समय तक अपनी डेस्क से दूर जा रहे हैं, तो यह इंतज़ाम कर दें कि हमारे बदले कोई दूसरा फ़ोन सुन ले या तीन घंटी बाद वॉइसमेल अपने आप चालू हो जाए।

हमेशा तुरंत बताएँ कि हम कौन हैं। "हेलो" कहने के बजाय यह कहें, "इंजीनियरिंग विभाग से सैम जॉनसन बोल रहा हूँ।" यह मानकर न चलें कि फ़ोन करने वाला जानता है कि हम कौन हैं। यदि हम फ़ोन करने वाले को नहीं जानते हैं, तो उसका नाम पूछ लें। यदि यह कोई असामान्य नाम है, तो पूछें कि इसे कैसे लिखा जाता है। इसे लिख लें। प्रतिक्रिया करते समय फ़ोन करने वाले के नाम का इस्तेमाल करें। यह उस व्यक्ति और उसकी समस्या में हमारी सच्ची रुचि दर्शाता है। यदि हम कुछ मिनट के भीतर उसके प्रश्नों

के जवाब नहीं दे सकते, तो यह सलाह देना बेहतर है कि हम कुछ समय बाद फ़ोन करेंगे। फ़ोन करने वाले को ज़्यादा देर तक होल्ड पर न रखें। यदि वह होल्ड करना पसंद करता हो या प्रतिक्रिया में अपेक्षा से ज़्यादा समय लग रहा हो, तो बीच-बीच में फ़ोन पर अपनी उपस्थिति दर्ज करते रहें, ताकि उसे इत्मीनान रहे कि फ़ोन काटा नहीं गया है।

किसी कंपनी को फ़ोन लगाने के सबसे चिढ़ाने वाले पहलुओं में से एक यह है कि फ़ोन उठाने वाला आपकी बात किसी दूसरे व्यक्ति से कराने वाला है और इस बीच फ़ोन कट जाता है। यदि किसी दूसरे व्यक्ति को कॉल ट्रांसफ़र करना ज़रूरी है, तो हमेशा सामने वाले को बता दें कि उसकी बात किससे कराई जाएगी और उस व्यक्ति का एक्सटेंशन या फ़ोन नंबर (यदि हमसे अलग हो) क्या है। फ़ोन करने वाले का नंबर लेना भी एक अच्छा विचार है, ताकि अगर फ़ोन कट जाए, तो हम दोबारा फ़ोन कर सकते हैं।

सिर्फ़ सीधे प्रश्नों पर ही नहीं, बल्कि निहित आपत्तियों पर भी प्रतिक्रिया करें। जब मार्था ने मेल ऑर्डर विभाग को शिकायत करने के लिए फ़ोन किया कि उसे टूटा हुआ सामान मिला है, तो वह विचलित हो गई, जब उसे बताया गया कि वह इसे यूनाइटेड पार्सल सर्विस से लौटा दे। ग्राहक सेवा प्रतिनिधि ने उसकी चिंता को पहचान लिया और मार्था को जल्दी से बता दिया कि उसे यूपीएस शिपिंग सेंटर तक नहीं जाना है, बल्कि वह ऐसा इंतज़ाम कर देगी कि यूपीएस वाले उसके घर से सामान ले जाएँ।

मार्था की चिंता को भाँपकर ग्राहक सेवा प्रतिनिधि ने न सिर्फ़ ग्राहक को स्थिति के बारे में बेहतर महसूस कराया, बल्कि उसे कंपनी का मित्र भी बना लिया।

फ़ोन करते समय रणनीतियाँ

फ़ोन पर होने वाली बातचीत की शुरुआत और अंत बहुत महत्त्वपूर्ण होते हैं। स्वागत करने वाले नज़रिये से बातचीत करें, जिससे यह पता चले कि हमें उस व्यक्ति से बात करते समय ख़ुशी हो रही है और इस बात को पहचानें कि वह फ़ोन उस व्यक्ति के लिए महत्त्वपूर्ण है। यदि हम उस व्यक्ति को नहीं जानते हैं, तो उसे बता दें कि हम कौन हैं और क्यों फ़ोन कर रहे हैं।

"गुड मॉर्निंग, मिसेज़ सेम्युअल्स, आप एक माँ हैं और आपके बच्चे हमारे स्कूल में पढ़ते हैं और मैं जानती हूँ कि आप इस जिले में शिक्षा की गुणवत्ता की परवाह करती हैं। मैं डियान मैकग्राथ की प्रचार प्रबंधक ब्लांशे एच. बोल रही हूँ, जो स्कूल बोर्ड के अध्यक्ष का चुनाव लड़ रही हैं।"

बात पूरी करने के बाद प्रश्नों को सुनें और उन पर प्रतिक्रिया करें। सकारात्मक अंदाज़ में अंत करें। "ध्यान से बात सुनने के लिए धन्यवाद। अगले मंगलवार को बोर्ड मीटिंग में मैं आपसे मिलने के लिए उत्सुक रहूँगी।"

फ़ोन उठाने से पहले ही पूरी बातचीत की योजना बना लें। यदि हमें एक ही फ़ोन में कई मसलों पर बात करनी हो, तो उनकी सूची बना लें। हर मसले के मुख्य बिंदुओं को लिख लें। बोलते समय अपनी योजना पर अमल करें। इस तरह बात करने से फ़ोन की बातचीत ज़्यादा प्रभावी होगी और इसमें समय भी कम लगेगा।

सामने वाले की बात सुनें। हो सकता है कि उसकी बात सुनने के बाद हमें अपनी मूल योजना में हेर-फेर करने की ज़रूरत महसूस हो। प्रश्न पूछें और सामने वाले के जवाब ग़ौर से सुनें। यह सभी संवादों के बारे में सच है, लेकिन फ़ोन के मामले में ख़ास तौर पर महत्त्वपूर्ण है, क्योंकि हमारे पास आमने-सामने वाली मुलाक़ात में दिए जाने वाले बॉडी लैंग्वेज के संकेतों को देखने का लाभ नहीं होता। स्वराघात और आवाज़ के लहज़े में परिवर्तन या उतार-चढ़ाव की सूक्ष्मताओं को "पढ़ना" सीखें। हम जो संदेश भेजने की योजना बना रहे हैं, उसके बारे में श्रोता के दृष्टिकोण से सोचें।

छुटपुट बातचीत

छुटपुट बातचीत वास्तव में "महत्त्वहीन बातचीत" नहीं होती। बातचीत की यह ग़ैर-कारोबारी शैली संबंध बनाने और संबंध जारी रखने की बुनियाद बन सकती है।

छुटपुट बातचीत में कुशल बनने के लिए ताज़ा घटनाओं के व्यापक ज्ञान की ज़रूरत नहीं होती। इसमें तो बस सामने वाले व्यक्ति के प्रिय विषय पर ध्यान केंद्रित करने की ज़रूरत होती है - और ऐसे प्रश्न पूछने की, जिनसे उसकी रुचि का पता चले। मौसम के बारे में बात करने से भी बातचीत का सिलसिला शुरू हो सकता है। यह घनिष्ठता बढ़ाने का अचूक तरीक़ा है।

बेहतर श्रोता बनें

अच्छी जानकारी पाने वाले सही प्रश्न पूछना लोगों को जानने की दिशा में पहला क़दम है, लेकिन हमारे पूछे गए प्रश्न चाहे जितने अच्छे हों, जब तक हम जवाबों को ग़ौर से नहीं सुनेंगे, तब तक हमें जानकारी का सिर्फ़ कुछ हिस्सा ही मिल पाएगा। हर बातचीत में अपनी सुनने की योग्यताओं को निखारना महत्त्वपूर्ण होता है।

बेहतर श्रोता बनने की कुछ तकनीकों पर आगामी अध्यायों में बातचीत की जाएगी।

प्रभावी चर्चा की जाँच सूची

हाल की कुछ चर्चाओं की समीक्षा करें - चाहे ये आमने-सामने हुई हों या फ़ोन पर। क्या आप :

- मुस्कराए? मुस्कान फ़ोन पर भी हमारी आवाज़ और हमारे नज़रिये में झलकती है।
- क्या हमने बातचीत शुरू करने के लिए छुटपुट बातचीत का इस्तेमाल किया?
- क्या हमने उस व्यक्ति का नाम याद रखा और उसका इस्तेमाल किया?
- क्या हमने सामने वाले व्यक्ति के गुणों, आदर्शों या उपलब्धियों का अवलोकन करके उससे संबंध जोड़ा?
- क्या हमने समानताएँ खोजीं और बताईं?
- क्या हमने सामने वाले के समय के प्रति सम्मान दिखाया?
- क्या हमने भिन्नता के मुद्‌दों पर संवेदनशीलता रखी और विवादास्पद मुद्‌दों से बचे?
- क्या हमने विचारपूर्ण प्रश्न पूछकर सामने वाले के बारे में जानने की सच्ची इच्छा दिखाई?
- क्या हमने सामने वाले की बात पूरी तरह सुनी और उस पर ध्यान केंद्रित किया?

- क्या हमने पूछा कि हम कैसे मदद कर सकते हैं?
- क्या हमने सामने वाले की रुचियों के संदर्भ में बातचीत की?
- क्या हमने उन्हें कोई रुचिकर चीज़ बताई, जो वे पहले से नहीं जानते थे?
- क्या हमने प्रमाण देते हुए सच्ची प्रशंसा की?

सार

अच्छी बातचीत के लिए क्या करें :

- तैयार रहें। वाकपटु व्यक्ति अपने श्रोताओं को शामिल करता है और चर्चा को उद्दीप्त करता है। प्रवृत्तियों और ताज़ा घटनाओं की जानकारी रखकर बातचीत की योग्यताओं को निखारें।
- सामने वाले का नाम मालूम करें और बातचीत में इसका इस्तेमाल करें।
- आँखों से संपर्क करें। सामने वाले व्यक्ति की तरफ़ सीधे देखना इस बात का संकेत है कि हम सुन रहे हैं। सामने वाले को न घूरें। हाँ, उनकी आँखों से आँखें मिलाएँ, लेकिन अपनी आँखें आस-पास भी घुमाते रहें, ताकि हम उनका पूरा चेहरा देख सकें।
- स्पष्टता से बोलें। यदि हमसे बार-बार ज़ोर से बोलने या अपनी बात दोहराने को कहा जाता है, तो हम शायद स्पष्टता से नहीं बोल रहे हैं। अपनी बातचीत रिकॉर्ड करके सुनें।
- बोलने की कमज़ोर आदतों से उबरने के लिए वॉइस कोच से पेशेवर मदद लें।
- श्रोता के लिए परिचित भाषा और चित्रों का इस्तेमाल करें। हमें उस व्यक्ति से बातचीत में ज़्यादा जानकारी व आनंद मिलता है, जो हमारी तरह बोलता और सोचता है। यह तब नहीं होता, जब सामने वाला अलग शब्दावली का इस्तेमाल करता है।
- हम जिससे बात कर रहे हैं, उस व्यक्ति की भाषा शैली का इस्तेमाल करें। कारोबारी सहयोगियों से बात करते समय अलग शब्दों व लहज़े

का इस्तेमाल करें और सड़क पर चलते किशोर से बातचीत करते समय अलग शब्दों व लहज़े का।

- विषय पर केंद्रित रहें। बातचीत से भटकाने वाले लोग वे होते हैं, जो हमारी कहानी में कूद पड़ते हैं और ध्यान का केंद्र ख़ुद या किसी ऐसी चीज़ पर पहुँचा देते हैं, जिसके बारे में वे ज़्यादा जानते हैं।
- यह जानें कि कब बोलना है और कब सुनना है। बातचीत लेन-देन की प्रक्रिया होनी चाहिए। बातचीत में शामिल हर व्यक्ति को बोलना चाहिए और हर व्यक्ति को सुनना चाहिए। बातचीत में शामिल हों, लेकिन उस पर एकाधिकार न जमाएँ।
- जो कहा जा रहा है, उसमें रुचि व्यक्त करें। उचित होने पर सिर हिलाकर, टिप्पणी करके या प्रश्न करके कही गई बातों को महत्त्व दें।
- संवाद को बढ़ावा देने के लिए खुले सिरे वाले सवाल पूछें - यानी ऐसे सवाल, जिनका जवाब सिर्फ हाँ या नहीं में न दिया जा सके।

अच्छी बातचीत में क्या न करें :

- बहुत तेज़ या बहुत धीमे न बोलें। हम सभी ने ऐसे लोगों से बातचीत की है, जो इतनी तेज़ बोलते हैं कि हम उनके साथ नहीं चल पाते या इतनी धीमी गति से बोलते हैं कि जब तक वे अपने विचारों की अभिव्यक्ति पूरी करते हैं, हम विषय ही भूल जाते हैं।
- न तो बुदबुदाएँ, न ही अपने शब्द निगलें।
- बहुत धीमे या बहुत तेज़ स्वर में बात न करें। अपने स्वर का आकलन अपने श्रोता या श्रोताओं से निकटता या दूरी के हिसाब से करें।
- बातचीत पर एकाधिकार न जमाएँ। सामने वाले को बोलने का मौक़ा दें।
- डींगें न हाँकें। बातचीत अहम की दौड़ नहीं होती है, बल्कि इससे विचारों का आदान-प्रदान होता है।
- सवाल-जवाब का सत्र न शुरू करें। प्रश्न दोस्ताना और ग़ैर-आक्रामक

अंदाज़ में पूछने चाहिए। खुले सिरे वाले प्रश्नों का इस्तेमाल करें, ताकि सामने वाला खुलकर अपने विचार व्यक्त कर सके।

- बाधा न डालें। टिप्पणी करने से पहले सामने वाले को बात पूरी करने दें।
- किसी दूसरे के बोलते समय बात न काटें। जब सामने वाला बोल रहा हो, तब बीच में टाँग अड़ाने को न सिर्फ़ अशिष्ट माना जाता है, बल्कि हम उसकी दी गई जानकारी से भी वंचित रह सकते हैं।
- जो कहा जा रहा है, उसके प्रति अपने दिमाग़ को बंद न करें। अगर हम सामने वाले का दृष्टिकोण समझना चाहते हैं, तो खुली मानसिकता अनिवार्य है।

3

ध्यान से सुनिए!

क्या आप सचमुच सुनते हैं? मान लें, आपका कोई सहकर्मी आपके सामने एक समस्या लेकर आता है और मदद माँगता है। हो सकता है कि आप शुरू में ध्यान देकर सुनें, लेकिन फिर आपका ध्यान भटक जाता है और आपको इसका पता ही नहीं चल पाता। समस्या सुनने के बजाय अब आप अपनी डेस्क पर पड़े काम के ढेर के बारे में सोच रहे हैं, उस फ़ोन के बारे में सोच रहे हैं, जो आप सहकर्मी के केबिन में आने से पहले करने वाले थे, उस बहस के बारे में सोच रहे हैं, जो सुबह स्कूल छोड़ने जाते वक़्त बेटी से हुई थी। आप अपने सहकर्मी के शब्द तो सुन रहे हैं, पर आप दरअसल सुन नहीं रहे हैं।

यह हम सभी के साथ होता है। क्यों? हम जितनी तेज़ी से बोल सकते हैं, हमारा दिमाग़ विचारों को उससे बहुत तेज़ गति से प्रोसेस कर सकता है। जब कोई हमसे बात करता है, तो हमारा दिमाग़ आगे दौड़ जाता है और हम वक्ता का वाक्य अपने दिमाग़ में पूरा कर लेते हैं - कई बार तो हम सही समझते हैं, लेकिन अक्सर हमारे अनुमान से वक्ता की कही बात अलग होती है। आप कही जाने वाली बात नहीं सुनते हैं; इसके बजाय आप तो अपने दिमाग़ में चलने वाले अनुमानों व आदेशों को सुनते हैं।

यह मानव स्वभाव है। लेकिन ख़राब श्रोता होने के लिए यह बहाना नहीं चलेगा। नीचे दिए परीक्षण से यह पता लगाएँ कि आप कितने अच्छे श्रोता हैं।

अपनी सुनने की योग्यताओं का मूल्यांकन करें

नीचे दिए गए सवालों के जवाब "हाँ" या "नहीं" में दें :

- जब कोई आपको कुछ बताने की कोशिश करता है, तो क्या आप बीच में बोलते रहते हैं?
- बातचीत के दौरान क्या आप काग़ज़ों को देखते हैं?
- क्या आप पूरी कहानी सुनने से पहले ही निष्कर्ष पर पहुँच जाते हैं?
- क्या आपकी बॉडी लैंग्वेज रुचि की कमी का संकेत देती है?
- क्या आप केवल वही सुनते हैं, जो आप सुनना चाहते हैं और बाक़ी हर चीज़ को बाहर ही रखते हैं?
- क्या आप वक्ता के प्रति अधीरता दिखाते हैं?
- क्या आप सुनने से ज़्यादा समय बोलने में लगाते हैं?
- क्या बातचीत में आपका दिमाग़ भटकता है?
- जब सामने वाला बोल रहा हो, तो क्या आप उसकी बात के खंडन या प्रतिक्रियाओं के बारे में सोचते हैं?
- क्या आप वक्ता के ग़ैर-शाब्दिक संकेतों को नज़रअंदाज़ करते हैं, जो आपको बताते हैं कि वक्ता आपसे कब प्रतिक्रिया चाहता है?

यदि आपने इनमें से किसी भी प्रश्न का जवाब "हाँ" में दिया है, तो आपको अपनी सुनने की योग्यताओं को बेहतर बनाने पर ध्यान केंद्रित करना चाहिए।

सक्रिय श्रोता बनें

सक्रिय श्रोता सामने वाले की कही बात पर क़रीबी ध्यान तो देता ही है, साथ ही उसके बारे में प्रश्न पूछता है, टिप्पणी करता है और शाब्दिक व ग़ैर-शाब्दिक प्रतिक्रिया करता है।

अपनी सुनने की योग्यता को बेहतर बनाने का एक तरीक़ा सक्रिय भूमिका निभाना है। सिर्फ़ कान खुले रखने के बजाय इन दिशानिर्देशों का अनुसरण करें :

- वक्ता की ओर देखें। आँखों का संपर्क रुचि दिखाने का एक तरीक़ा है, लेकिन इसकी अति न करें। पूरे व्यक्ति को देखें, सिर्फ़ उसकी आँखों में न घूरें।
- अपने चेहरे के हाव-भाव से रुचि दिखाएँ। सही जगह पर मुस्कराएँ या परवाह दिखाएँ।
- सिर हिलाकर या मुद्राओं से यह संकेत करें कि आप बातचीत को सुन और समझ रहे हैं।
- जो कहा जा रहा है, उसके बारे में प्रश्न पूछें। "तो मैं इसे इस तरह से समझता हूँ..." कहकर आप इसकी संक्षिप्त व्याख्या कर सकते हैं या कही बात के संदर्भ में विशिष्ट प्रश्न पूछ सकते हैं। इस तकनीक से आप न सिर्फ़ अस्पष्ट बातों को स्पष्ट कर लेंगे, बल्कि सुनते वक़्त आप सतर्क भी रहेंगे और पूरा ध्यान देंगे।
- सामने वाले की बात न काटें। विराम इस बात का संकेत नहीं है कि आप बोलना शुरू कर दें। इंतज़ार करें।
- परानुभूतिपूर्ण श्रोता बनें। दिमाग़ के साथ-साथ दिल से भी सुनें। लोगों के बोलते वक़्त वह महसूस करने की कोशिश करें, जो वे महसूस कर रहे हैं। दूसरे शब्दों में, वक्ता की जगह ख़ुद को रखें।

ख़ुद को बेहतर श्रोता बनाने की छह रणनीतियाँ

आप बेहतर श्रोता बन सकते हैं। आप अप्रभावी तरीक़े से सुनने के कुछ मुख्य कारणों से बच सकते हैं। इसके लिए बस अपने कामकाजी परिवेश में और सुनने के प्रति अपनी नीति में कुछ परिवर्तन कर लें।

1. यह व्यवस्था करें कि आपके सारे फ़ोन वॉइस मेल पर तुरंत चले जाएँ। संभवतः फ़ोन काम में विघ्न डालने वाला सबसे बड़ा कारण है। आप वक्ता की बात पर पूरा ध्यान देना चाहते हैं। फ़ोन से न सिर्फ़ आपकी बातचीत में बाधा पड़ती है, बल्कि इससे आपके विचारों का प्रवाह भी टूट जाता है। हो सकता है कि फ़ोन रखने के बाद भी आपका ध्यान फ़ोन पर हुई बातचीत की दिशा में भटकता रहे। यदि फ़ोन बंद करना व्यावहारिक न हो, तो फ़ोन से दूर चले जाएँ। किसी ख़ाली मीटिंग रूम

में चले जाएँ। वहाँ के फ़ोन की घंटी शायद नहीं बजेगी, क्योंकि कोई नहीं जानता कि आप वहाँ पर हैं।

2. काग़ज़ों को छिपा दें। यदि आपकी डेस्क पर काग़ज़ों का अंबार है, तो आपकी निगाहें शायद उन पर घूमेंगी और आपको यह पता चलने में बहुत देर हो जाएगी कि आप सामने वाले की बात सुनने के बजाय पत्र या मेमो पढ़ रहे हैं। यदि आप किसी सम्मेलन कक्ष में जाते हैं, तो सिर्फ़ बातचीत संबंधी काग़ज़ ही साथ रखें। यदि अपनी डेस्क पर रहना ज़रूरी हो, तो काग़ज़ दराज़ में रख दें, ताकि आपके मन में उन्हें पढ़ने का प्रलोभन न हो।

3. बहुत आराम से न बैठें। रॉबर्ट एल. एक बहुत शर्मनाक अनुभव के बारे में बताते हैं : "कुछ साल पहले मैं एक अन्य मैनेजर के साथ किसी स्थिति पर बातचीत कर रहा था। जैसी मेरी आदत थी, मैं अपनी आरामदेह एक्ज़ीक्यूटिव चेयर में सिर के पीछे हाथ रखकर बैठा था। मेरी आँखें बंद हो गईं; सौभाग्य से झपकी लगने से पहले ही मैं सँभल गया। इसके बाद बातचीत करते वक़्त मैं आरामदेह स्थिति में नहीं बैठता हूँ। मैंने यह निर्णय लिया है कि मैं अपनी कुर्सी के कोने पर बैठूँगा और पीछे टिकने के बजाय आगे झुकूँगा। इस मुद्रा से न सिर्फ़ मैं शारीरिक तौर पर सामने वाले के ज़्यादा क़रीब आ जाता हूँ, बल्कि इससे मैं ज़्यादा ध्यान भी दे सकता हूँ और आँखों का संपर्क क़ायम रखने में भी मदद मिलती है। इससे सामने वाले को यह भी दिख जाता है कि मैं उसकी कही जाने वाली बातें सुनने में सचमुच रुचि लेता हूँ और उन्हें गंभीरता से लेता हूँ। और चूँकि मैं बहुत आरामदेह नहीं होता हूँ, इसलिए दिवास्वप्न देखने की प्रवृत्ति भी कम रहती है।"

4. अपने खंडन के बारे में न सोचें। हमारा मन इस बात के लिए ललचा सकता है कि हम वक्ता के बताए एक-दो बिंदुओं को सुनकर ही यह योजना बना लें कि आप उन पर कैसी प्रतिक्रिया करेंगे। इसका नतीजा यह होगा कि आप शायद बाक़ी बातें नहीं सुन पाएँगे, जो प्रायः महत्त्वपूर्ण मसलों से संबंधित होती है। कही जाने वाली सारी बातों पर ध्यान केंद्रित करें।

5. परानुभूतिपूर्ण श्रोता बनें। परानुभूति और सहानुभूति में अंतर होता है। परानुभूति ख़ुद को सामने वाले की जगह रखना है, ताकि आप जान जाएँ कि वह कैसा महसूस करता है। सहानुभूति किसी व्यक्ति की बुरी स्थिति पर दुःख महसूस करना है। वक्ता जो सचमुच कहना चाहता है, परानुभूतिपूर्ण श्रोता उसे ज़्यादा गहराई से समझने की स्थिति में होता है।
6. लिख लें। किसी लंबी बातचीत में कही गई हर चीज़ को याद रखना असंभव होता है। भले ही आप शॉर्टहैंड का इस्तेमाल करें, लेकिन अगर आप सारी बातें लिखने की कोशिश करेंगे, तो आप सुन नहीं पाएँगे। बस मुख्य शब्द या वाक्यांश लिख लें। आँकड़ों या महत्त्वपूर्ण तथ्यों को लिख लें। बस इतना लिखें कि आपको याद रहे। किसी मीटिंग के तुरंत बाद उसका विस्तृत सार लिख लें, जब जानकारी आपके दिमाग़ में ताज़ा हो। इसे रिकॉर्डर में भर लें, कंप्यूटर में दर्ज कर लें या अपनी नोटबुक में लिख लें, जो भी आपको ज़्यादा अच्छा लगे।

लोगों के साथ व्यवहार करते समय याद रखें कि आप तर्क वाले प्राणियों के साथ व्यवहार नहीं कर रहे हैं, बल्कि भावना वाले प्राणियों के साथ व्यवहार कर रहे हैं।

—डेल कारनेगी

सात प्रकार के श्रोता

श्रोता अक्सर नीचे दी गई श्रेणियों में से किसी एक में आते हैं :

"बेचैन श्रोता"

ये लोग हड़बड़ी में नज़र आते हैं, लगातार आस-पास देखते रहते हैं या कोई दूसरी चीज़ करते रहते हैं। अक्सर कई काम एक साथ करने वाले ये लोग स्थिर बैठकर सुन ही नहीं सकते।

यदि आप "बेचैन श्रोता" हैं, तो आपको यह संकल्प लेना चाहिए कि जब कोई आपसे बात कर रहा हो, तो आप अपने हाथ के काम को अलग रख देंगे।

यदि आपका पाला किसी "बेचैन श्रोता" से पड़ रहा है, तो आप पूछ सकते हैं, "क्या यह अच्छा समय है?" या कहें, "मुझे एक पल के लिए आपका पूरा ध्यान चाहिए।" ऐसे कथन से शुरुआत करें, जो उस व्यक्ति का ध्यान आकर्षित कर ले, संक्षिप्त रहें और तुरंत ही निष्कर्ष पर पहुँचें, क्योंकि उसके ध्यान की अवधि छोटी है।

''खोए हुए श्रोता''

''खोए हुए श्रोता" शारीरिक दृष्टि से तो मौजूद रहते हैं, लेकिन मानसिक रूप से नहीं रहते। उनके चेहरे के सूने भाव से आप यह बात समझ सकते हैं। वे या तो दिवास्वप्न देख रहे होते हैं या किसी दूसरी चीज़ के बारे में सोच रहे होते हैं, लेकिन आपकी बात नहीं सुन रहे होते हैं।

यदि आप "खोए हुए श्रोता" हैं, तो अच्छे श्रोता की तरह काम करें। चौकस बनें। आँखों का संपर्क क़ायम रखें। आगे झुकें और प्रश्न पूछकर रुचि दिखाएँ।

यदि आप "खोए हुए श्रोताओं" से बात कर रहे हैं, तो कभी-कभार जाँच करके पूछ लें कि क्या वे आपकी बात समझ गए हैं। "बेचैन श्रोता" की तरह ही यहाँ भी ऐसे कथन से शुरुआत करें, जो उनका ध्यान आकर्षित कर ले, संक्षिप्त व बिंदुवार रहें, क्योंकि वे ज़्यादा समय तक एक चीज़ पर ध्यान केंद्रित नहीं कर सकते।

"टोकने वाले श्रोता"

ये लोग किसी भी समय बीच में कूदने को तैयार रहते हैं। वे उकड़ूँ बैठे रहते हैं और आपकी बात में आने वाले ज़रा से भी विराम के लिए तैयार रहते हैं, ताकि वे आपका वाक्य पूरा कर दें। वे आपकी बात नहीं सुन रहे होते हैं, बल्कि इसके बजाय उनका ध्यान तो इस बात पर केंद्रित होता है कि वे क्या कहना चाहते हैं।

यदि आप "टोकने वाले श्रोता" हैं, तो आपको यह ध्यान रखना चाहिए कि आप जब भी किसी की बात काटें, तो हर बार क्षमा माँग लें। इससे आप इस स्थिति के बारे में ज़्यादा सतर्क रहेंगे।

यदि आप टोकने वाले श्रोता से बात कर रहे हैं, तो उनके बीच में कूदते ही तुरंत ठहर जाएँ और उन्हें बोलने दें, वरना वे आपकी बात कभी नहीं सुनेंगे। उनकी बात पूरी होने पर आप यह कह सकते हैं, "जैसा मैं पहले कह रहा था..." ताकि वे समझ जाएँ कि उन्होंने बीच में टोक दिया था। फिर वे अपना ध्यान आपकी कही बातों पर केंद्रित कर सकते हैं।

"*भावहीन श्रोता*"

ये लोग अलग-थलग रहते हैं और सुनते समय बहुत कम भाव दिखाते हैं। वे यह आभास देते हैं कि आप जो बोल रहे हैं, उस बारे में उन्हें ज़रा भी परवाह नहीं है।

यदि आप "भावहीन श्रोता" हैं, तो सिर्फ़ शाब्दिक संदेश पर नहीं, बल्कि पूरे संदेश पर ध्यान केंद्रित करें। अपने आँख-कान और हृदय से सुनने की याद रखें।

यदि आप "भावहीन श्रोता" से बात कर रहे हैं, तो अपने विचारों को नाटकीय दृश्य बनाकर पेश करें और उन्हें बातचीत में शामिल करने के लिए सवाल पूछें।

"*लड़ाकू श्रोता*"

ये लोग हथियारबंद होते हैं और लड़ाई के लिए तैयार होते हैं। उन्हें बहस करने और दूसरों को दोष देने में मज़ा आता है।

अगर आप "लड़ाकू श्रोता" हैं, तो आपको ख़ुद को वक्ता की जगह पर रखने की कोशिश करनी चाहिए और उसके दृष्टिकोण को समझना व स्वीकार करना चाहिए और उसमें अच्छी चीज़ खोजनी चाहिए।

आप जब इस तरह के श्रोता के साथ पेश आ रहे हैं और वह असहमत होता है या किसी को दोष देता है, तो पीछे के बजाय आगे देखें। ज़ाहिर है, यदि आलोचना सही है, तो उसे धन्यवाद दें और उचित क़दम उठाएँ। यदि आलोचना सही नहीं है, तो बहस करने के बजाय उसे बता दें कि आप उसके सुझावों की क़द्र करते हैं और फिर अपना बचा हुआ संदेश दें।

"*विश्लेषक श्रोता*"

ये लोग लगातार परामर्शदाता या मनोचिकित्सक की भूमिका निभाते हैं और

जवाब देने के लिए तैयार रहते हैं, भले ही आपने उनकी राय न माँगी हो। वे ख़ुद को बेहतरीन श्रोता मानते हैं और सबकी मदद करना चाहते हैं। वे लगातार विश्लेषणात्मक मानसिकता में रहते हैं और उनकी अवस्था "इसे सही करो" की रहती है।

यदि आप "विश्लेषक" हैं, तो आरामदेह रहें और यह समझ लें कि हर व्यक्ति जवाब, समाधान या सलाह नहीं चाहता है। कुछ लोग बस अपने विचारों को यूँ ही उछालते हैं, ताकि वे ख़ुद जवाबों को ज़्यादा स्पष्टता से समझ सकें।

यदि आप किसी विश्लेषक से पेश आ रहे हैं, तो आप यह कहकर शुरू कर सकते हैं, "मुझे बस अपने दिल से कुछ गुबार निकालना है। मैं किसी सलाह की तलाश नहीं कर रहा हूँ।"

"रुचिवान श्रोता"

"रुचिवान श्रोता" चेतन रूप से जागरूक श्रोता होते हैं। वे अपने आँख-कान और हृदय से सुनते हैं तथा ख़ुद को वक्ता की जगह पर रखने की कोशिश करते हैं। यह सुनने का सर्वोच्च स्तर है। उनकी सुनने की योग्यताएँ आपको बोलने के लिए प्रोत्साहित करती हैं और आपको अपने ख़ुद के समाधान खोजने तथा अपने विचार प्रकट करने का अवसर देती हैं।

> *आप दूसरे लोगों में रुचि लेकर दो महीनों में ही इतना कारोबार कर सकते हैं, जितना ख़ुद में दूसरों की रुचि जगाने की कोशिश करके दो साल में भी नहीं कर सकते।*
>
> ***—डेल कारनेगी***

बॉडी लैंग्वेज पर निगाह रखें

हम सभी सिर्फ़ अपने बोले गए शब्दों से ही जानकारी नहीं देते हैं। हमारे शरीर की भाव-भंगिमाएँ अक्सर हमारी बोली गई बातों का अर्थ बदल देती हैं। हमारे चेहरे के हाव-भाव, हमारी मुद्राएँ, हमारे बैठने या खड़े होने का अंदाज़ - हर चीज़ अर्थपूर्ण होती है।

कितना अच्छा हो, अगर हम बॉडी लैंग्वेज की डिक्शनरी ख़रीद सकें, जो हमें बता सके कि हर मुद्रा या अभिव्यक्ति का क्या अर्थ होता है? तब हम यह व्याख्या कर सकते हैं कि हर व्यक्ति सचमुच क्या कह रहा है।

कुछ लोगों ने ऐसी "डिक्शनरी" लिखने की कोशिश की है, जिसमें अलग-अलग "संकेतों" की सूची बनाकर उनके अर्थ दिए गए हैं। मिसाल के तौर पर, सामने वाला व्यक्ति अपनी ठुड्डी थपथपाता है। इसका क्या मतलब हो सकता है? "आह! मैं समझ गया, वह स्थिति पर विचार कर रहा है।" देखिए, यह सचमुच हो सकता है कि वह इस पर विचार कर रहा हो, लेकिन इसका यह मतलब भी हो सकता है कि उसने आज सुबह दाढ़ी नहीं बनाई हो, इसलिए अपनी ठुड्डी खुजा रहा है।

हमारे सामने बैठी युवती सामने हाथ बाँधकर बैठी है। कुछ "विशेषज्ञ" इसकी व्याख्या यह करते हैं कि वह ख़ुद को सीमित कर रही है, हमें बाहर रखना चाहती है और हमें अस्वीकार कर रही है। बकवास! किसी क्लास, लेक्चर या नाटक में लोगों से भरे कमरे को देखें। आप देखेंगे कि बहुत सारे लोग हाथ बाँधकर बैठे हैं। क्या इसका मतलब यह है कि वे शिक्षक या अभिनेताओं को अस्वीकार कर रहे हैं? ज़ाहिर है नहीं। यह बैठने का आरामदेह तरीक़ा है और अगर हमें ठंड लग रही है, तो इससे हमारा शरीर गरम रहता है। दूसरी ओर, यदि बातचीत के बीच में सामने वाला अचानक अपनी बाँहें सामने बाँध ले, तो इसका मतलब यह हो सकता है कि उस बिंदु पर वह हमसे असहमत है।

कोई भी सर्वव्यापी बॉडी लैंग्वेज नहीं है

इसका यह मतलब नहीं है कि हम बॉडी लैंग्वेज को नहीं पढ़ सकते। इसका मतलब तो बस यह है कि कोई भी सर्वव्यापी बॉडी लैंग्वेज नहीं है। विचारों और भावनाओं को व्यक्त करने का हर व्यक्ति का अपना अलग तरीक़ा होता है।

ऐसा क्यों होता है? बॉडी लैंग्वेज काफ़ी हद तक सीखा हुआ गुण होता है। हममें दूसरों की नक़ल करने की प्रवृत्ति होती है और हम अपनी बॉडी लैंग्वेज आम तौर पर अपने माता-पिता से सीखते हैं। अक्सर हमारी प्रजातीय

पृष्ठभूमि से भी इसका क़रीबी संबंध होता है। मिसाल के तौर पर, दो लड़के डेट्रॉयट, मिशिगन में पैदा होते हैं, लेकिन उनके माता-पिता दो अलग-अलग देशों से अमेरिका आकर बसे हैं। एक परिवार ऐसे देश से आया था, जहाँ लोग भाव-भंगिमाओं के साथ ख़ुद को व्यक्त करते थे। इंसान अपने हाथों का इस्तेमाल किए बिना भाषा नहीं बोल सकता था। दूसरा परिवार एक ऐसे देश से आया था, जहाँ कोई भी भाव-भंगिमाओं का इस्तेमाल नहीं करता था, जब तक कि वह बहुत भावुक न हो। दोनों लड़के हाई स्कूल में पहली बार मिले। पहला लड़का अपने सामान्य तरीक़े से किसी स्थिति पर बातचीत कर रहा था। उसके हाथ लगातार हिल रहे थे। दूसरे लड़के ने सोचा, "हे भगवान, वह इस बारे में रोमांचित है।" फिर उसने अपने सामान्य शांत अंदाज़ में प्रतिक्रिया की और पहले लड़के ने मन ही मन सोचा, "उसकी तो रुचि भी नहीं है।"

सांस्कृतिक भिन्नताएँ ग़ैर-शाब्दिक संप्रेषण के तरीक़े को भी प्रभावित करती हैं।

न्यू यॉर्क सिटी में एक हाई स्कूल के कैफ़ेटेरिया से पैसे की चोरी के बाद प्राचार्य ने उन सभी विद्यार्थियों से पूछताछ की, जो कैश रजिस्टर तक पहुँच सकते थे। बातचीत के बाद वे इस नतीजे पर पहुँचे कि चोरी एक लैटिन अमेरिकी लड़की ने की थी और उन्होंने उसे निलंबित कर दिया। इस मामले में एक सामाजिक कार्यकर्ता ने प्राचार्य से संपर्क किया और पूछा कि उन्हें वह चोर क्यों लगी। प्राचार्य ने कहा, "बाक़ी सभी विद्यार्थियों ने सीधे मुझसे नज़रें मिलाकर कहा कि उन्होंने यह नहीं किया। इस लड़की ने सीधे मुझसे निगाह नहीं मिलाई। पूरी बातचीत के दौरान वह अपने पैरों की तरफ़ देखती रही। वह स्पष्ट रूप से अपराधी है।"

सामाजिक कार्यकर्ता ने उन्हें जानकारी दी, "प्राचार्य महोदय, हर सभ्य लैटिन अमेरिकी लड़की को यह सिखाया जाता है कि वह प्राचार्य जैसे उच्च पदस्थ व्यक्ति से कभी नज़र न मिलाए, बल्कि उनसे बात करते समय ज़मीन को देखे।" लड़की का व्यवहार उसकी सांस्कृतिक परवरिश का परिणाम था, जिसकी प्राचार्य ने ग़लत व्याख्या कर ली।

इसी तरह, बॉडी लैंग्वेज का तरीक़ा पारिवारिक आदतों से भी तय हो सकता है। जब कोई ईस्थर के परिवार के किसी सदस्य से बात करेगा, तो

वे बार-बार सिर हिला कर ज़वाब देंगे । हममें से ज़्यादातर इसकी व्याख्या करके यह मतलब निकालेंगे कि सिर हिलाने वाला व्यक्ति हमारी बात से सहमत हो रहा है। लेकिन जैसा ईस्थर ने बताया, इसका यह मतलब था कि वे तो बस संकेत दे रहे थे कि उन्होंने बात सुन ली है।

हर व्यक्ति के ग़ैर-शाब्दिक संकेतों का अध्ययन करें

यदि बॉडी लैंग्वेज संप्रेषण का महत्त्वपूर्ण पहलू है, तो क्या कोई ऐसा तरीक़ा है, जिससे हम इसे पढ़ना सीख सकते हैं? बॉडी लैंग्वेज समझने की कोई शत-प्रतिशत सटीक नीति नहीं है, लेकिन किसी व्यक्ति को जानने के बाद हम उसकी ग़ैर-शाब्दिक क्रियाओं व प्रतिक्रियाओं की अच्छी व्याख्या कर सकते हैं। जब हम उन्हीं लोगों से बार-बार मिलते हैं, तो सावधानी से अवलोकन करके हम हर व्यक्ति की बॉडी लैंग्वेज को पढ़ना सीख सकते हैं। हम ग़ौर करते हैं कि जब क्लॉडिया हमसे सहमत होती है, तो उसमें आगे झुकने की प्रवृत्ति होती है और जब पॉल सहमत होता है, तो वह अपना सिर दाईं तरफ़ झुकाता है। हम अवलोकन करते हैं कि हम चाहे जो कहें, ईस्थर सिर हिलाती रहती है, लेकिन जब वह किसी चीज़ के बारे में निश्चित नहीं होती, तो उसके चेहरे पर उलझन का भाव होता है, हालाँकि उसका सिर बराबर हिलता रहता है।

जिन लोगों के साथ हम संप्रेषण करते हैं, उनमें से प्रत्येक के बारे में सावधानीपूर्वक मानसिक नोट्स लेकर हम उनके ग़ैर-शाब्दिक संकेतों को समझ सकते हैं और उनकी सही तरीक़े से व्याख्या कर सकते हैं। कुछ समय बाद हम यह ग़ौर कर सकते हैं कि कुछ मुद्राएँ या अभिव्यक्तियाँ उन लोगों में ज़्यादा आम हैं, जिनके साथ हम संप्रेषण करते हैं। इनसे हम कुछ आम निष्कर्ष निकाल सकते हैं, जिनका इस्तेमाल हम अजनबियों से पेश आते समय कर सकते हैं, लेकिन हमें सावधान रहना चाहिए कि हम आम व्याख्याओं पर ज़रूरत से ज़्यादा विश्वास न करें - सबसे अच्छा यह रहता है कि किसी के साथ अच्छा अनुभव हासिल करने के बाद ही उसकी बॉडी लैंग्वेज के संबंध में मान्यताएँ बनाई जाएँ।

जब बॉडी लैंग्वेज बोले गए शब्दों के विरोध में या विपरीत दिखती है या हमें यक़ीन नहीं होता है कि भेजे जाने वाले संकेत का सचमुच क्या अर्थ

है, तो सवाल पूछ लें। उस व्यक्ति से पूछें कि उसका वास्तविक आशय क्या है। अच्छे सवाल पूछकर हम ग़ैर-शाब्दिक कार्यों से उत्पन्न शंकाओं से उबर सकते हैं और उनसे निबट सकते हैं।

फ़ीडबैक का चक्र

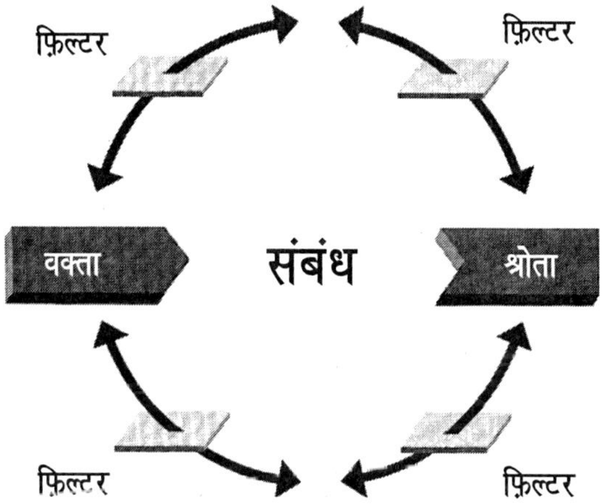

अच्छे श्रोता इस बात को पहचानते हैं कि संवाद दोतरफ़ा रेडियो जैसा होता है। वक्ता श्रोता को एक संदेश भेजता है और श्रोता प्रतिक्रिया करता है। उस पल श्रोता वक्ता बन जाता है और वक्ता श्रोता। चाहे संवाद मित्रों और परिवार वालों के साथ हो, सामाजिक और सामुदायिक गतिविधियों में हो या नौकरी में हो, अपने सभी संवादों में हम वक्ता से श्रोता और दोबारा वक्ता की भूमिका लगातार बदलते रहते हैं। जब तक हम यह नहीं पहचान लेते कि हम हमेशा यह दोहरी भूमिका निभा रहे होते हैं। यदि हम ऐसा नहीं करते, तो हमारे संदेश एक व्यक्ति के भाषण में बदल सकते हैं और कोई सच्चा संवाद नहीं होगा।

किसी रेडियो वार्तालाप की तरह ही वक्ता के रेडियो और श्रोता के रेडियो के बीच गड़बड़ी हो सकती है, जिस वजह से संदेश विकृत हो जाता है। वे संदेश को फ़िल्टर कर देते हैं, जिससे उन्हें हूबहू वही संदेश नहीं मिल पाता, जो भेजा गया था। इसके होने की ज़्यादा आशंका तब होती है, जब

संदेश लंबा हो या जटिल मसलों से संबंधित हो। ये विकृतियाँ वक्ता या श्रोता किसी की वजह से भी हो सकती हैं।

क्या संदेश ग्रहण हो गया है?

संवाद में हम कभी वक्ता, तो कभी श्रोता होते हैं। हमें अच्छा श्रोता बनना चाहिए, सिर्फ़ तभी नहीं जब हम सुन रहे हों, बल्कि तब भी जब हम कोई संदेश भेजते हैं। हमें सुनिश्चित करना चाहिए कि सामने वाले ने हमारी कही बात सुन और समझ ली है।

यह इस तरह काम करता है : वक्ता श्रोता को एक संदेश भेजता है; श्रोता प्रतिक्रिया करता है। जब यह प्रतिक्रिया प्राप्त होती है, तो वक्ता जो अब श्रोता बन गया है, इस प्रतिक्रिया को उस कंप्यूटर के जरिये फ़िल्टर करता है, जो हम सभी के कानों के बीच होता है, जिसकी प्रोग्रामिंग उन संकेतों का पता लगाने के लिए हुई है कि संदेश को किस तरह प्राप्त किया गया है। यदि भेजा गया संदेश प्राप्त हुए संदेश से अलग है, तो अगले संदेश में ग़लती को सुधारा जा सकता है।

> मायरा : "माइक, मुझे यह जानने की ज़रूरत है कि कितने उपकरण उपलब्ध हैं, कितनी सामग्री स्टॉक में है, समय के अनुमान क्या हैं और प्रोजेक्ट में किन लोगों को लगाया जाएगा?"
>
> माइक : "हमारे पास ज़रूरत का सारा सामान है और हम सोमवार को काम शुरू कर सकते हैं।"
>
> मायरा : "अच्छी बात है, लेकिन मैंने अभी-अभी जिन चीज़ों का ज़िक्र किया है, उनमें से प्रत्येक पर मुझे आँकड़े चाहिए, ताकि मैं अपनी रिपोर्ट लिख सकूँ।"

जब माइक ने मायरा का संदेश प्राप्त किया, तो उसकी मानसिकता काम शुरू करने पर केंद्रित थी। मायरा का उद्देश्य रिपोर्ट बनाने के लिए जानकारी हासिल करना था। संवाद के उद्देश्य की अलग-अलग अनुभूतियों से संदेश विकृत हो गया था। यह गड़बड़ी मायरा की अगली प्रतिक्रिया से सुधर गई। उसने संदेश को समझ लिया और उस पर काम किया।

प्रश्न पूछें

इन सारे संकेतों को पकड़ना हमेशा आसान नहीं होता। इसे बढ़ावा देने के लिए प्रश्न पूछें। हर चार-पाँच आदान-प्रदानों के बाद अब तक हुई चर्चा के बारे में प्रश्न पूछें :

"अगर हम इसे इस तरह करते हैं, तो आपके हिसाब से कौन-सी समस्याएँ आ सकती हैं?"

"आपके लोगों को यह चरण पूरा करने के लिए कितने अतिरिक्त समय की ज़रूरत होगी?"

जो जवाब मिलेगा, उससे आप अतिरिक्त संकेत पकड़ लेंगे और आवश्यक फ़ेरबदल कर लेंगे।

जब जटिल मसले शामिल हों, तो यह सुनिश्चित करने के लिए कि संवाद ग्रहण कर लिया गया है और समझ लिया गया है, मुख्य बिंदुओं के बारे में कुछ विशिष्ट प्रश्न पूछें। इससे समस्या क्षेत्र जल्द ही पहचाने जा सकते हैं और बात को तुरंत स्पष्ट किया जा सकता है।

ग़ैर-शाब्दिक संकेतों पर निगाह रखें

एक तकनीकी कंपनी की चीफ़ इंजीनियर डॉ. किम पी. कहती हैं, "मेरे कर्मचारी पेशेवर और अपने क्षेत्र में बहुत ज्ञानी हैं। उनमें मुझसे बहुत आगे निकल जाने की प्रवृत्ति है। मैं क्या कहने वाली हूँ, वे इसका अनुमान पहले से ही लगा लेते हैं। अक्सर उनके अनुमान सही होते हैं, लेकिन कई बार मेरी बात पूरी होने से पहले ही वे मेरी बात सुनना छोड़ देते हैं और मान लेते हैं कि वे जानते हैं कि मैं उन्हें क्या बताने वाली हूँ। इससे उबरने के लिए मैं उनकी ग़ैर-शाब्दिक भाषा को - उनकी आँखें, उनके चेहरे के हाव-भाव, उनकी बॉडी लैंग्वेज - ग़ौर से देखती हूँ। अगर मुझे ऐसा लगता है कि वे नहीं सुन रहे हैं, तो मैं कुछ पल के लिए चुप हो जाती हूँ और इसके बाद अपनी कही बात पर एक विशिष्ट प्रश्न पूछती हूँ। इससे वे पटरी पर लौट आते हैं।"

लोरेन कई कर्मचारियों की सुपरवाइज़र है, जो अँग्रेज़ी भाषा की ज़्यादा समझ नहीं रखते हैं। फ़ीडबैक के लिए वह बॉडी लैंग्वेज पर निर्भर रहती है।

वह कहती है, "अगर मैं उनके चेहरे पर सूना भाव या गहरी त्योरी देखती हूँ, तो मैं समझ जाती हूँ कि मेरा संदेश उन तक नहीं पहुँच पाया है। मैं अपने संदेश को ज़्यादा आसान शब्दों में दोहराती हूँ और ग़ैर-शाब्दिक अंदाज़ में दर्शाती हूँ कि क्या किया जाना है।"

जब आप श्रोता हों

आपका बॉस आपको निर्देश दे रहा है और आपको पक्का नहीं पता कि वह क्या चाहता है। अपने ख़ुद के फ़ीडबैक चक्र को बनाएँ। प्रश्न पूछें।

चर्चा के ख़त्म होने का इंतज़ार न करें, जब वह पूछे, "क्या आप कोई सवाल पूछना चाहते हैं?" पूरी बातचीत के दौरान कही गई बातों के बारे में सही समय पर प्रश्न पूछते रहें।

यह संक्षिप्त व्याख्या के रूप में हो सकता है : "तो आप इसे इस तरह कराना चाहते हैं..." और फिर अपने शब्दों में दोहराएँ कि आपने निर्देश को किस तरह समझा है। यदि आपकी व्याख्या ग़लत है, तो वह इसे दुरुस्त कर देगा और यदि यह सही है, तो त्वरित अनुमोदन से इसकी पुष्टि हो जाएगी।

कुछ मामलों में किसी विशिष्ट बिंदु पर विशिष्ट प्रश्न से आपकी व्याख्या बढ़ जाएगी और आप कई ग़लतियों से बच जाएँगे। चर्चा के अंत में न सिर्फ़ आपके पास यह स्पष्ट तसवीर होगी कि क्या करना है, बल्कि आपके बॉस को भी यह तसल्ली होगी कि आप समझ गए हैं।

सार

प्रभावी श्रोता बनने के लिए :

- परानुभूति से सुनें। बोलते समय सामने वाला जो महसूस कर रहा है, उसे महसूस करने की कोशिश करें।
- सारे भटकावों को हटा दें। फ़ोन हटा दें; बातचीत के लिहाज़ से अप्रासंगिक सारे काग़ज़ हटा दें।
- सामने वाले के बोलने के बाद अगर किसी भी तरह की अनिश्चितता है, तो उसे स्पष्ट कर लें। सुनी हुई बातों को दोहराकर यह सुनिश्चित करें कि जो कहा गया है, उसे आप समझ गए हैं।

- सामने वाले के दृष्टिकोण से चीज़ों को देखने की सच्ची कोशिश करें।
- निष्कर्ष पर न कूदें या मान्यताएँ न बनाएँ। खुला और स्वीकार करने वाला नज़रिया रखें।
- अपने चेहरे के हाव-भाव से रुचि दिखाएँ। उचित होने पर मुस्कराएँ या परवाह दिखाएँ।
- सिर हिलाकर या मुद्राओं से यह संकेत दें कि आप कही गई बातों को सुन और समझ रहे हैं।
- जो कहा जा रहा है, उस पर प्रश्न पूछें। आप संक्षिप्त व्याख्या कर सकते हैं, "तो मैं इसे इस तरह समझता हूँ..." या आप विशिष्ट बिंदुओं पर विशिष्ट प्रश्न पूछ सकते हैं। इससे न सिर्फ़ आप बिंदुओं को स्पष्ट कर लेते हैं, बल्कि आप चौकस भी रहते हैं और पूरा ध्यान भी देते हैं।
- बात न काटें! सामने वाले के चुप होने का यह मतलब न निकालें कि आपके बोलने का समय आ गया है - इंतज़ार करें।
- वक्ता की बॉडी लैंग्वेज देखें।
- फ़ीडबैक चक्र का इस्तेमाल करें। हो सकता है कि कही गई बात को सही तरीक़े से न समझा गया हो। फ़िल्टर खोजें और उनसे उबरें। पटरी पर लौटने के लिए अपने बिंदु दोबारा बताएँ या प्रासंगिक प्रश्न पूछें।

4

विश्वास और दृढ़ता से बात करें

जब लोगों के डरों के बारे में सर्वेक्षण किए जाते हैं, तो व्याख्यान देना सूची में हमेशा सबसे ऊपर आता है। मौत, बीमारी या नौकरी छूटने जैसे दूसरे डरों के विपरीत सार्वजनिक संभाषण के डर से उबरना तुलनात्मक रूप से आसान होता है।

डेल कारनेगी ने बहुत सारगर्भित अंदाज़ में कहा था :

क्या ज़रा-सा भी कारण है कि आप बैठकर जितनी अच्छी तरह सोच सकते हैं, किसी श्रोतासमूह के सामने खड़े होकर उतनी अच्छी तरह नहीं सोच सकते? क्या ज़रा-सा भी कारण है कि जब आप उठकर श्रोताओं को संबोधित करते हैं, तो आपके पेट में अजीब गुदगुदी होने लगती है और आप "कँपकँपी" के शिकार हो जाते हैं। निश्चित रूप से आपको अहसास होता है कि इस परिस्थिति का इलाज किया जा सकता है। प्रशिक्षण और अभ्यास आपके मन से श्रोताओं के सामने बोलने का डर दूर कर देगा तथा आपको आत्मविश्वास देगा।

तैयारी - सफल व्याख्यानों का पहला क़दम

सार्वजनिक व्याख्यान देने के लिए अच्छी तैयारी अनिवार्य है। यह कारोबारी स्थिति में कैसे किया जाए, इस पर अगले अध्याय में बातचीत की जाएगी। बहरहाल, अगर हमसे अपने बेटे या बेटी की क्लास में, किसी सामाजिक

संगठन की सभा में या किसी अन्य समूह के सामने बोलने को कहा जाए और हमें कोई विषय चुनना हो, तो सर्वश्रेष्ठ विकल्प किसी ऐसी चीज़ के बारे में बात करना है, जिसे हम जानते हैं और काफ़ी अच्छी तरह जानते हैं। किसी व्याख्यान की तैयारी में दस मिनट या दस घंटे न लगाएँ : दस सप्ताह या दस महीने लगाएँ - इससे भी बेहतर है, दस साल लगाएँ।

किसी ऐसी चीज़ के बारे में बोलें, जिसमें हमारी गहरी रुचि है। किसी ऐसी चीज़ के बारे में बोलें, जिसे अपने श्रोताओं तक पहुँचाने की हमारी गहरी इच्छा है।

डेल कारनेगी अपनी क्लास की एक सदस्य गे के से जुड़ी एक कहानी बताते हैं। गे जब तक कारनेगी के सार्वजनिक संभाषण कोर्स में नहीं आई थी, तब तक उसने लोगों के सामने कभी व्याख्यान नहीं दिया था।

वह दहशत में थी। उसे डर लग रहा था कि सबके सामने बोलना एक जटिल कला है, जिसमें माहिर होना उसके बूते की बात नहीं है। लेकिन कोर्स के चौथे सत्र में ही उसने बिना तैयारी के एक व्याख्यान देकर श्रोताओं को मंत्रमुग्ध कर लिया। उससे कहा गया कि वह "मेरे जीवन का सबसे बड़ा अफ़सोस" विषय पर बोले। गे ने बहुत ही मर्मस्पर्शी व्याख्यान दिया। श्रोताओं की आँखें भर आईं थीं। यहाँ तक कि कारनेगी की आँखें भी डबडबा आईं। उसकी चर्चा इस तरह थी :

"मेरे जीवन का सबसे बड़ा अफ़सोस यह है कि मुझे कभी पता नहीं चला कि माँ का प्यार क्या होता है। जब मैं सिर्फ़ एक साल की थी, तभी मेरी माँ का देहांत हो गया। मुझे चाचियों और दूसरे रिश्तेदारों ने पाला, जो अपने ख़ुद के बच्चे पालने में इतनी तल्लीन रहती थीं कि उनके पास मेरे लिए वक़्त ही नहीं था। मैं उनमें से किसी के यहाँ भी ज़्यादा समय नहीं रुकी। वे लोग हमेशा मुझे आते देखकर दुःखी होते थे और जाते देखकर ख़ुश होते थे। उन्होंने मुझमें कभी रुचि नहीं ली और मुझे कभी प्रेम नहीं किया। मैं जानती थी कि मुझे कोई नहीं चाहता। बचपन में भी मैं इसे महसूस कर सकती थी। अकेलेपन की वजह से मैं अक्सर रोते-रोते सोती थी। मेरे दिल का सबसे बड़ा अरमान यह था कि कोई स्कूल में मेरा रिपोर्ट कार्ड देखने आए। लेकिन किसी ने भी ऐसा नहीं किया। किसी को परवाह

ही नहीं थी। मैं बचपन में बस प्रेम चाहती थी - और यह मुझे किसी से भी, कभी नहीं मिला।"

क्या गे ने इस व्याख्यान की तैयारी में दस साल लगाए थे? नहीं। उसने बीस साल लगाए थे। वह उस व्याख्यान देने की तैयारी तब से कर रही थी, जब वह बचपन में रोते-रोते सोती थी। वह इसकी तैयारी तब से कर रही थी, जब स्कूल में उसका रिपोर्ट कार्ड देखने के लिए किसी के न आने से उसका दिल दुःख जाता था। कोई हैरानी नहीं कि वह इस विषय पर बात कर सकती थी। वह अपने मन से बचपन की यादों को मिटा नहीं सकती थी। गे को अपने दिल की गहराई में रची-बसी दुःखद यादों और भावनाओं के भंडार तक पहुँचने की ज़रूरत थी। उसे उन्हें उभारने की ज़रूरत नहीं थी। उसे उस व्याख्यान पर मेहनत करने की ज़रूरत नहीं थी। उसे तो बस यह ज़रूरत थी कि वह अपनी दबी हुई भावनाओं और यादों को सतह तक उसी तरह आने दे, जिस तरह तेल किसी कुएँ से आता है।

जो वक्ता जीवन की अपनी सीखी बातों पर बात करते हैं, वे अपने श्रोताओं का ध्यान खींचने में कभी असफल नहीं होते।

—डेल कारनेगी

अपरिचित विषय पर व्याख्यान तैयार करना

हमसे किसी ऐसे विषय पर बोलने को कहा जा सकता है, जिसके बारे में हमें बहुत कम अनुभव है या बिलकुल भी नहीं है। यह अक्सर कारोबारी प्रस्तुति के मामले में होता है। इनमें से ज़्यादातर प्रस्तुतियों का उद्देश्य किसी से कोई काम कराना होता है - किसी ग्राहक से ख़रीदारी का वादा लेना, किसी लंबे प्रोजेक्ट के बीच में अगला क़दम बताना, दिशा बदलने का निर्णय लेना - जो आम प्रस्तुतियों के उदाहरण हैं।

इसकी तैयारी करते वक़्त अंत में जो काम हम अपने श्रोताओं से चाहते हैं, उसको दिमाग़ में रखकर शुरुआत करें और उस बिंदु से उलटे लौटते हुए काम करें। प्रस्तुति तैयार करते वक़्त हम ऐसा उदाहरण/घटना खोजते हैं, जो ध्यान आकर्षित करे और हमारा मनचाहा काम कराने की दिशा में प्रेरित करे। किसी घटना को चित्रात्मक बनाकर हम दूसरों के व्यवहार

को प्रभावित कर सकते हैं। यह वह प्रमाण होगा, जो श्रोताओं को विश्वास दिलाएगा कि उन्हें वह काम करना चाहिए। उदाहरण बताते समय हमें अपने अनुभव को इस तरह बताना चाहिए, ताकि श्रोताओं पर वैसा ही प्रभाव पड़े, जैसा हम पर पड़ा था। इससे हमारे बिंदु स्पष्ट हो जाएँगे, गहरे बन जाएँगे और नाटकीय बन जाएँगे। वे हमारे श्रोताओं के लिए रोचक और मोहक भी बन जाएँगे।

फिर हमें शोध करके ज़्यादा से ज़्यादा जानकारी हासिल करनी चाहिए। अच्छी प्रस्तुति देने के लिए हमारे पास व्याख्यान में लगने वाली सामग्री से दस गुना ज़्यादा जानकारी होनी चाहिए। अपने बिंदुओं के समर्थन में प्रमाण पेश करें। प्रमाण के प्रभावी इस्तेमाल पर अध्याय 6 में चर्चा की जाएगी।

अंत में, समापन की तैयारी करें। प्रस्तुति का अंत श्रोताओं को कर्म के लिए प्रोत्साहित करने के सर्वश्रेष्ठ तरीक़ों में से एक है। हम देखेंगे कि श्रोताओं के फ़ायदे गिनाकर अपनी प्रस्तुति ख़त्म करने से लाभकारी परिणाम मिलते हैं।

शक्तिशाली व्याख्यानों का जादुई फ़ॉर्मूला

हम एक सरल और आसानी से अमल करने वाली तीन क़दमों की नीति का इस्तेमाल करके भटकाव भरे, असंबद्ध व नीरस व्याख्यानों से बच सकते हैं। यह जादुई ढंग से हमारी प्रस्तुति को जोशीले और शक्तिशाली व्याख्यान में बदल देती है।

जादुई फ़ॉर्मूले में तीन क़दम शामिल हैं :

घटना : उस बिंदु के बारे में किसी घटना या प्रसंग को बताना, जिसे हम रखना चाहते हैं। यह श्रोताओं का ध्यान आकर्षित करने और क़ायम रखने का अचूक तरीक़ा है।

कर्म : फिर बताएँ कि हम अपने श्रोताओं से कौन-सा काम कराना चाहते हैं।

लाभ : अंत में यह बताएँ कि इस काम से श्रोताओं को कैसे लाभ होगा।

यदि हम दूसरों को राज़ी करना चाहते हैं, तो हमें ख़ुद सजग और सजीव होना चाहिए। हमें ईमानदारी और उत्साह के साथ बोलना चाहिए। हमें इस

तरह बोलना चाहिए, ताकि हमारे श्रोता यह महसूस करें कि हम अपने कहे हर शब्द पर विश्वास करते हैं।

घटना

अपनी रिपोर्ट हमेशा घटना से शुरू करें। क्यों? घटना हमारे श्रोताओं का ध्यान तुरंत खींच लेती है और यह हमारे संवाद को अधिक बातचीत जैसा बना देती है।

जादुई फ़ॉर्मूले का इस्तेमाल करते समय यह सुनिश्चित करें कि हमारे *कार्य* और *लाभ* क़दम दोनों ही संक्षिप्त, स्पष्ट और विशिष्ट हों। यह घटना किसी ऐसे अनुभव पर आधारित होती है, जिसने हमें एक सबक़ सिखाया। याद रखें, हमारे बिंदु को यह बताना चाहिए कि हम अपने श्रोताओं से कौन-सा कर्म कराना चाहते हैं। कार्य क़दम जितना विशिष्ट होता है, उतना ही बेहतर होता है। स्पष्टता से संवाद करने के लिए एक विशिष्ट कार्य और एक विशिष्ट लाभ को पहचानें।

कर्म

जादुई फ़ॉर्मूले के दूसरे क़दम कर्म का मतलब है कि हम अपने श्रोताओं से क्या कराना चाहते हैं। यह हमारा प्रॉडक्ट ख़रीदना, सांसद को पत्र लिखना, धूम्रपान छोड़ना या विषय के बारे में ज़्यादा सोचना हो सकता है। आप जितने समय तक संदेश देंगे, तैयारी में उससे कम से कम तीन गुना ज़्यादा समय लगाएँ।

लाभ

जादुई फ़ॉर्मूले के तीसरे क़दम लाभ में यह बताया जाता है कि श्रोताओं को आपका बताया काम करने से कौन-से लाभ मिलेंगे।

मिसाल के तौर पर, “इस घटक का इस्तेमाल करने पर आपके (प्रॉडक्ट का नाम) के उत्पादन में लगने वाले समय और लागत दोनों में कमी हो जाएगी।”

"धूम्रपान छोड़ने से न सिर्फ़ हम ज़्यादा स्वस्थ होंगे और ज़्यादा जिएँगे, बल्कि इससे हमारे परिवार भी सेकेंड हैंड धूम्रपान के दुष्प्रभावों से बचेंगे।"

श्रोता के दृष्टिकोण से बोलें

परिवर्तन करने के लिए दूसरों को प्रेरित करने की हमारी योग्यता काफ़ी हद तक अपने श्रोताओं के दृष्टिकोण से बोलने की योग्यता पर निर्भर करती है। प्रस्तुति की शुरुआत में ही हमें अपने श्रोताओं का विश्वास हासिल करना चाहिए। सकारात्मक ध्यान पाने और परिवर्तन की आवश्यकता स्थापित करने का काम जल्दी ही कर लेना चाहिए। कोई घटना बताना इसका प्रभावी तरीक़ा है। विश्वास दिलाने के लिए उन्हें वह प्रमाण दिखाएँ, जो उनके दृष्टिकोण से परिवर्तन की आवश्यकता का समर्थन करता हो। श्रोताओं को यह महसूस नहीं होना चाहिए कि परिवर्तन उन पर थोपा जा रहा है - उन्हें परिवर्तन को तार्किक विकल्प मानना चाहिए।

परिवर्तन की आवश्यकता स्थापित करने के बाद हम हर विकल्प के लाभ-हानि बताते हैं। हमें यह सुनिश्चित करना चाहिए कि विकल्पों पर हमारे श्रोताओं के दृष्टिकोण से विचार किया जाए और उन्हें विश्वसनीय तथा संतुलित अंदाज़ में पेश किया जाए।

हम अंत में प्रमाण के साथ सर्वश्रेष्ठ विकल्प का समर्थन करते हुए बताते हैं कि उन्हें कौन-सा काम करना है और इससे उन्हें क्या लाभ होगा। इस तरह हम अपने श्रोताओं को विशिष्ट परिवर्तन को स्वीकार करने के लिए प्रेरित करते हैं, जिससे वांछित परिणाम मिलेगा।

व्याख्यानों की तैयारी और प्रस्तुति कैसे करें

ये आठ सिद्धांत व्याख्यान तैयार करने में बहुत मदद करेंगे :

1. हम जो रोचक चीज़ें बताना चाहते हैं, उनके संक्षिप्त नोट्स लिखें।
2. व्याख्यान पूरा न लिखें। ऐसा करने पर हम बातचीत की सरल भाषा के बजाय लिखित भाषा का इस्तेमाल करेंगे। बोलते समय शायद हम अपने लिखे व्याख्यान को याद करने की कोशिश भी कर सकते

हैं। इससे हम सहज और प्रभावशाली अंदाज़ में अपनी बात नहीं रख पाएँगे।

3. कभी किसी व्याख्यान को शब्द दर शब्द याद न करें। यदि हम किसी व्याख्यान को रटते हैं, तो यह तय है कि हम इसे बीच में कहीं पर भूल जाएँगे और श्रोता शायद इस बात से ख़ुश होंगे, क्योंकि कोई भी रटा-रटाया भाषण नहीं सुनना चाहता। भले ही हम इसे न भूलें, लेकिन यह बात सबको समझ में आ जाएगी कि इसे रटा गया है। हमारी आँखों में दूरी का भाव होगा और हमारी आवाज़ में भी दूरी का पुट होगा।

4. यदि हमें यह डर सता रहा है कि कोई लंबा व्याख्यान देते समय हम अपने महत्त्वपूर्ण बिंदु भूल जाएँगे, तो कुछ संक्षिप्त नोट्स लिख लें और कभी-कभार उन पर निगाह डालते रहें।

5. अपने व्याख्यान को उदाहरणों और दृष्टांतों से भर लें। किसी बातचीत को रोचक बनाने का सबसे आसान तरीक़ा इसे उदाहरणों से भरना होता है।

6. बिंदुओं को चित्रात्मक ढंग से स्पष्ट करने के लिए कहानियाँ और रोचक प्रसंग बताएँ। बताएँ कि हमने या हमारे किसी परिचित ने उसे कैसे आज़माया। विशिष्ट उदाहरण दें कि हमने उस विषय पर शोध से क्या सीखा।

7. विषय के विशेषज्ञ बनें। *अतिरिक्त शक्ति* नामक बेशक़ीमती संपत्ति विकसित करें। व्याख्यान में विषय संबंधी जितनी जानकारी दे रहे हों, उससे दस गुना ज़्यादा जानकारी रखें।

8. दोस्तों से चर्चा करके व्याख्यान की रिहर्सल करें - पूरी रिहर्सल ज़रूरी नहीं है, बस व्याख्यान के दृष्टिकोण और मुख्य बिंदुओं को आज़माकर देखें, ताकि उनकी प्रतिक्रिया मिल सके। इससे हमें इस बात का पता चल जाता है कि हमारे हँसी-मज़ाक़ या चुटकुलों पर श्रोता कैसे प्रतिक्रिया करेंगे और वे किन टिप्पणियों में रुचि लेंगे। स्पष्ट रूप से आईने के सामने खड़े होकर व्याख्यान की रिहर्सल करने से हमें ऐसी प्रतिक्रिया नहीं मिल सकती।

घटना की शक्ति बढ़ाएँ

प्रभावी संवाद के लिए हमें सिर्फ़ अपनी आवाज़ का ही इस्तेमाल नहीं करना चाहिए। हमें शारीरिक जीवंतता या मुद्राओं का भी इस्तेमाल करना चाहिए। दूसरे शब्दों में, अपने पूरे शरीर का इस्तेमाल करें। नैसर्गिक, शक्तिशाली और स्वाभाविक मुद्राएँ दो कारणों से बेहद शक्तिशाली होती हैं :

- मुद्राएँ वक्ता को उद्दीप्त और प्रेरित करती हैं। मुद्राएँ हमें जगाती हैं, मुक्त करती हैं और तनावरहित करती हैं। मुद्राओं का इस्तेमाल करके हम शारीरिक, मानसिक और भावनात्मक रूप से प्रेरित होते हैं।
- मुद्राएँ श्रोताओं पर भी प्रभाव डालती हैं। श्रोताओं पर मुद्राओं का स्पष्ट भावनात्मक प्रभाव पड़ता है और कई बार नाटकीय भी। संसार के कुछ सबसे महान वक्ताओं के बारे में सोचें। लगभग हर मामले में सहज, स्वाभाविक मुद्राओं के इस्तेमाल से वक्ता और उसके संदेश का प्रभाव बढ़ जाता है।

किसी श्रोतारामूह के सामने अपनी बॉडी लैंग्वेज के बारे में सतर्क रहें।

- हाथ-पैर बाँधकर न खड़े हों।
- अपने शरीर के सामने पर्स, कागज़ या कॉफ़ी कप जैसा कोई अवरोध न रखें।
- पैर चौड़े खोलकर न खड़े हों।
- शरीर के सामने या बगल में हाथ न बाँधें।
- सिर नीचे रखकर लेक्चर स्टैंड की तरफ़ न देखें (लिखे पन्ने पढ़ना)।
- सिर सीधा, ठुड्डी ऊपर और सीना बाहर रखें।
- कंधे पीछे रखें।
- समूह के साथ आँखों का संपर्क रखें।
- उचित रूप से मुस्कराएँ।

जब हमारी उम्र बढ़ती है, तो हममें से ज़्यादातर जवानी की स्वाभाविकता और सहजता खो देते हैं, इसलिए हम शारीरिक और मौखिक संवाद के एक निश्चित साँचे में फिसल जाते हैं। हम मुद्राओं और गतिशीलता का इस्तेमाल करने के लिए कम तैयार होते हैं... संक्षेप में हम सच्ची बातचीत की ताज़गी और स्वाभाविकता खो देते हैं।

—डेल कारनेगी

बेहतर अभिव्यक्ति के पाँच क़दम

कुछ लोगों के मामले में ख़राब अभिव्यक्ति उनकी भाषा के प्रभाव को घटा देती है - और अक्सर हममें से कई यह जानते ही नहीं हैं कि हमारी आवाज़ दूसरों को कैसी सुनाई देती है। हम ख़ुद की बातें उस तरह से नहीं सुन पाते हैं, जिस तरह दूसरे सुनते हैं। जैसा फ़ोन संबंधी बातचीत में बताया गया था, सिर्फ़ अपनी भाषा की अच्छी रिकॉर्डिंग सुनकर ही हम यह बात सचमुच समझ सकते हैं कि हमारी आवाज़ दूसरों को कैसी सुनाई देती है। लेकिन अगर हम पत्रिका के कई पैरे पढ़कर रिकॉर्ड करें, तो यह असली नहीं होगी। हमें अपनी आवाज़ इस तरह टेप करनी चाहिए कि हमें इसके रिकॉर्ड होने का अहसास ही न रहे। एक आसान तरीक़ा यह है कि आवाज़ से सक्रिय होने वाला टेप रिकॉर्डर अपनी डेस्क पर दिन भर रखें। उस दिन हम जो भी बोलते हैं, वह सब रिकॉर्ड हो जाएगा, चाहे हम आमने-सामने बात कर रहे हों या फ़ोन पर कर रहे हों। फिर रिकॉर्डिंग को सुनने से हमें पता चल जाएगा कि हमारे साथ भाषा संबंधी समस्याएँ हैं या नहीं।

अभिव्यक्ति को बेहतर बनाएँ

डैनी एक सुपरवाइज़र है। कर्मचारियों को आदेश या निर्देश देते समय वह बुदबुदाता है। उसके शब्द अस्पष्ट होते हैं और यह समझना मुश्किल होता है कि वह क्या कह रहा है। लेकिन उसके कर्मचारी उसे यह बताने में झिझकते हैं कि वह बुदबुदा रहा है, इसलिए वे उसकी बातों का अंदाज़ा लगाते हैं - और अक्सर ग़लत अंदाज़ा लगा लेते हैं। इस वजह से ग़लतियाँ होती हैं, डेडलाइन तक काम पूरा नहीं हो पाता है और कई अन्य समस्याएँ भी उत्पन्न होती हैं।

कैरी बहुत प्रतिभाशाली है। वह बहुत तेज़ी से सोचती है और बहुत तेज़ी से बोलती भी है, क्योंकि वह अपने विचारों के साथ चलने की कोशिश करती है। दुर्भाग्य से उसके श्रोता उसकी बराबरी नहीं कर पाते और उसकी कही बहुत-सी बातें चूक जाते हैं।

डैरिल की कहानी इसके ठीक विपरीत है। वह बहुत धीमे बोलता है। उसकी बातें समझना तो आसान होता है, लेकिन उसके श्रोता अक्सर कूदकर आगे पहुँच जाते हैं और अनुमान लगाने लगते हैं कि वह क्या कहने वाला है - अक्सर ग़लत अनुमान।

टेरी, मैरी और जेरी अपनी भाषा में अतिरिक्त ध्वनियाँ, शब्द या वाक्यांश जोड़ देते हैं। टेरी हर शब्द में "अर" जोड़ देता है; मैरी हर वाक्य के बाद "आप जानते हैं" बोलती है और जेरी हर वाक्य के बाद कहता है, "ठीक है!" हम ध्यान भटकाने वाली ऐसी ध्वनियों या अभिव्यक्तियों को "तकियाकलाम" कहते हैं।

ये अभिव्यक्ति की सबसे बड़ी समस्याएँ हैं, जो बहुत आम हैं। दिलचस्प बात यह है कि इन समस्याओं से ग्रस्त ज़्यादातर लोगों को तो यह अहसास भी नहीं होता कि उनके साथ ये समस्याएं हैं। अपनी आवाज़ की रिकॉर्डिंग सुनने के बाद ही उन्हें यह समझ आता है कि वे बुदबुदा रहे हैं, बहुत तेज़ या धीमे बोल रहे हैं या अपने वाक्यों में अर्थहीन ध्वनियाँ, शब्द या वाक्यांश जोड़ रहे हैं।

इन समस्याओं को सुधारने के लिए बस जागरूकता की ज़रूरत है। हम जो बोलते हैं, उसे टेप करके सुनने से ही ये दूर हो जाएँगी। जब लोग जागरूक हो जाते हैं कि वे बुदबुदाते हैं, तो वे बुदबुदाना छोड़ने की कोशिश करेंगे। जब किसी को यह पता चल जाता है कि उसका बोला गया हर पाँचवाँ शब्द "आप जानते हैं" का वाक्यांश होता है, तो वह "आप जानते हैं" बोलना छोड़ देगा।

भाषा के दोषों से उबरना

यदि किसी में हकलाहट जैसा गंभीर भाषाई दोष है, तो वह संभवतः ऐसी स्थितियों से बचेगा, जिनमें बहुत मौखिक संवाद की ज़रूरत हो। बहरहाल, हाल के वर्षों में ऐसे लोगों की मदद के लिए बहुत कुछ सीखा गया है।

सीनेटर जॉन ग्लेन की पत्नी एन ग्लेन एक मशहूर उदाहरण हैं। वे हकलाने की गंभीर समस्या से उबरीं और अपने पति के चुनाव अभियान में उन्होंने सक्रियता से भाषण दिए।

इवान रूस से आकर अमेरिका में बस गया था, हालाँकि उसने रूस में अँग्रेज़ी सीखी थी, लेकिन अमेरिकियों के लिए उसका उच्चारण समझना बहुत मुश्किल था। इंजीनियर होने के बावजूद भाषा की इस समस्या के कारण वह अपने करियर में तरक्की नहीं कर पा रहा था। करियर परामर्शदाता के सुझाव पर उसने भाषा थेरेपिस्ट की मदद ली। एक साल में ही इवान की भाषा इतनी ज़्यादा सुधर गई कि उसे प्रमोशन देकर प्रबंधक बना दिया गया, जहाँ उसे कंपनी के भीतर और बाहर दोनों जगह अधिकारियों से संवाद करना होता था।

भाषा थेरेपी ज़्यादातर विश्वविद्यालयों में उपलब्ध है। यह सभी तरह के भाषाई दोषों या विदेशी उच्चारण के मामले में बहुत सहायक हो सकती है।

लहज़ा अत्यंत महत्त्वपूर्ण है

क्लॉड एक सुर में बोलता है। क्लॉड जो कह रहा है, उसे समझना मुश्किल नहीं होता। उसका उच्चारण बहुत अच्छा है। इसके बावजूद क्लॉड की बात पर ध्यान केंद्रित रखना मुश्किल होता है, क्योंकि वह अपनी आवाज़ में स्वराघात और स्वर-परिवर्तन का इस्तेमाल नहीं करता है। जो लोग एक ही सुर में बोलते हैं, वे अपने श्रोताओं की रुचि जाग्रत नहीं कर पाते हैं। दूसरी भाषाई समस्याओं की तरह ही इस समस्या से ग्रस्त लोगों को भी यह अहसास नहीं होता है कि वे एक सुर में बोलते हैं। अपनी बातें टेप करके सुनने से उन्हें यह बात पता चल जाती है और जागरूक होने पर वे इससे उबरने की स्पष्ट कोशिश कर सकते हैं।

उचित गति चुनें

हम जिस गति से बोलते हैं, उससे भी संदेश पर असर पड़ता है। यदि हम तात्कालिकता या रोमांच व्यक्त करना चाहते हैं, तो गति को बढ़ाना सबसे अच्छा रहता है। जब हम डेडलाइन पूरी करने के लिए कर्मचारियों से ज़्यादा

तेज़ी से काम करने को कहते हैं, तब अगर हम धीमे बोलेंगे, तो तात्कालिकता का आवश्यक अहसास उत्पन्न नहीं हो पाएगा।

दूसरी ओर, यदि हम चाहते हैं कि कोई बात अंदर बैठ जाए, तो हमें इसे ज़्यादा धीमे कहना चाहिए। "हमारे काम की गुणवत्ता के बारे में बहुत सारी शिकायतें आई हैं, अगर आप - में - से - हर - व्यक्ति - अपने - काम - की जाँच - करने में - एक और मिनट - लगा ले, तो यह समस्या दूर हो सकती है।"

आवाज़ की तीव्रता को नियंत्रित करें

बोले गए संदेश में अपनी आवाज़ ऊपर-नीचे करना लिखे हुए शब्दों को इटेलिक करने जैसा होता है। आवाज़ ऊँची हो या नीची, यह संदेश पर निर्भर करता है।

सावधानी : जब कोई किसी बिंदु पर ज़ोर देना चाहता है, तो चिल्लाने का बहुत प्रलोभन होता है। मगर ध्यान रहे, चिल्लाने से ध्यान भटक सकता है या नकारात्मक प्रभाव भी पड़ सकता है। वॉल्यूम को नियंत्रित करना चाहिए, ताकि हम बहुत ज़्यादा ज़ोर से या बहुत धीमे न बोलें। यदि हमारी आवाज़ ज़ोरदार है, तो वॉल्यूम को सावधानी से नियंत्रित करना ख़ास तौर पर महत्त्वपूर्ण होता है। यह सार्वजनिक भाषणों में बहुत मायने रखता है, जहाँ माइक्रोफ़ोन का इस्तेमाल किया जा सकता है। बहुत ऊँचा वॉल्यूम बड़ी आसानी से माइक्रोफ़ोन पर किसी की भी आवाज़ को विकृत कर सकता है। चाहे आवाज़ नैसर्गिक रूप से धीमी हो या तेज़, यह सामने वाले को कैसे सुनाई देती है, इस पर सावधानीपूर्ण ध्यान देना और गंभीर अभ्यास करना वॉल्यूम को नियंत्रित करने में सहायक होगा।

चाहे हम निजी बातचीत कर रहे हों या सार्वजनिक, इन सुझावों पर अमल करने से हमारी बात ज़्यादा आसानी से श्रोताओं को समझ आएगी और उन पर ज़्यादा सकारात्मक प्रभाव पड़ेगा।

श्रोताओं को पसंद आने के बारह तरीक़े

श्रोता हमारे संदेश अच्छी तरह सुनें, इसके लिए यह ज़रूरी है कि वे हमें पसंद करें। यहाँ श्रोताओं का दिल जीतने और उन्हें प्रभावित करने के बारह

अचूक सिद्धांत बताए जा रहे हैं, जो समय की जाँच में खरे उतरे हैं।

1. *किसी समूह को संबोधित करने का अवसर मिलने पर ख़ुद को सम्मानित महसूस करें - और यह बात बता भी दें!* समूह चाहे कितना भी बड़ा हो या कैसा भी हो, उसके सामने बोलने का आमंत्रण लगभग हमेशा गौरव की बात होती है। कृतज्ञता जताना शिष्टाचार का मामला है। इससे श्रोताओं का समूह हमें ज़्यादा पसंद करेगा।

2. *अपने श्रोताओं की सच्ची प्रशंसा करें :* कभी किसी समूह के सामने तब तक न बोलें, जब तक कि आप उस समूह के बारे में पहले से ज़्यादा से ज़्यादा जानकारी हासिल न कर लें। फिर कुछ सेकेंड तक श्रोताओं को समूह के कुछ अच्छे या असाधारण गुण याद दिलाएँ, जिस वजह से हम उन्हें संबोधित करके गौरवान्वित महसूस करते हैं।

3. *जब भी संभव हो, कुछ श्रोताओं के नाम लें :* इंसान का नाम किसी भी भाषा में उसके लिए सबसे मधुर स्वर होता है, इसलिए जब भी संभव हो, कुछ श्रोताओं के नाम लें। ग़ौर करें, जब नेता किसी सभा में बोलते हैं, तो वे लगभग हमेशा श्रोता समूह में बैठे स्थानीय पदाधिकारियों के नाम लेते हैं।

4. *ख़ुद को ऊपर नहीं - नीचे रखें! :* विनम्रता से आम तौर पर विश्वास और सद्भाव प्रेरित होता है। अब्राहम लिंकन इसमें माहिर थे। लिंकन-डगलस बहस के दौरान एक रात एक ब्रास बैंड ने लिंकन के सामने संगीत बजाया। जब लिंकन लोगों को संबोधित करने के लिए होटल के कम रोशनी वाले पोर्च में पहुँचे, तो किसी ने लालटेन ऊपर कर दी, ताकि भीड़ लिंकन का घरेलू चेहरा देख सके। लिंकन ने यह कहकर शुरुआत की, "मित्रों, मैं आपको जितना कम दिखूँगा, आप मुझे उतना ही ज़्यादा पसंद करेंगे।" लिंकन बाइबल की सलाह की बुद्धिमत्ता जानते थे : "जो ख़ुद को झुकाता है, उसे ऊपर उठाया जाएगा।"

5. *"आप" नहीं - "हम" कहें :* कभी श्रोताओं को नीचा दिखाने का नज़रिया न रखें। "आप" के बजाय "हम" कहकर उन्हें व्याख्यान में शामिल करें।

   वक्ता कहता है : "जब आप चिंतित हों, तो आपको इतना व्यस्त हो जाना चाहिए कि आपके पास अपनी मुश्किलों के बारे में सोचने का

समय ही न रहे" - अगर वह "आप" दोहराता रहता है, तो लगता है कि वक्ता भाषण दे रहा है और श्रोताओं को छोटा समझ रहा है।

इसके बजाय यह कहें, "जब हम चिंतित होते हैं, तो हमें इतना व्यस्त हो जाना चाहिए कि हमारे पास हमारी मुश्किलों के बारे में सोचने का समय ही न रहे।" फ़र्क़ देखा? जब हम "आप" शब्द का इस्तेमाल करते हैं, तो हम स्वयं को श्रेष्ठतर दिखाने का नज़रिया अपनाकर ख़ुद को अप्रिय बना लेते हैं।

चेतावनी का शब्द : "हम" के बहुत ज़्यादा इस्तेमाल से ऐसा भी लग सकता है कि वक्ता श्रोताओं को नीचा दिखा रहा है।

6. *त्योरी चढ़े चेहरे और फटकारने वाली आवाज़ में बात न करें :* याद रखें, हमारे चेहरे के हाव-भाव और हमारी आवाज़ का लहज़ा हमारे शब्दों से ज़्यादा ज़ोर से बोलता है। चाहे हम निजी बातचीत कर रहे हों या सार्वजनिक, त्योरी चढ़े चेहरे और फटकारने वाली आवाज़ से किसी को दोस्त नहीं बना सकते।

एक पुरानी चीनी सूक्ति है, जिसे आपको और मुझे काटकर अपने हैट के भीतर लगा लेना चाहिए। यह इस तरह है :

"जिस इंसान के पास मुस्कराता चेहरा न हो, उसे दुकान नहीं खोलनी चाहिए।"

—डेल कारनेगी

7. *अपने श्रोताओं की रुचि के संदर्भ में बात करें :* सभी श्रोता ख़ुद में हमेशा और गहरी रुचि रखते हैं। उनकी रुचि इस बात में होती है कि वे अपनी समस्याएँ कैसे सुलझाएँ। उनकी रुचि बस इतने में ही होती है। इसलिए अगर आप उन्हें यह दिखा देते हैं कि वे ज़्यादा ख़ुश कैसे रह सकते हैं, ज़्यादा पैसे कैसे कमा सकते हैं, चिंता से छुटकारा कैसे पा सकते हैं और मनचाही चीज़ कैसे हासिल कर सकते हैं - तो वे ख़ुशी-ख़ुशी सुनेंगे - चाहे हमारी आवाज़ कैसी भी हो, हमारा हुलिया कैसा भी हो, हम कैसे भी खड़े हों, कैसे भी दिखते हों, कैसी भी मुद्राओं या किसी भी तरह की व्याकरण का इस्तेमाल करते हों।

मिसाल के तौर पर, जब एक सेल्स मैनेजर से पूछा गया कि उसने इतनी आसानी से मित्र कैसे बना लिए और उसकी बातचीत इतनी ज़्यादा रोचक कैसे हो गई, तो उसने कहा कि उसने बस लोगों से यह पूछा, "आप इस काम में कैसे आए?" फिर उसने मिलने वाले जवाब पर अपनी बातचीत केंद्रित की। उसने घोषणा की कि इस सरल सवाल ने उसके लिए चमत्कार कर दिए हैं, ख़ास तौर पर अजनबियों के साथ। किसी समूह के सामने बोलने से पहले पता लगाएँ कि उसकी मुख्य चिंताएँ क्या हैं और बातचीत में उन्हीं पर केंद्रित रहें।

8. *व्याख्यान देते समय आनंदित हों :* जब तक हमें बोलने में ख़ुशी नहीं होती हो, हम यह उम्मीद भी कैसे कर सकते हैं कि सामने वाला हमारी बात ख़ुशी से सुनेगा? हमारे मानसिक और भावनात्मक नज़रिये चाहे जैसे हों, यह तय है कि वे संक्रामक होते हैं। अगर हमें बोलने, गाने या स्केटिंग करने में मज़ा आ रहा है, तो हमें देखने-सुनने वाले को भी मज़ा आएगा। भावनात्मक नज़रिये खसरे की तरह संक्रामक होते हैं।

   कोई पूछ सकता है, "मैं व्याख्यान देते समय इतना ख़ुश कैसे हो सकता हूँ?" रहस्य सरल है : किसी ऐसी चीज़ के बारे में बात करें, जिस पर बात करने का हमने अधिकार अर्जित किया है, जिससे हमारी आँखों में चमक आ जाती है और हमारी आवाज़ में भावना भर जाती है।

9. *क्षमा न माँगें :* हम सभी ने ऐसे वक्ताओं को सुना है, जो इस तरह की बात कहकर अपना व्याख्यान शुरू करते हैं : "दो सप्ताह पहले तक मुझे पता नहीं था कि मुझे यह व्याख्यान देना है। फिर चेयरमैन ने मुझे बताया कि मुझे अध्यक्ष की जगह पर भाषण देना है।" इस शुरुआती टिप्पणी के बारे में क्या राय है? "मैं सार्वजनिक व्याख्यान देने का आदी नहीं हूँ..." ये वक्ता शुरू करने से पहले ही क्षमा माँग रहे हैं। व्याख्यान देने का कोई आमंत्रण हमें तब तक कभी स्वीकार नहीं करना चाहिए, जब तक कि हम इसकी समुचित तैयारी न कर सकें। यदि हम वह सर्वश्रेष्ठ करते हैं, जो हम कर सकते हैं, तो किसी क्षमा की ज़रूरत नहीं होगी। यदि हम अपना सर्वश्रेष्ठ नहीं करते हैं, तो हम चाहे कितनी भी क्षमा माँग लें, वह स्वीकार्य नहीं होगी। माफ़ी माँगना आम तौर पर श्रोताओं के समय की बरबादी है, जिससे वे चिढ़ जाते हैं।

बहरहाल, यदि हमारे विलंब के पीछे कोई वैध कारण हो, जैसे विमान दूसरी जगह उतर गया हो, ट्रेन देर से आई हो, तो स्थिति को संक्षेप में बताना मुनासिब होता है। हमें शिष्टता से माफ़ी माँगनी चाहिए और फिर ज़रा-सा भी समय बरबाद किए बिना व्याख्यान शुरू कर देना चाहिए।

10. *श्रोताओं की ज़्यादा अच्छी भावनाओं के प्रति आग्रह करें :* अच्छी भावनाएँ जगाकर किसी श्रोतासमूह को प्रेरित करना आसान नहीं होता। इसके लिए हमें ख़ुद गहराई से प्रेरित होना चाहिए; और अक्सर हम उतनी गहराई से प्रेरित नहीं होते हैं। दूसरों को अपने दृष्टिकोण का कायल बनाने के लिए उन्हें दिखाएँ कि हम जो प्रस्ताव रख रहे हैं, उससे वे संसार को बेहतर बना सकते हैं। उन्हें एक उदाहरण दें। जब सूज़न अर्ल अपनी प्रिय परोपकारी संस्था "हीफ़र इंटरनेशनल" के लिए चंदा माँग रही थी, तो उसने बताया कि एक छोटे-से दान की बदौलत भारत का एक परिवार एक बकरी ख़रीद लेगा, जिससे उनके बच्चों को दूध मिलेगा और बचा हुआ दूध बेचने से परिवार को थोड़ी आमदनी भी होगी।

    जब एक बार इस अच्छी भावना की चिंगारी जल जाती है और लपट वक्ता तथा श्रोताओं दोनों को अपनी गिरफ़्त में ले लेती है, तो इस अनुभव की गर्मजोशी भरी चमक लंबे समय तक याद रखी जाएगी।

> *यह नाटकीयकरण का युग है। सिर्फ़ सत्य बोलना ही काफ़ी नहीं है। सत्य को चित्रात्मक, रोचक और नाटकीय बनाना चाहिए। आपको शोमैनशिप का इस्तेमाल करना चाहिए। फ़िल्में यही करती हैं। टीवी यही करता है। और अगर आप लोगों का ध्यान आकर्षित करना चाहते हैं, तो आपको भी यही करना चाहिए।*
>
> ***—डेल कारनेगी***

11. *आलोचना से द्वेष न करें - इसका स्वागत करें :* विकासवाद के सिद्धांत की वजह से चार्ल्स डार्विन की जितनी बुरी आलोचना और भर्त्सना हुई, उतनी किसी दूसरे वैज्ञानिक की नहीं हुई। लेकिन उन्होंने अपने किसी आलोचक के ख़िलाफ़ कभी कोई कठोर शब्द नहीं कहा।

इसके बजाय उन्होंने उन्हें धन्यवाद देते हुए कहा कि उनके जीवन का मूल उद्देश्य ज्ञान को उजागर करना और सत्य को खोजना है तथा सत्य की खोज में दो दिमाग़ एक से बेहतर हैं। उन्होंने कहा, "यदि मैं ग़लत हूँ, तो मेरे सिर पर जितनी जल्दी प्रहार किया जाए और मुझे मिटा दिया जाए, उतना ही बेहतर है।"

12. *ईमानदार बनें :* संसार की सारी वाकपटुता भी ईमानदारी और सत्यनिष्ठा की कमी की भरपाई नहीं कर सकती। श्रोता हमें पसंद करें, इसके लिए हमें उन्हें अपने उद्देश्य की ईमानदारी का विश्वास दिलाना होगा। हो सकता है कि वे हमारे विचारों से सहमत न हों, लेकिन हम प्रभावी तभी बन सकते हैं, जब वे उन विचारों में हमारे विश्वास का सम्मान करें।

आलोचना का स्वागत करें और इस पर सम्मान व विनम्रता से प्रतिक्रिया करें। हम जो होते हैं, उसका हमारी बातों से ज़्यादा प्रभाव पड़ता है। ईमानदारी, सत्यनिष्ठा, विनम्रता और निःस्वार्थता श्रोतासमूह पर गहरा असर छोड़ती है।

हमें ईमानदारी और निःस्वार्थता प्रदर्शित करने वाले अनाड़ी वक्ता को ज़्यादा पसंद करना चाहिए और उस कुशल वक्ता को कम पसंद करना चाहिए, जो हमें सिर्फ़ अपनी वाकपटुता से प्रभावित करने की कोशिश कर रहा हो।

किसी वक्ता का परिचय देना और उसे धन्यवाद देना

यदि हम किसी मीटिंग की अध्यक्षता करते हैं या वक्ता को आमंत्रित करने वाली समिति में होते हैं, तो संभवतः हमें वक्ता का परिचय देना होगा। पहले की बातों और बाद की बातों को अलग करने के लिए परिचय उपयोगी होता है। यह श्रोताओं के लिए मंच बना देता है कि वे उस व्यक्ति पर पूरा ध्यान दें, जिसका परिचय दिया जा रहा है और उस विषय पर भी ध्यान दें, जिस पर वह बोलने वाला है।

परिचय वक्ता और श्रोताओं के बीच की समानताएँ बताता है। परिचय श्रोताओं को वक्ता को स्वीकार करने के लिए तैयार करता है। यह वक्ता के व्याख्यान और श्रोताओं की रुचि के विषय के बीच सेतु बनाता है। इसे टी-आई-एस तकनीक कहा जाता है।

टी - सबसे पहले, प्रस्तुति का विषय या शीर्षक *(टाइटल)* बताएँ।

आई - पहचानें कि यह विषय श्रोताओं के लिए महत्त्वपूर्ण या रुचिकर *(इन्टरेस्टिंग)* क्यों है।

एस - वक्ता *(स्पीकर)* की योग्यताएँ बताएँ। ऐसी योग्यताएँ बताएँ, जिनसे उस विषय पर वक्ता की विश्वसनीयता और विशेषज्ञता स्थापित हो जाए। फिर वक्ता का नाम बताएँ।

परिचय की तैयारी करना

टीआईएस तकनीक किसी वक्ता का परिचय देने का सिर्फ़ एक प्रभावी तरीक़ा ही नहीं है, बल्कि इसका इस्तेमाल तब भी किया जा सकता है, जब हम किसी समूह को संबोधित करने वाले हों। अपना लिखित परिचय तैयार करें। सुनिश्चित करें कि यह पर्याप्त बड़े अक्षरों में छपे, ताकि व्याख्यान-मंच से आसानी से पढ़ा जा सके।

प्रस्तुति के बहुत पहले कार्यक्रम का संचालन करने वाले को अपना परिचय दे दें। उससे कहें कि वह इसे पूरा पढ़ ले। यदि उसके मन में कोई सवाल हो, तो उनका जवाब दें। जो व्यक्ति हमारा परिचय देने वाला है, उसे इस बारे में संक्षिप्त, सकारात्मक और रोमांचित बनने के लिए प्रोत्साहित करें।

ख़ुद का परिचय देना

खुद का परिचय देते समय घटनाओं का क्रम थोड़ा बदल जाता है। पहला बिंदु हमारा नाम और कंपनी या संगठन के साथ जुड़ाव होगा। इसके बाद व्याख्यान का शीर्षक बताते हुए यह भी बताएँ कि श्रोताओं के लिए यह क्यों महत्त्वपूर्ण है। अपनी योग्यताएँ बताते समय अपनी पृष्ठभूमि के उन पहलुओं को बताएँ, जो विषय और अवसर के लिए प्रासंगिक हों।

वक्ता को धन्यवाद देना

मीटिंग के अध्यक्ष के रूप में हमें वक्ताओं को व्याख्यान देने के लिए धन्यवाद देना होगा। धन्यवाद देते समय वक्ता के योगदान और उसके व्याख्यान के श्रोताओं के लिए महत्त्व को रेखांकित करें। इसकी प्रणाली सारगर्भित होनी चाहिए। हम मूलतः पूरे समूह की तरफ़ से धन्यवाद दे रहे हैं।

टी आई एफ़ तकनीक का इस्तेमाल करके वक्ता को धन्यवाद देने के दिशानिर्देश

टी - सबसे पहले, वक्ता का नाम लेकर उसे धन्यवाद *(थैंक्स)* दें।

आई - फिर प्रस्तुति के किसी ख़ास रोचक *(इन्टरेस्ट)* क्षेत्र का ज़िक्र करें, जो श्रोताओं के लिए अर्थपूर्ण रहा है।

एफ़ - अंत में एक औपचारिक कथन*(फ़ॉर्मल स्टेटमेन्ट)* कहें, जिसमें वक्ता को धन्यवाद दिया गया हो और एक बार फिर उसके पूरे नाम का इस्तेमाल करें।

सार

प्रभावी व्याख्यान की कुंजियाँ :

- जिस समूह को संबोधित किया जा रहा है, उसके बारे में ज़्यादा से ज़्यादा जानकारी हासिल करें।
- व्याख्यान में जितनी जानकारी का इस्तेमाल करना है, उससे कम से कम दस गुना ज़्यादा जानकारी इकट्ठी करें।
- मुख्य बिंदु या बिंदुओं का सचित्र वर्णन करने वाली घटना से शुरुआत करें।
- बिंदु की पुष्टि के लिए प्रमाण पेश करें।
- अभिव्यक्ति, व्याकरण, लहज़े और गति पर ध्यान दें।
- गतिशीलता और स्वर-परिवर्तन में विविधता रखें।
- स्पष्ट कर दें कि श्रोताओं को कौन-सा काम करना चाहिए। उन्हें वह काम करने के लाभ बताएँ।
- चुनौतीपूर्ण प्रश्नों पर प्रतिक्रिया करने के लिए तैयार रहें।
- दबाव तले पेशेवर शांति क़ायम रखें।
- स्पष्ट, सारगर्भित, सकारात्मक संदेश दें।
- रणनीतिक विचार, स्वयं और संगठन की साख बनाएँ।
- सक्षमता और आत्मविश्वास संप्रेषित करें।

5

समूहों के सामने बेहतरीन प्रस्तुतियाँ देना

ज़्यादातर कारोबारी प्रस्तुतियों का उद्देश्य कोई न कोई काम कराना होता है। जैसे किसी ग्राहक से कोई चीज़ ख़रीदने का वादा कराना, कोई परंपरा या नीति बदलने का निर्णय, किसी योजना या प्रोजेक्ट को स्वीकार कराना या ऐसे ही दूसरे काम। जो प्रस्तुतियाँ सिर्फ़ "नवीनतम स्थिति की जानकारी या अपडेट" नज़र आती हैं, वे भी निर्णय या कार्य का आह्वान करती हैं।

अपने संवाद से मनचाहा परिणाम पाने के लिए हमारी प्रस्तुति अच्छी तरह तैयार होनी चाहिए। यह इस तरह शुरू होनी चाहिए कि हमारे श्रोताओं की रुचि उत्पन्न हो जाए और आगे भी बनी रहे। हमारी प्रस्तुति स्पष्ट और प्रेरक अंदाज़ में ख़त्म होनी चाहिए।

श्रोता कौन हैं?

किसी श्रोतासमूह की अनजान अपेक्षाओं को संतुष्ट करना उतना ही मुश्किल है, जितना कि न दिखने वाले लक्ष्य पर निशाना लगाना। यह किया तो जा सकता है, लेकिन यह सफल होने का जोखिम भरा तरीक़ा है। तैयारी की प्रक्रिया में श्रोताओं के बारे में निम्न जानकारी हासिल करने के लिए शोध करना उचित होता है :

ज्ञान

पता लगाएँ कि श्रोता विषय के बारे में कितना जानते हैं। "क्या श्रोताओं के पास मुझसे ज़्यादा जानकारी है?" बिना तैयारी के श्रोताओं के सामने कभी न जाएँ, लेकिन श्रोताओं को अज्ञानी समझकर भाषण देने के जाल में भी न फँसें।

वकील स्टैनली एल. ने सिटी नेशनल बैंक के सुपरवाइज़रों के सामने प्रस्तुति शुरू की। उसने श्रम क़ानून में हाल में हुए नए फ़ेरबदल पर विस्तृत जानकारी दी। उसने इस बात पर ग़ौर किया कि श्रोता ऊबे हुए और बेचैन दिख रहे थे। पहले ब्रेक में उसने कुछ लोगों से बातचीत की, जिससे उसे पता चला कि वे कुछ समय पहले उसी विषय पर एक सेमिनार में जा चुके थे। अगर स्टैनली यह पता लगाने की मेहनत करता कि उस क्षेत्र में सुपरवाइज़रों को कितनी जानकारी है, तो वह उन बुनियादी बातों पर इतना ज़्यादा समय नहीं लगाता, जिन्हें वे पहले से जानते थे। तब वह अपना ध्यान क़ानूनी पेचीदगियों पर केंद्रित कर सकता था, जिन पर पिछले प्रशिक्षण में बात नहीं हुई थी।

विशेषज्ञता

श्रोताओं की योग्यता और विशेषज्ञता का स्तर भी महत्त्वपूर्ण है, क्योंकि वे उस मुद्दे पर वह दृष्टिकोण तय कर सकते हैं, जो हम बनाना चाहते हैं। यदि श्रोता पेशेवर या तकनीकी पृष्ठभूमि वाले हैं, तो वक्ता अपनी प्रस्तुति उनके हिसाब से ढाल सकता है। यदि प्रतिभागी विशेषज्ञतापूर्ण प्रशिक्षण वाले कर्मचारी हैं, तो हम उनकी विशेषज्ञता के अनुरूप उदाहरण और तकनीकें तैयार कर सकते हैं।

अनुभव

हमें सिर्फ़ यही नहीं देखना है कि श्रोताओं के पास कितना ज़्यादा अनुभव है, बल्कि यह भी देखना है कि यह किस स्तर पर है और किस परिवेश में है। प्रयोगशाला का अनुभव मैदानी कामकाज या फ़ैक्ट्री के अनुभव से बहुत अलग होता है। वे पेश किए गए बिंदुओं के उदाहरणों और दृष्टांतों से ज़्यादा अच्छा जुड़ाव तब महसूस करेंगे, जब यह उनके अनुभव से जुड़ा होगा।

आवश्यकताएँ

श्रोता कार्यक्रम में ख़ुशी-ख़ुशी आएँ और संतुष्ट होकर जाएँ, इसके लिए उनकी आवश्यकताओं पर केंद्रित रहना ज़रूरी होता है। प्रमाण तैयार करते समय सिद्धांत महत्त्वपूर्ण होता है, लेकिन अंततः हमें यह दिखाना चाहिए कि सिद्धांत पर अमल कैसे किया जा सकता है।

चाहतें

आवश्यकताओं के साथ-साथ हमें यह भी ध्यान रखना चाहिए कि श्रोता क्या चाहता है। चाहत और आवश्यकता हमेशा एक ही नहीं होती। यदि हम सिर्फ़ आवश्यकताओं को ही संबोधित करते हैं, तो श्रोताओं को संतुष्ट करना और उन्हें कर्म के लिए प्रेरित करना मुश्किल होता है।

सैली एल. एक बुटीक का प्रबंधन करती थी, जहाँ महँगे हैंडबैग, कॉस्ट्यूम ज्वेलरी और अन्य सामान बिकता था। जब सेमिनार का पहला वक्ता सफल स्टोर चलाने के लिए आवश्यक बातें गिनाने लगा, तो वह कुंठित हो गई। वक्ता के सुझाव दमदार थे, लेकिन उनसे वह रोमांचित नहीं हुई। बहरहाल, दूसरे वक्ता ने आदर्श स्टोर के बारे में अपने सपने बताए। सैली मनमोहित और रोमांचित थी, क्योंकि वक्ता ने सिर्फ़ आवश्यकताएँ ही नहीं बताई थीं, बल्कि चाहतों पर ध्यान केंद्रित किया था।

लक्ष्य

अपने श्रोताओं के लक्ष्य मालूम करें और प्रस्तुति की योजना बनाते समय उन्हें दिमाग़ में रखें। मानव संसाधन परामर्शदाता ऐलन एल. ने एक ग्राहक कंपनी के एचआर स्टाफ़ के लाभों पर अपना व्याख्यान तैयार किया। इससे पहले उसने एचआर मैनेजर से बात करके यह पता लगाया कि विभाग के लिए उनके अल्पकालीन और दीर्घकालीन लक्ष्य क्या थे, फिर उसने आम शब्दावली में बात करने के बजाय इन लक्ष्यों को ध्यान में रखते हुए व्याख्यान दिया।

उद्देश्य क्या है?

किसी प्रस्तुति के उद्देश्य अँगुलियों पर गिने जा सकते हैं। सबसे स्वीकृत उद्देश्य ये हैं :

राज़ी करना

कई प्रस्तुतियों का उद्देश्य श्रोताओं से कुछ कराना होता है। चुनौती श्रोताओं को निर्णय लेने या कोई कार्य करने के लिए राज़ी करना है।

जानकारी देना

एक और तार्किक उद्देश्य जानकारी देना है, जिससे श्रोताओं का ज्ञान बढ़ जाए। इसमें स्पष्टता और समझ पर ध्यान केंद्रित किया जाता है।

प्रोत्साहित करना

जब श्रोताओं को अपनी राय बदलने या अलोकप्रिय काम करने की ज़रूरत होती है, तो प्रस्तुति का उद्देश्य प्रोत्साहित करना होता है। प्रोत्साहन का उद्देश्य आम तौर पर विश्वास दिलाने के साथ-साथ चलता है।

मनोरंजन करना

एक मायने में हर प्रस्तुति मनोरंजक होनी चाहिए। श्रोता सकारात्मक मानसिकता में रहें और विश्वास करने, जानकारी हासिल करने तथा प्रोत्साहित होने के प्रति खुले हों, इसके लिए उनका मनोरंजन ज़रूरी होता है। मनोरंजन का अर्थ हमेशा हँसी-मज़ाक़ नहीं होता, हालाँकि यह भी इसका एक महत्त्वपूर्ण हिस्सा हो सकता है। सबसे व्यापक अर्थ में किसी श्रोतासमूह का मनोरंजन करने का मतलब यह है कि उन्हें इस बात से ख़ुशी हुई कि हमने प्रस्तुति दी और वे वहाँ पर थे।

संदेश क्या है?

यह बताना अनावश्यक है कि संदेश कितना महत्त्वपूर्ण होता है, लेकिन दुर्भाग्य से कई बार प्रस्तुतियों का कोई संदेश या तो होता ही नहीं है या फिर उसका पता ही नहीं चलता है। हो सकता है कि प्रस्तुति देने वाला विषय के बारे में अस्पष्ट हो। या फिर प्रस्तुति में इतने सारे संदेश गुँथे हों कि किसी महत्त्वपूर्ण बात को पहचानना असंभव हो। अच्छे वक्ता अपने संदेश को अच्छी तरह जानते हैं। प्रस्तुति को पटरी पर बनाए रखने के लिए वे तैयारी के दौरान इसे अपने दिमाग़ में रखते हैं।

विश्वसनीय बनें

चाहे ग्राहक हों, चैंबर ऑफ़ कॉमर्स के सदस्य हों, सर्विस क्लब के सदस्य हों या विधायी समिति हो, हम किसी समूह के सामने अपनी कंपनी की जो छाप छोड़ते हैं, उसी से यह तय होता है कि श्रोता हमारी कंपनी को किस दृष्टिकोण से देखेगा। विषय पर हमारी योग्यता से हमारे ग्राहकों या श्रोताओं पर हमारी कंपनी की छाप छूटती है। व्यावसायिक श्रोता किसी कंपनी या प्रॉडक्ट के बारे में कही बातों पर तब तक भरोसा नहीं करते, जब तक कि वे संदेश देने वाले पर भरोसा न कर लें।

कारोबारी लोग अक्सर ऊँचे दावे करते हैं और अपनी कंपनी की योग्यता को बढ़ा-चढ़ाकर बताते हैं। यह बहुत बड़ी ग़लती है, क्योंकि इससे वे प्रदर्शन व काम करके दिखाने की अपनी (और अपनी कंपनी की) विश्वसनीयता गँवा देते हैं। हमें अपने संगठन के बारे में सच्चे और तथ्यात्मक दावे करने चाहिए। हाँ, तथ्यों के साथ हमेशा उनसे जुड़े लाभ गिनाएँ - श्रोताओं के लिए लाभ।

प्रस्तुति की शुरुआत

प्रस्तुति की शुरुआत इसकी निहित सामग्री से अलग होती है। इसका स्पष्ट उद्देश्य वक्ता और संदेश में श्रोताओं की रुचि जगाना होता है। रॉजर एल्स अपनी पुस्तक *यू आर द मैसेज* में कहते हैं कि हम सात सेकेंड में ही अपने श्रोताओं पर छाप छोड़ देते हैं। चाहे यह अच्छी हो या बुरी, छाप छूट रही है। आज के बहुत तेज़ गति के कारोबारी संसार में ये सात सेकेंड अपने श्रोताओं का विश्वास हासिल करने और पेशेवर विश्वसनीयता स्थापित करने के लिए अत्यंत महत्त्वपूर्ण हैं। यदि पहली छाप बुरी छूटती है, तो बाक़ी प्रस्तुति में उसे दुरुस्त करना असंभव नहीं, तो बहुत मुश्किल ज़रूर होता है।

दाँव पर बहुत कुछ होता है, इसलिए यह अत्यंत महत्त्वपूर्ण है कि हमारे श्रोता हमें सच्चा, विश्वसनीय, पेशेवर और भरोसे के क़ाबिल समझें। प्रस्तुति शुरू होते ही राय बनने लगती है। हमें परिचय देने की योजना बनाना चाहिए। हमें व्यक्तिगत और सहज बनकर विश्वसनीयता संप्रेषित करनी चाहिए, ताकि हमारे श्रोता हम पर विश्वास करें और हमारी बातों में सकारात्मक रुचि लें। किसी ऐसी बात से शुरुआत करें, जो उनका ध्यान तुरंत खींच ले। कुछ उदाहरण देखें :

- "हम सभी को एक बहुत महत्त्वपूर्ण संपत्ति बराबर मात्रा में मिली है - समय।"
- "पिछले साल अमेरिका में दस लाख 'उपकरण' बेचे गए - जबकि एक भी इंसान को एक की भी ज़रूरत नहीं थी।"

आवश्यकता या रुचि पर आधारित प्रश्न

- "यदि (प्रॉडक्ट या सेवा का नाम लें) की मार्केटिंग का बेहतर तरीक़ा हो, तो आप उसमें रुचि लेंगे, है ना?"
- "यदि मैं आपको हार्ट अटैक से बचने का रास्ता बताऊँगा, तो आप निश्चित रूप से सुनेंगे, है ना?"

रहस्यमय कथन

- "जब आप अपने हाथ बाँधते हैं, तो कौन-सा हाथ ऊपर रहता है - दायाँ या बायाँ?" (इस शुरुआत का इस्तेमाल आदत बदलने की कठिनाई पर दिए व्याख्यान में किया गया था।)
- "आपकी कंपनी की सबसे बड़ी पूँजी बैलेंस शीट में कभी नहीं दिखेगी!" (यह कर्मचारियों के महत्त्व के बारे में दिए गए एक भाषण की शुरुआत थी।)

अभिनंदन

- "आपके चेयरमैन ने मुझे बताया कि आपने सामुदायिक जज़्बे को बेहतर बनाने में बेहतरीन समर्थन दिया है और मैं इसके लिए आपको बधाई देता हूँ। इससे आपके बारे में यह पता चलता है कि..." (मध्यान्ह भोजन के बाद समुदाय में सहकर्मियों के समूह को दिए गए एक व्याख्यान की शुरुआत।)
- "बिक्री में 121 प्रतिशत वृद्धि पर दिली बधाइयाँ, जो आपने पिछले बजट वर्ष में हासिल की! इससे आपके बारे में यह पता चलता है कि..." (एक सेल्स मीटिंग की शुरुआत में सेल्स मैनेजर ने कहा।)

टिप्पणी : प्रशंसा से शुरुआत करते वक़्त ठोस या तथ्यात्मक चीज़ पर आधारित प्रशंसा सर्वश्रेष्ठ होती है। सिर्फ़ आभास या अफ़वाह के आधार पर

प्रशंसा न करें, जिसे ग़लती से झूठी चापलूसी समझा जा सकता है।

नाटकीय घटना

- "पिछले गुरुवार की शाम जब मैं अपनी कार के पास गया, तो मैंने अपने पास से एक सुंदर, चमचमाती, लाल स्पोर्ट्स कार तेज़ी से जाते देखी। अचानक मुझे टायरों के घिसटने की आवाज़ सुनाई दी। ब्रेक ज़ोर से लगाए गए थे, जिससे कार धीमी होकर रेंगने लगी। सामने बजरी की पुरानी सड़क थी, जिसमें बड़े-बड़े गड्ढे थे। तुरंत ही मेरे दिमाग़ में यह विचार आया कि हमारे सूचना तंत्र नेटवर्क की भी कमोबेश यही स्थिति है। आज बाज़ार में नवीनतम सॉफ़्टवेयर और उपकरण मौजूद हैं, लेकिन हम एक पुरातनपंथी केबल सिस्टम से संचार करने में अटके हुए हैं। सुंदर स्पोर्ट्स कार की तरह ही हम भी एक नए फ़ाइबर ऑप्टिकल नेटवर्क के ज़रिये क्षमता के अनुरूप बेहतर प्रदर्शन कर सकते हैं।"

अगर आप एक भाषण देते हैं, तो हमेशा तीन भाषण होते हैं। एक वह जिसका आपने अभ्यास किया, दूसरा वह जो आपने दिया और तीसरा वह जो आप सोचते हैं कि काश आपने दिया होता।

—डेल कारनेगी

संदेश

एक बार जब शुरुआत श्रोताओं के ध्यान को पकड़ लेती है, तो प्रस्तुति के विषय या संदेश को स्थापित करना ज़रूरी हो जाता है। किसी सुंदर सिम्फ़नी में संगीतकार विषयवस्तु उजागर करता है और फिर उस पर विविधताएँ बनाता है। इसी तरह व्याख्यान देने वाला संदेश बताता है और फिर तथ्यों, जानकारी और प्रमाण के साथ इसे विकसित करता है।

शुरुआत का लक्ष्य श्रोताओं का ध्यान आकर्षित करना है। संदेश कथन विषय पर ध्यान केंद्रित करता है। इसमें इरादे को बताया जा सकता है, जैसे : "हम नई बजट प्रक्रिया के सकारात्मक और नकारात्मक पहलुओं की जाँच करने जा रहे हैं।" यह एक प्रश्न भी हो सकता है, जैसे, "अगले साल बाज़ार में दस प्रतिशत हिस्सेदारी बढ़ाने के लिए कौन-से क़दम उठाने

चाहिए?" कई बार संदेश कथन तर्क के प्रस्ताव के रूप में पेश किया जाता है, जैसे : "यदि... सच है, तो... भी सच है और... स्वाभाविक परिणाम है।"

प्रमाण शंका को परास्त कर देता है

प्रमाण का इस्तेमाल करना प्रभावी प्रस्तुति का अनिवार्य हिस्सा है। श्रोताओं के मन में अक्सर इस तरह के सवाल रहते हैं, भले ही उन्हें न पूछा जाए, "मैं आपकी बात क्यों सुनूँ?" "मैं आप पर विश्वास क्यों करूँ?" "आपके अलावा यह कौन कहता है?" जब हमें दूसरों को अपने दृष्टिकोण का विश्वास दिलाने की ज़रूरत हो, तो प्रमाण एक बुनियादी साधन है। प्रमाण कैसे विकसित करें और उनका इस्तेमाल कैसे करें, इस पर अध्याय 6 में बातचीत की जाएगी।

किसी प्रस्तुति का समापन

प्रस्तुति की शुरुआत ऐसी होनी चाहिए कि पहली छाप अच्छी छूटे। समापन ऐसा होना चाहिए कि वह अच्छी छाप मज़बूत और स्थायी हो जाए। कुछ उदाहरण देखें।

चंद शब्दों में सार बताएँ

- "संक्षेप में, याद रखने वाले मुख्य बिंदु ये हैं..."
- "...इसलिए हमें यह क़दम उठाना चाहिए..."

ज़्यादा अच्छे उद्देश्यों के प्रति आग्रह करें

- "कंपनी के हित में।"
- "बेहतर समाज की ख़ातिर।"
- "अकाल में कमी लाने के लिए।"
- "आपके योगदान से लोगों की जान बच सकती है।"

एक चुनौती उछालें

- "यह आप पर निर्भर करता है।"
- "आप ही हैं, जो इन लक्ष्यों को साकार कर सकते हैं।"

अपने विचारों का नाटकीयकरण करें

- अंतिम प्रोजेक्ट बताने वाली स्लाइड।
- टीम की प्रगति बताने वाला चित्र।
- श्रोताओं को प्रतीक या लेपल पिन बाँटना।

सबसे महत्त्वपूर्ण बिंदु को दोहराएँ

- "...हमारे लक्ष्य साकार हो जाएँगे।"
- "...आपकी आमदनी इतने प्रतिशत बढ़ जाएगी।"

प्रोत्साहित करने वाले कथन का इस्तेमाल करें

- "अब कोई आर्थिक चिंताएँ नहीं रहेंगी।"
- "अपने बच्चों को ख़ुश, स्वस्थ और सुरक्षित देखने की कल्पना करें।"
- "हर दिन आपके अपने परिवार को एक घंटा ज़्यादा समय दे सकते हैं।"

उद्धरण का इस्तेमाल करें

- प्रासंगिक और प्रत्यक्ष उद्धरण का इस्तेमाल करें।
- जिसका आप उद्धरण दे रहे हैं, उससे परिचित हों।

व्यक्तिगत स्तर पर बोलें

- जैसा सूज़न और बेट्सी ने दर्शाया है, हम प्रदर्शन के इस स्तर पर पहुँच सकते हैं।
- "अगर हमारी टीम टॉम और जॉन की मिसाल पर चले, तो हम अपने लक्ष्य हासिल कर लेंगे।"

किसी से कोई चीज़ कराने का केवल एक ही तरीक़ा है... और यह है सामने वाले में इसे करने की इच्छा जगाना।

—डेल कारनेगी

प्रश्न-उत्तर काल

प्रश्न-उत्तर अवधि को प्रभावी ढंग से नियंत्रित करने के लिए शुरू में ही स्पष्टता से बता दें कि प्रश्न-उत्तर के लिए कितना समय दिया जाएगा। इससे प्रश्न और उत्तर संक्षिप्त व बिंदुवार रहते हैं।

सामान्य नियम यह है कि जवाब छोटे रखे जाएँ। ज़्यादा लंबा जवाब देना तब फ़ायदेमंद होता है, जब प्रस्तुति में उस बिंदु पर ज़्यादा न बोला गया हो। छोटे जवाबों से अक्सर ज़्यादा प्रश्नों की अनुमति भी मिलती है।

यह सुनिश्चित करें कि कोई श्रोता प्रश्न पूछते-पूछते भाषण न देने लगे। ऐसा होने पर शालीनता से उससे प्रश्न पूछने को कहें। यह भी महत्त्वपूर्ण है कि किसी एक व्यक्ति को प्रश्नकाल पर एकाधिकार न जमाने दिया जाए। नियंत्रण में रहना हमारी ज़िम्मेदारी है।

यदि हम किसी प्रश्न का जवाब नहीं जानते हैं, तो साफ़ बता दें। ईमानदारी से सम्मान हासिल होता है।

प्रश्न-उत्तर सत्र की शुरुआत करना

आम तौर पर किसी प्रस्तुति के तुरंत बाद करतल ध्वनि होती है। इस समय यह कहना मुनासिब रहता है, "प्रश्न-उत्तर के लिए दस मिनट का समय है। पहला प्रश्न कौन पूछ रहा है?" इस आग्रह से यह स्पष्ट हो जाता है कि हम प्रश्नों की अपेक्षा करते हैं और यह पहला प्रश्न पूछने का समय है।

चेहरे पर आशावादी अंदाज़ रखें और अपना हाथ उठाएँ। इससे श्रोता समझ जाते हैं कि क्या करना है। प्रश्न पूछने वाले को देखें, ध्यान केंद्रित करें और सुनने की योग्यता दिखाएँ। सुखद भाव के साथ प्रश्न का स्वागत करें। एक बार जब हम प्रश्न को सुन और समझ लें, तो बाक़ी श्रोताओं की ओर मुड़ें और प्रश्न को अपने शब्दों में दोहराएँ। इस तरह हमें अपने विचारों को बटोरने का थोड़ा समय मिल जाता है और यह भी सुनिश्चित हो जाता है कि हर व्यक्ति ने प्रश्न सुन लिया है। शायद सबसे महत्त्वपूर्ण बात यह है कि इससे हम नियंत्रण में बने रहते हैं और इसे "हमारा" प्रश्न बना लेते हैं। प्रश्न को दोहराने से हमें प्रश्न से "डंक" या "काँटा" बाहर निकालने का अवसर भी मिल जाता है, बशर्ते इसे किसी शत्रुतापूर्ण श्रोता ने पूछा हो।

जब कोई प्रश्न न पूछे, तो क्या करें? कई बार जब व्याख्यान देने वाला प्रश्नों को आमंत्रित करता है, तो श्रोता प्रतिक्रिया नहीं करते हैं। अक्सर इसका मतलब यह होता है कि हमारे श्रोताओं को यह पक्का नहीं होता कि प्रश्न पूछना कितना "सुरक्षित" है। ख़ुद से प्रश्न पूछने से श्रोता प्रेरित हो जाएँगे। मिसाल के तौर पर, हम कह सकते हैं : "अक्सर यह प्रश्न पूछा जाता है..." और फिर उस प्रश्न का उत्तर दें। फिर पूछें, "अगला प्रश्न कौन पूछ रहा है?" यह आम तौर पर आगामी प्रश्नों के लिए मंच तैयार कर देता है। कुछ पलों की ख़ामोशी से घबराने की ज़रूरत नहीं है। श्रोता भी उस ख़ामोशी को उतना ही ज़्यादा भरना चाहते हैं, जितना कि हम। बहरहाल, अगर श्रोता फिर भी ख़ामोश रहें, तो एक और प्रश्न पूछें और उसका जवाब दें। दो बार काफ़ी है। इसके बाद ध्यान से सुनने के लिए श्रोताओं को धन्यवाद दें या औपचारिक प्रस्तुति के समापन को दोहराएँ।

प्रश्न-उत्तर सत्र का समापन कैसे करें

जब हम जानते हैं कि हमारा समय ख़त्म होने वाला है, तो पूछें, "अंतिम प्रश्न कौन पूछेगा?" इससे श्रोताओं को संकेत मिल जाता है कि प्रश्न-उत्तर सत्र समाप्त होने वाला है। आख़िरी प्रश्न का जवाब देने के बाद श्रोताओं की रुचि के लिए उन्हें धन्यवाद दें या यदि उचित हो, तो औपचारिक प्रस्तुति के समापन को दोहराएँ।

विजुअल्स का इस्तेमाल

विजुअल्स के इस्तेमाल से प्रस्तुति का प्रभाव बढ़ सकता है, लेकिन कई अवरोध भी खड़े हो सकते हैं, जिन्हें पार करने पर ही प्रस्तुति उत्कृष्ट बन सकती है। इस वजह से प्रस्तुति के केंद्र में विजुअल्स नहीं, बल्कि प्रस्तुति देने वाला होना चाहिए।

विजुअल साधनों का मूल उद्देश्य यह होता है कि श्रोता प्रस्तुति को आसानी से समझ लें। हमारे विजुअल्स को हमारी प्रस्तुतियों का समर्थन करना चाहिए; उन्हें हमारी प्रस्तुति का केंद्र नहीं बनना चाहिए। विजुअल्स प्रस्तुति में रंग, नाटकीयता और गति को बढ़ाते हैं। विजुअल्स को उद्देश्य, श्रोताओं के आकार, संदेश की रणनीति और सामग्री, उन्हें तैयार करने के लिए संसाधनों की उपलब्धता और पूरी प्रस्तुति के लक्ष्य के आधार पर चुनें।

विजुअल्स पर विचार तब करें :

- जब किसी श्रोतासमूह के लिए कोरे आँकड़े समझना मुश्किल हो। यदि आँकड़े महत्त्वपूर्ण हैं, तो बिना देखे उन्हें समझना असंभव नहीं, तो मुश्किल ज़रूर होता है। यह नीरस भी हो सकता है।
- जब कई चीज़ों की सूची बनाई जाए। यदि उनकी तुलना करनी हो या क्रम बहुत महत्त्वपूर्ण हो, तो उन्हें देखना अनिवार्य है। इससे क़दम स्पष्ट रखने और याद रखने में मदद मिलती है।
- जब आप कोई जटिल प्रक्रिया समझा रहे हों। इससे श्रोताओं को अपनी ख़ुद की गति से समझने की अनुमति मिलती है। चूँकि कुछ लोग संबंधों को बाक़ी की तुलना में ज़्यादा तेज़ी से समझ लेते हैं, इसलिए विजुअल दोनों प्रकार के लोगों का ध्यान रखता है।

स्मरण महत्त्वपूर्ण है। सुनी गई बात का केवल 20 प्रतिशत ही याद रहता है। देखी गई बात का केवल 30 प्रतिशत ही याद रहता है। लेकिन जो सुना और देखा जाता है, उसका 50 प्रतिशत से ज़्यादा हिस्सा याद रहता है। विजुअल्स के इस्तेमाल से न सिर्फ़ प्रस्तुति ज़्यादा रोचक बनती है, बल्कि इससे यह भी तय होता है कि श्रोता जानकारी को किस तरह ग्रहण करते और याद रखते हैं।

हम कई प्रकार के विजुअल्स का इस्तेमाल कर सकते हैं। सिर्फ़ उन्हीं विजुअल्स को चुनें, जो श्रोताओं तथा प्रस्तुति के बिंदुओं के लिहाज़ से उचित हों और सबसे ज़्यादा प्रभाव डालें। वे हाई-टेक कंप्यूटर पर बनी प्रस्तुतियाँ हो सकती हैं या आसान फ़्लिप चार्ट और चॉकबोर्ड या व्हाइटबोर्ड भी हो सकते हैं।

आसान और शक्तिशाली सॉफ़्टवेयर के विकास और प्रोजेक्शन उपकरणों में तरक्की व उपलब्धता को देखते हुए कंप्यूटर से उत्पन्न प्रस्तुतियाँ पेशेवर प्रस्तुतियों में आम हो गई हैं। आज माइक्रोसॉफ़्ट के पॉवरपॉइंट प्रोग्राम का अक्सर इस्तेमाल किया जाता है, क्योंकि यह विजुअल सामग्री बनाने में अधिक सृजनात्मकता सुलभ कराता है और इस्तेमाल में आसान होता है।

कंप्यूटर प्रस्तुतियाँ पहले से तैयार की जा सकती हैं। ये श्रोताओं के सामने भी बनाई जा सकती हैं। यह सब उपकरण, जानकारी और प्रस्तुति

देने वाले की विशेषज्ञता पर निर्भर करता है। एलसीडी पैनलों और पोर्टेबल प्रोजेक्टरों से कंप्यूटर पर बनी प्रस्तुतियों को कहीं भी ले जाया जा सकता है।

व्यावसायिक और शैक्षणिक क्षेत्रों में बहुत सारी प्रस्तुतियाँ बनती हैं। कंप्यूटर पर बहुत सारा डाटा बनाया और रखा जाता है, इसलिए कंप्यूटर द्वारा विजुअल एड में भूमिका निभाना स्वाभाविक है।

विजुअल एड के प्रकार

चाहे विजुअल कंप्यूटर पर तैयार हो या किसी दूसरे रूप में, जानकारी देने के कई तरीक़े हो सकते हैं :

- *बार या पाई ग्राफ़ :* चार्ट और ग्राफ़ बड़ी जानकारी को श्रोताओं के लिए आसान बना सकते हैं और उन पर ज़ोर दे सकते हैं। विजुअल की बदौलत श्रोता विचारों पर तेज़ी से केंद्रित होते हैं, इसलिए अच्छी तरह बनाए गए चार्ट और ग्राफ़ निर्णय लेने की गति को बढ़ा सकते हैं। अक्सर इससे बैठकें छोटी होने का अतिरिक्त लाभ भी मिलता है - जिससे आम तौर पर सबको ख़ुशी होती है।

  बार चार्ट का सबसे अच्छा इस्तेमाल दो चीज़ों की तुलना के लिए किया जाता है, जैसे दो साल की कुल आमदनी आदि। बार चार्ट का इस्तेमाल तीन या चार चीज़ों की तुलना के लिए भी किया जा सकता है, जैसे तीन सबसे क़रीबी प्रतिस्पर्धियों के साथ कंपनी की तुलनात्मक स्थिति।

  समय के मान से हुए परिवर्तनों को रेखांकित करने के लिए लाइन ग्राफ़ अच्छी तरह काम करता है। यह कंपनी के महीने दर महीने या वर्ष दर वर्ष प्रदर्शन को बताने के लिए प्रभावी होता है। इससे दर्शक तुरंत ही प्रवृत्तियों को पहचान लेते हैं।

  जब हमें किसी जटिल तत्व की संरचना दर्शानी हो, जैसे किसी पूर्ण के अलग-अलग हिस्सों की तुलना करनी हो, तो पाई चार्ट आदर्श होता है। पाई चार्ट हिस्सों के आनुपातिक संबंधों को चित्रात्मक रूप से दर्शाकर सकल संरचना को स्पष्टता से दिखा देता है।

- *वीडियो :* पेशेवर रूप से प्रस्तुत सर्वोच्च गुणवत्ता वाले उदाहरण, चित्र और प्रदर्शन वीडियो के ज़रिये संभव हैं। उपकरण के आकार और

किफ़ायत की वजह से वीडियो प्रस्तुति बहुत से प्रस्तुति अवसरों के लिए व्यावहारिक होती है। वीडियो छवियों की रिकॉर्डिंग करना, भेजना, देखना, संपादन करना और छापना आसान, व्यावहारिक तथा किफ़ायती हैं। वीडियो का इस्तेमाल पूरी प्रस्तुति के लिए किया जा सकता है या फिर किसी दूसरे माध्यम से तैयार की गई प्रस्तुति में 5-10 मिनट का वीडियो डालकर निश्चित बिंदुओं को चित्रित किया जा सकता है। बहुत सारे विषयों पर वीडियो ख़रीदे या किराए पर लिए जा सकते हैं। यह जाँच करें कि ऑनलाइन या लाइब्रेरी में क्या उपलब्ध है।

- *35 एमएम स्लाइड :* हालाँकि कंप्यूटर पर तैयार प्रस्तुतियों की वजह से 35 एमएम स्लाइडें अनावश्यक हो गई हैं, लेकिन कई लोग उन्हें अब भी रोचक, उद्दीपक और व्यावहारिक मानते हैं। यह रंगीन, त्रिआयामी, स्थिर चित्र दिखाने का एक स्वीकृत तरीक़ा है। वीडियो की तरह ही स्लाइडें भी सबसे ज़्यादा प्रभावी तब होती हैं, जब यह प्रस्तुति के 10 से 15 मिनट के खंडों तक सीमित रहें।
- *ओवरहेड ट्रांसपेरेंसी :* जब श्रोता समूह छोटा हो या जब कंप्यूटर उपलब्ध न हो तो ओवरहेड प्रोजेक्टर एक सरल प्रस्तुति साधन है। ट्रांसपेरेंसी पहले से बनाना आसान होता है और वक्ता ट्रांसपेरेंसी पर अतिरिक्त सामग्री लिख सकते हैं।
- *फ़्लिप चार्ट :* फ़्लिप चार्ट किसी प्रस्तुति को तुरंत दृश्यात्मक समर्थन देते हैं और अक्सर इनमें श्रोताओं द्वारा दी गई जानकारी शामिल होती है, इसलिए वे बहुत विश्वसनीय होते हैं। वे मीटिंग से पहले तैयार किए जा सकते हैं या फिर उन्हें श्रोताओं के सामने भी बनाया जा सकता है। यह अर्ध-स्थायी साधन किसी मीटिंग या प्रशिक्षण प्रक्रिया में बताए बिंदुओं को सतत याद दिला सकता है। फ़्लिप चार्ट की शीट कमरे में चारों ओर लगाई जा सकती है, ताकि प्रतिभागी उन्हें जब चाहे देख सकें।
- *व्हाइट बोर्ड :* व्हाइट बोर्ड पर आसानी से लिखा जा सकता है और मिटाया जा सकता है। ये अब पुराने फ़ैशन के चॉकबोर्ड की जगह लेने लगे हैं। व्हाइट बोर्ड की उपयोगिता समूह के आकार से सीमित होती है, लेकिन यह विचारमंथन जैसी स्वाभाविक सहभागिता गतिविधियों के लिए सहायक होता है।

पैंफ़लेट

प्रस्तुति में अतिरिक्त जानकारी और सार वितरित किए जा सकते हैं। इनका इस्तेमाल अक्सर समर्थन करने वाले डाटा, वर्कशीट, रूपरेखा या प्रश्नावलियाँ देने के लिए किया जाता है। इन्हें अच्छी तरह तैयार करना और प्रिंट करना चाहिए, क्योंकि इन पर प्रस्तुतिकर्ता की प्रतिष्ठा निर्भर होती है। यदि पैंफ़लेट का मक़सद यह है कि श्रोता बताई जाने वाली बातों को न लिखे, तो इसे प्रस्तुति की शुरुआत में ही वितरित कर देना चाहिए और श्रोताओं को यह बात बता देनी चाहिए। यदि यह पेश की जाने वाली जानकारी का पूरक है, तो इसे प्रस्तुति के अंत में देना चाहिए।

पैंफ़लेट प्रस्तुति में दी गई जानकारी को ज़्यादा गहरा बना सकते हैं। पैंफ़लेट विज़ुअल्स में दिखाए गए बुलेट बिंदुओं से आगे की जानकारी दे सकते हैं। श्रोताओं के लिए जो जानकारी रुचिकर हो सकती है, लेकिन आवंटित समय में नहीं बताई जा सकती, जैसे संदर्भ, संसाधन, केस स्टडी और साइडबार, उसे पैंफ़लेट में शामिल किया जा सकता है।

सार

यहाँ डेल कारनेगी की पुस्तक *पब्लिक स्पीकिंग फ़ॉर सक्सेस* में व्याख्यान संबंधी कुछ सुझाव बताए जा रहे हैं :

- किसी व्याख्यान की शुरुआत बहुत महत्त्वपूर्ण होती है। इसे संयोग के भरोसे नहीं छोड़ना चाहिए। पहले से इसकी योजना सावधानी से बना लें।
- यह दिखाएँ कि हम लोगों से जो चीज़ स्वीकार कराना चाहते हैं, वह उस चीज़ जैसी ही है, जिसमें वे पहले से विश्वास करते हैं।
- विशिष्ट उदाहरण दें; ठोस प्रकरणों का ज़िक्र करें।
- बातचीत में ऐसे वाक्यांश बोलें, जिनसे चित्र बनते हों। शब्दों से श्रोताओं के सामने तसवीरें तैराएँ।
- किसी भाषण का समापन सबसे रणनीतिक तत्व है। अंत में कही गई बात सबसे लंबे समय तक याद रहती है।
- आपने जो मुख्य बिंदु बताए हैं, संक्षेप में उनका सार बताएँ, दोबारा बताएँ।

- श्रोताओं के प्रश्नों का उत्तर देने के लिए तैयार रहें। उत्तर देने से पहले प्रश्न को दोहराएँ।
- कर्म का आग्रह करें। श्रोताओं को स्पष्टता से बता दें कि आप उनसे क्या कराना चाहते हैं।
- एक अच्छे अंत और एक अच्छी शुरुआत तैयार करें और इन दोनों को बहुत क़रीब रखें। आपके श्रोता आपसे चुप होने की उम्मीद करें, इससे पहले ही रुक जाएँ। संतृप्ति का बिंदु लोकप्रियता के शिखर के तुरंत बाद आता है।

6

किसी बहस से अधिकतम फ़ायदा उठाना

बहस शब्द की कई परिभाषाएँ हैं। एक अर्थ है वाद-विवाद, जिसमें प्रायः क्रोध में अलग-अलग दृष्टिकोण व्यक्त किए जाते हैं। इस परिभाषा के अनुसार डेल कारनेगी की यह बात सही थी, "किसी बहस का सर्वश्रेष्ठ लाभ उठाने का एकमात्र तरीक़ा इससे बचना है।" गुस्से भरे विवाद का अंत दोनों पक्षों की हार वाली स्थिति में ही हो सकता है। बहरहाल, बहस की दूसरी परिभाषा भी है - किसी मुद्दे पर तर्क-वितर्क और चर्चा करना। जब हम इस संदर्भ में बहस पर विचार करते हैं, तो हम तैयारी करके और कुशलता हासिल करके ऐसा परिणाम हासिल कर सकते हैं, जिसमें दोनों पक्ष जीतते हैं।

बॉस, अधीनस्थ, ग्राहक या सहकर्मी से अपनी बात मनवाना भी एक तरह की बहस है, जिसमें सामने वाले को अपना विचार स्वीकार करने के लिए राज़ी किया जाता है। हमारा उद्देश्य यह है कि सामने वाला किसी ख़ास विषय पर जैसा सोचता है या प्रतिक्रिया करता है, वह उसे बदल ले।

जब आप कोई विचार मनवाने की तैयारी कर रहे हों - चाहे बॉस को या सहयोगियों को - तो उन सिद्धांतों पर चलें, जिनका इस्तेमाल सफल सेल्स कर्मी सामान बेचने के लिए करते हैं। सबसे पहले तो श्रोता का ध्यान आकर्षित करें। चुनौतीपूर्ण प्रश्न पूछना एक प्रभावी तरीक़ा है। पता लगाएँ कि हम जिसके सामने प्रस्तुति दे रहे हैं, उसके सामने कौन-सी समस्याएँ हैं और उन पर ध्यान केंद्रित करें। मिसाल के तौर पर, अगर ग्राहक सेवा के

मामले में उसे गंभीर चिंता है, तो पूछें, "यदि स्टाफ़ को बढ़ाए बिना ग्राहकों की संतुष्टि के प्रति सचेत रहने का कोई तरीक़ा हो, तो क्या आप उसके बारे में जानना चाहेंगे?"

इससे उसका ध्यान आकर्षित हो जाएगा और अब हम उसे प्रमाण दिखाने के लिए तैयार हैं कि हमारे सुझाव से यह कैसे हो सकता है।

प्रमाण विषय के लिहाज़ से प्रासंगिक होना चाहिए और ज़ाहिर है, श्रोताओं के लिए अर्थपूर्ण भी होना चाहिए। सात प्रकार के प्रमाण प्रभावी होते हैं :

प्रदर्शन (दिखाएँ कि कोई चीज़ कैसे काम करती है)

उदाहरण (ख़ुद के अनुभव या दूसरों के अनुभव)

तथ्य (बिंदु जो विशिष्ट, सत्य हैं और साबित किए जा सकते हैं)

दस्तावेज़ (कोई विज़ुअल, चार्ट, ग्राफ़, चित्र, ड्रॉइंग या कोई अन्य दिखने वाली वस्तु)

तुलनाएँ (किसी जटिल विचार को ज़्यादा सरल और समझने में आसान चीज़ से जोड़ना)

विशेषज्ञों की गवाही (किसी मान्यताप्राप्त या विश्वसनीय स्रोत का उद्धरण देना)

आँकड़े (संख्याएँ, जो वृद्धि, कमी, प्रतिशत परिवर्तन, तुलनाएँ, प्रवृत्तियाँ और योग बताती हैं)

> *जिन लोगों को उनकी इच्छा के ख़िलाफ़ राज़ी किया जाता है, उनकी राय नहीं बदलती है।*
>
> **—डेल कारनेगी**

अच्छी तरह असहमत होने के 12 नियम

दूसरों से व्यवहार करते समय ऐसी स्थितियाँ आना तय है, जहाँ हम सामने वाले एक या अधिक लोगों से असहमत होंगे। असहमति व्यक्त करने का मतलब विरोध करना नहीं है। शिष्टाचार, सहिष्णुता और समझ की बदौलत हम अप्रिय हुए बिना असहमत हो सकते हैं।

नियम #1 : दूसरों को शंका का लाभ दें।

जिस व्यक्ति ने वह चौंकाने वाली बात कही है, शायद वह सचमुच संवेदनहीन नहीं है। शायद किसी दुःखद अनुभव की वजह से उसने अति प्रतिक्रिया कर दी हो। ख़र्च में महत्त्वपूर्ण कमी करने की ज़रूरत थी। इसके लिए छँटनी करने के बजाय यह सुझाव दिया गया कि सभी कर्मचारी कम वेतन में काम करने को तैयार हो जाएँ। सूज़न ने इस सुझाव का पुरज़ोर विरोध किया। उसने तर्क दिया कि ज़्यादा योगदान देने वाले कर्मचारियों को कम उत्पादक कर्मचारियों की नौकरी बचाने के लिए त्याग नहीं करना चाहिए। जब दबाव डालकर उससे पूछा गया कि वह इतनी अटल क्यों थी, तो हमें पता चला कि पिछली कंपनी में उसने लागत कम करने के ऐसे ही प्रस्ताव को स्वीकार किया था, लेकिन इसके बावजूद एक साल से कम समय में ही उसे और दूसरे लोगों को नौकरी से निकाल दिया गया था। सूज़न का दृष्टिकोण सिर्फ़ एक ही तरीक़े से बदल सकता था। उसे आश्वस्त करने की ज़रूरत थी कि हमारी कंपनी वित्तीय दृष्टि से इतनी सुदृढ़ है कि ऐसी नौबत नहीं आएगी।

नियम #2 : सुनें।

किसी को शंका का लाभ देने के बाद उसकी बात सुनकर यह पता लगाएँ और सचमुच समझें कि उसकी उस मान्यता का कारण क्या है। हमें उसे बता देना चाहिए कि हमने उसकी बात सुन ली है और हम उसके दृष्टिकोण से परिस्थितियों को देखने की सच्ची कोशिश कर रहे हैं।

नियम #3 : जिम्मेदारी लेना।

किसी के साथ असहमत होते वक़्त हमें हमेशा अपनी भावनाओं की ज़िम्मेदारी लेनी चाहिए। केवल "मैं" कथनों से प्रतिक्रिया करने का संकल्प लें। जब हम "आप" कहते हैं, तो ऐसा लगता है, जैसे हम सामने वाले को दोष दे रहे हैं और टकराव पर तुले हैं। इससे सामने वाला तुरंत रक्षात्मक हो जाता है और यह संभावना कम हो जाती है कि वह हमारा दृष्टिकोण सुनेगा।

नियम #4 : लचीला रवैया अपनाएँ।

किसी अलग राय को जोड़ें या "लचीले" बनें, जिसकी शुरुआत में कहें, "मैंने

सुना कि आप यह कह रहे हैं...” या “मैं... पर आपके विचार की क़द्र करता हूँ।” एक बार फिर “मैं” शब्द से शुरू करें और “आपने कहा...” से नहीं, वरना यह टकराव जैसा लगेगा।

मिसाल के तौर पर, “मैं इस बारे में आपकी चिंता समझता हूँ कि इससे प्रक्रिया कैसे धीमी हो सकती है, लेकिन मैंने नई नीति के सारे प्रभावों की जाँच कर ली है... (और फिर दोबारा बताएँ कि सुझाई गई प्रणाली शुरुआती धीमेपन की भरपाई कैसे करेगी।)

नियम #5 : विनम्र बनें।

याद रखें, हमारा मक़सद सामने वाले को अपनी सोच के तरीक़े का कायल बनाना है। यह काम अभद्रता या बदतमीज़ी से कभी नहीं किया जा सकता। तानाकशी करके या हँसी उड़ाकर सामने वाले को अपमानित करने से यह संभव नहीं होगा।

आप अपने विचार जबरन दूसरों के गले उतारकर उन्हें अपने दृष्टिकोण से सहमत नहीं करा सकते। हैरॉल्ड इतना घमंडी था कि उसे बहुत यक़ीन रहता था कि वह हमेशा सही है, इसलिए वह अपनी बात मनवाने के लिए लड़ता भी था। वह टेबल ठोकता था, चिल्लाता था और अपने घमंडी व्यवहार से अपने विरोधियों को दुश्मन बना लेता था। ऐसा व्यवहार न सिर्फ़ समूह में सबको परेशान करता है, बल्कि इससे अक्सर लंबी और निरर्थक चर्चाएँ भी होती हैं। जब उसके विचार सचमुच अच्छे होते थे, तब भी उसका व्यवहार उसके उद्देश्य पर पानी फेर देता देता था। अगर वह विनम्र और कूटनीतिक होता, तो उसके उत्कृष्ट विचारों को लोग तुरंत स्वीकार कर लेते।

नियम #6 : “लेकिन” या “यद्यपि” शब्द को अपने शब्दभंडार से हटा दें।

किसी व्यक्ति के दृष्टिकोण को स्वीकार करने के बाद अगर हम “लेकिन” या “यद्यपि” बोलते हैं, तो इससे हमारी स्वीकृति का प्रभाव ख़त्म हो जाता है। इसके बजाय “और...” का इस्तेमाल करें या फिर एक पल ख़ामोश रहने के बाद अपने विचार या राय का योगदान दें, जिसकी शुरुआत इस तरह हो :

- “आइए इस पर भी चर्चा करते हैं...”
- “इस कोण के बारे में आप क्या कहते हैं?”
- “क्या होगा अगर...”
- “क्या आपने कभी... के बारे में सोचा है”
- “इस विचार की तुलना उस विचार से करें...”
- “यह एक रोचक दृष्टिकोण है।”
- “मैंने उस बारे में कभी इस तरह नहीं सोचा।”
- “मुझे ख़ुशी है कि हम... पर सहमत हैं।”

नियम #7 : अपने दृष्टिकोण या राय को प्रासंगिक और तथ्यात्मक प्रमाण के साथ व्यक्त करें।

विचार करने का समय लेकर भावनाओं को समीकरण से बाहर रखें। ख़ुद से पूछें : “मैं क्या सोचता हूँ?” “मैं यह क्यों सोचता हूँ?” “अपने बिंदु के समर्थन में मेरे पास क्या प्रमाण है?”

नियम #8 : सामने वाले को अपनी लाज बचाने दें।

डेल कारनेगी ने हमें सिखाया था कि मित्र बनाने और लोगों को प्रभावित करने के लिए हमें हमेशा उनकी निजताओं को पहचानना चाहिए और उनका सम्मान करना चाहिए। असहमतियों से निबटते समय भी हमें यह बात कभी नहीं भूलनी चाहिए। यह महत्त्वपूर्ण है कि हम अपने से असहमत होने वाले लोगों को हीन महसूस न कराएँ – भले ही उनके तर्क सही न हों।

फ़िल उन लोगों में से था, जिन्हें दूसरों की ग़लतियाँ बताने में बड़ा मज़ा आता है। बैठकों में वह हर ग़लती पर झपट पड़ता था और उस व्यक्ति पर अपनी “श्रेष्ठता” दिखाकर झूमने लगता था। न सिर्फ़ उस व्यक्ति का उसके समकक्षों के सामने अपमान होता था, बल्कि समूह के दूसरे सदस्य भी विचलित हो जाते थे। ऐसा व्यवहार टीम के मनोबल को नष्ट कर देता है।

नियम #9 : लोगों की संवेदनशीलता के बारे में सचेत रहें।

कुछ लोग बहुत संवेदनशील होते हैं। एश्ले इन्हीं लोगों में से एक है। वह आसानी से आलोचना स्वीकार नहीं कर सकती। अगर उसके किसी विचार

को अस्वीकृत किया जाता है, तो वह रक्षात्मक हो जाती है। हमें उसकी इस संवेदनशीलता के बारे में जागरूक होना चाहिए, ताकि हम विशेष सावधानी बरतकर स्थिति को सुधार सकें या बेहतर बना सकें।

हम जिन क्षेत्रों में असहमत हैं, उनकी ओर संकेत करने के बजाय हमें पहले एश्ले की योजना के सभी अच्छे बिंदुओं की प्रशंसा करनी चाहिए, फिर असहमति के क्षेत्रों पर प्रश्न पूछने चाहिए। इससे एश्ले स्थिति के बारे में दोबारा सोचने लगेगी और ख़ुद ही समझ जाएगी कि इसे कैसे बेहतर बनाया जा सकता है।

आलोचना करने के बजाय प्रश्न पूछकर हम द्वेष जगाए बिना अपने कर्मचारियों के सर्वश्रेष्ठ प्रदर्शन को प्रेरित कर सकते हैं। इसके फलस्वरूप हमारे कर्मचारियों की सृजनात्मक योग्यताओं में निखार आएगा और ज़्यादा नवाचारी विचार सामने आएँगे, जिनसे हमारे विभाग की प्रभावकारिता बढ़ जाएगी।

दूसरों की राय को महत्त्व दें। उन्हें अपने महत्त्व का भाव क़ायम रखने दें।

—डेल कारनेगी

नियम #10 : सामने वाले को स्थिति सुलझाने का मौक़ा दें।

जब स्टीफ़ैनी ने हैरी से अक्सर देर से आने के बारे में बातचीत की, तो उसने इस तरह की निंदा से बात शुरू नहीं की कि उसके देर से आने से पूरे विभाग के काम पर क्या असर होता है और इसे बर्दाश्त नहीं किया जा सकता। इसके बजाय उसने पूछा, “आप आगे से समय पर आने के लिए क्या कर सकते हैं?” सुपरवाइज़र ने हैरी की समस्या के लिए उसे ख़ुद समाधान सोचने की अनुमति दी। इससे न सिर्फ़ सुपरवाइज़र के हैरी में विश्वास की पुष्टि होती है, बल्कि दूसरे कर्मचारी भी अपनी समस्याओं के बारे में ख़ुद सोचने के लिए प्रोत्साहित होते हैं और उनके बारे में ख़ुद निर्णय लेते हैं। थोपे गए समाधानों के बजाय ख़ुद सोचे गए समाधानों पर पालन करने की ज़्यादा संभावना होती है, क्योंकि उनके प्रति ज़्यादा समर्पण और उत्साह होता है।

ऐसे भी समय होते हैं, ख़ास तौर पर जब समस्या नौकरी में प्रदर्शन से संबंधित होती है, जब सुपरवाइज़र को कर्मचारी की कमियों को बहुत स्पष्ट और विशिष्ट तरीक़े से सामने रखना चाहिए। ऐसे मामलों में सकारात्मक शब्दावली में सुधार के सुझाव दें। यह न कहें : "आपका काम लापरवाही भरा है।" काम के विशिष्ट उदाहरण दिखाना कहीं ज़्यादा बेहतर है, जिनमें सामने वाला मापदंड पर खरा नहीं उतरा। फिर पूछें कि वह इन कमियों से उबरने के लिए क्या कर सकता है। कर्मचारी में अपने विश्वास को दोहराएँ और सहायता देने की पेशकश करें।

याद रखें, उद्देश्य कर्मचारी की मदद करना है, ताकि वह बेहतर कर्मचारी बनना सीख सके।

नियम #11 : सकारात्मक शब्दों पर बात ख़त्म करें।

जब स्टीफ़ैनी हैरी से पूछती है कि वह समय पर आने के लिए क्या कर सकता है, तो वह कहता है कि वह सुबह 6.30 के बजाय आगे से 6.15 का अलार्म लगाएगा, ताकि वह कभी-कभार के ट्रैफ़िक जाम से बच सके, जिसकी वजह से उसे देर हो जाती है।

स्टीफ़ैनी मान जाती है कि इससे समस्या दूर हो जाएगी। "हैरी, मुझे विश्वास है कि आप यह वादा निभाएँगे और आगे से समय पर आएँगे। हमारी टीम में आपका योगदान महत्त्वपूर्ण है और इससे यह सुनिश्चित हो जाएगा कि आपमें मेरा विश्वास ग़लत नहीं है।"

सबसे ज़्यादा महत्त्वपूर्ण, जिस वजह से भी समस्या उत्पन्न हुई हो, उससे उबरने में सामने वाले की मदद करें। इस तरह हम सहयोगी और उत्पादक कर्मचारी तैयार कर लेंगे, जो विभाग के लिए मूल्यवान संपत्ति साबित होंगे।

नियम #12 : सृजनात्मक फ़ीडबैक देना।

अगर हर पक्ष सामने वाले से ईमानदार फ़ीडबैक हासिल करे, तो संप्रेषण के प्रभाव को बढ़ाया जा सकता है। कोई भी आलोचना को पसंद नहीं करता, लेकिन यदि सृजनात्मक आलोचना कूटनीति से की जाए, तो यह बेहतरी में महत्त्वपूर्ण योगदान दे सकती है।

हम दूसरों को जो फ़ीडबैक देते हैं, उसे ज़्यादा स्वीकार्य बनाने के लिए कुछ सुझाव ये हैं :

- सभी तथ्य इकट्ठे करें।
- समस्या पर तुरंत और अकेले में बातचीत करें।
- व्यक्ति पर नहीं, कार्य या व्यवहार पर ध्यान केंद्रित करें।
- सबसे पहले सामने वाले की सच्ची प्रशंसा करें।
- पहले परानुभूति दें, फिर आलोचना करें। अपनी ख़ुद की वैसी ही ग़लतियाँ बताएँ और फिर उसे यह बताएँ कि हमने उन्हें कैसे सही किया।
- लोक-व्यवहार की योग्यताओं का इस्तेमाल करें। आदेश न दें; इसके बजाय प्रश्न पूछें और सुझाव दें।
- व्यवहार बदलने के लाभ दिखाएँ।
- दोस्ताना अंदाज़ में बात ख़त्म करें और सहमत हों कि आगे कैसे बढ़ना है।

जब सामने वाला आपको फ़ीडबैक दे रहा हो, तो ध्यान रखें कि उसका मक़सद हमारी आलोचना करना नहीं, बल्कि हमारी मदद करना है :

- शांत रहें और सामने वाले की बात पूरी सुनें।
- सुनिश्चित करें कि हम समस्या को स्पष्टता से समझ गए हैं।
- आत्म-सुधार और परिवर्तन के प्रति दिमाग़ खुला रखें।
- विश्वास करें कि फ़ीडबैक देने वाले के इरादे अच्छे हैं।
- रक्षात्मक ढंग से प्रतिक्रिया न करें।
- बहाने न बनाएँ। यदि स्पष्टीकरण वाली परिस्थितियाँ हैं, तो उन्हें राय के रूप में नहीं, बल्कि तथ्यों के रूप में स्पष्ट करें।
- फ़ीडबैक के लिए सामने वाले को धन्यवाद दें।
- इस बात पर सहमत हों कि आगे कैसे बढ़ना है।

लोगों के अच्छे काम की प्रशंसा करें और फिर धीरे-धीरे उनकी कमियों में उनकी मदद करें। यह तरीक़ा ऑफ़िस, फ़ैक्ट्री, घर, जीवनसाथी, बच्चे, माता-पिता, संसार में लगभग हर किसी के साथ अच्छी तरह काम करेगा।

—डेल कारनेगी

समस्या सुलझाना

समस्याओं को सुलझाना ज़्यादातर प्रबंधकों के काम का अहम हिस्सा होता है। सुपरवाइज़रों को संचालन, उत्पादन, गुणवत्ता, कर्मचारी और कई बार मार्केटिंग व वित्तीय क्षेत्रों की समस्याओं से भी निबटना होता है। इन समस्याओं से निबटने के लिए जिस सबसे आम संसाधन का इस्तेमाल किया जाता है, वह है मैनेजर का पुराना अनुभव। यदि वह कुछ समय से उसी तरह का काम कर रहा है, तो संभवतः ऐसी ही समस्याएँ पहले भी सामने आई होंगी। पहले समस्या जिस तरह सुलझाई गई थी, संभवतः वही तरीक़ा दोबारा कारगर हो सकता है।

दुर्भाग्य से यह हमेशा सच नहीं होता। अतीत में जो समाधान सफल रहा था, हो सकता है वह अब सफल न हो, हालाँकि समस्या वही हो सकती है, लेकिन परिस्थितियाँ थोड़ी भिन्न हो सकती हैं। इससे बचने के लिए किसी समस्या से निबटने से पहले यह सुनिश्चित करें कि समस्या दरअसल क्या है।

समस्या को स्पष्ट करें

फ्रिज के एक बड़े उत्पादक की बाज़ार में हिस्सेदारी बहुत घट गई। यह एक प्रतिस्पर्धी की वजह से हुआ। अतीत में जब बाज़ार में हिस्सेदारी घटी थी, तो इसका कारण यह था कि प्रतिस्पर्धियों ने विज्ञापन बढ़ा दिए थे। जब कंपनी ने अपने विज्ञापन बढ़ा दिए, तो वह समस्या सुलझ गई थी। अतीत के इस अनुभव का इस्तेमाल करते हुए उन्होंने वर्तमान स्थिति को बेहतर बनाने के लिए एक अच्छा विज्ञापन अभियान चलाया। जब विज्ञापन से ज़रा भी मदद नहीं मिली, तो वे दंग रह गए - दरअसल इसके बाद भी बाज़ार में हिस्सेदारी घटती रही।

आगामी अध्ययन से यह पता चला कि इस बार प्रतिस्पर्धी ने कोई असाधारण विज्ञापन नहीं दिया था, बल्कि रिटेलरों का कमीशन बढ़ा दिया था। इससे रिटेलर को प्रतिस्पर्धी का प्रॉडक्ट बेचने के लिए अतिरिक्त प्रयास करने का प्रोत्साहन मिला, भले ही ग्राहक नए विज्ञापन के फलस्वरूप स्टोर में गया हो। वे ग़लत समस्या से लड़ रहे थे। समस्या का अध्ययन करें; समस्या की जड़ को देखें; हो सकता है समस्या वह हो ही नहीं, जो पहले दिख रही थी।

समस्या के कारण क्या हैं?

जब हम किसी समस्या का कारण खोजते हैं, तो अक्सर हम हिमखंड के ऊपरी हिस्से की तरह सिर्फ सतही कारणों को ही देखते हैं। समस्या ज़्यादा गहरी होती है। एक उदाहरण देखें। हमें खुजली वाले चकत्ते पड़ जाते हैं। त्वचा रोग विशेषज्ञ एक मरहम लिख देता है, जिसे हम लगा लेते हैं। खुजली रुक जाती है; चकत्ता ग़ायब हो जाता है। हम सोचते हैं कि समस्या सुलझ गई है, लेकिन दो सप्ताह बाद समस्या फिर लौट आती है। दरअसल, क्या हुआ था? डॉक्टर ने लक्षण - चकत्तों - का इलाज किया था। सच है, चकत्ते सचमुच समस्या थे, लेकिन वे समस्या का असल कारण नहीं थे; असल कारण तो एलर्जी या कोई दूसरा रोग था। हमारी नौकरी में समस्याओं के असली कारण या कारणों का पता लगाने के लिए हमें "अत्यंत महत्त्वपूर्ण घटक (घटकों)" की तलाश करनी चाहिए, जिनकी वजह से समस्या उत्पन्न हुई। इसके लिए गहन अध्ययन और सावधानीपूर्ण विश्लेषण की ज़रूरत होती है।

कई संभावित समाधान विकसित करें

आम तौर पर जब कोई समस्या सामने आती है, तो हम किसी त्वरित समाधान के बारे में सोच लेते हैं और तेज़ी से अमल में जुट जाते हैं। कोई समाधान तुरंत मन में आ जाता है, तो इसका मतलब यह नहीं है कि वह सर्वश्रेष्ठ समाधान है। किसी समाधान को चुनने से पहले बहुत-से संभावित समाधानों पर विचार करना कहीं बेहतर होता है।

दिमाग़ खुला रखें। उन लोगों से सुझाव माँगें, जो समस्या के सबसे क़रीब हैं - जो उससे जूझते हैं और चुने गए समाधान पर अमल करेंगे।

कंपनी के विशेषज्ञों (या यदि उचित हो तो कंपनी के बाहर के भी) से उनके अनुभव और ज्ञान का लाभ देने को कहें।

सृजनात्मक बनें। लोगों को जितना अहसास होता है, वे उससे ज़्यादा सृजनात्मक होते हैं। यह शक्ति अक्सर हमारे भीतर छिपी रहती है। इसका इस्तेमाल करके नवाचारी अवधारणाओं को खोजा जा सकता है, जिनसे हमारी समस्याएँ सुलझ सकती हैं।

सर्वश्रेष्ठ समाधान तय करें

जब कई विकल्प खोज लिए जाएँ, तो सभी घटकों को तौलकर यह निर्णय लें कि सर्वश्रेष्ठ विकल्प कौन-सा रहेगा। इसके लिए समस्या की समीक्षा करके यह तय करना ज़रूरी होता है कि चुने गए समाधान का परिणाम क्या होना चाहिए।

समाधान के लिए अनिवार्य चीज़ों की सूची बनाएँ। इनमें अधिकतम लागत, समय सीमा, कर्मचारियों व अन्य संसाधनों का उपयोग शामिल हो सकता है। फिर उन चीज़ों की सूची बनाएँ, जो अनिवार्य तो नहीं हैं, लेकिन जिनसे चुना गया समाधान और भी बेहतर हो जाएगा।

जब न्यू वेव हेयरड्रेसर्स किसी नई जगह की तलाश कर रहे थे, तो उन्होंने निर्णय लेने से पहले इन अनिवार्य घटकों की सूची बनाई :

1. नई जगह किसी सक्रिय शॉपिंग मॉल में होनी चाहिए।
2. यह 4,000 वर्ग फुट से कम नहीं होनी चाहिए।
3. किराया "एक्स" प्रति माह डॉलर से ज़्यादा नहीं होना चाहिए।
4. हम आज से छह महीने के भीतर कारोबार खोल सकते हैं।

यह अच्छा होगा अगर :

1. इतने किराए में ही 4,500 वर्ग फुट जगह मिल जाए।
2. वहाँ का मालिक साज-सज्जा का ख़र्च ख़ुद उठा ले।
3. मॉल में कोई दूसरा हेयरड्रेसर न हो।
4. मॉल में ऊँचे फ़ैशन के बुटीक हों।

ये बाद वाले चार बिंदु वरीयता वाले घटक हैं।

न्यू वेव को किसी ऐसी जगह के बारे में सोचना भी नहीं चाहिए, जो सभी अनिवार्य घटकों को पूरा न करती हो। फिर विभिन्न वरीयता के घटकों को तौलकर वे तय कर सकते हैं कि उनके लिए कौन-सा सौदा सर्वश्रेष्ठ है।

कर्म करें

निर्णय लेने के बाद इस पर अमल करें। समाधान पर अमल करने में शामिल हर व्यक्ति को उसके हिस्से का काम सौंप दें, संसाधनों को इकट्ठा कर लें और काम शुरू कर दें। प्रबंधकों के रूप में हमें स्थिति की निगरानी करनी चाहिए। यदि स्टाफ़ में कुछ लोग समाधान के बारे में उत्साही नहीं हैं, तो उन्हें समाधान "बेचें।" क्या करना है, यह समझाने के लिए सभी शामिल लोगों की मदद करने के लिए उपलब्ध रहें, जहाँ उचित हो वहाँ करके दिखाएँ और जहाँ ज़रूरत हो वहाँ मदद करें।

फ़ॉलोअप का समय तय करें

कई बार समस्या का समाधान ऐसा होता है, जिसमें कंपनी को लंबे समय के लिए समर्पित होना पड़ता है (जैसे किसी नई जगह पर जाना)। यदि चुना गया समाधान कारगर नहीं होता है, तो इंसान इसकी भरपाई के लिए ज़्यादा कुछ नहीं कर सकता। इसलिए ऐसी स्थितियों में समस्या विश्लेषण को पूरी योग्यता के साथ करना चाहिए। सौभाग्य से, सुपरवाइज़रों के सामने आने वाली ज़्यादातर समस्याएँ इतनी स्थायी नहीं होती हैं और यदि वे कारगर नहीं होती हैं, तो उन्हें उलटा जा सकता है।

ऐसे समाधान पर अमल करते समय पूछें : "यह समाधान काम नहीं कर रहा है, यह तय करने में कितना समय लगेगा?" फिर इसके अनुसार फ़ॉलोअप की तारीख़ तय करें। वह समय आने पर मूल्यांकन करें कि क्या हुआ है और यदि इससे समस्या नहीं सुलझी है, तो इसे छोड़ दें और कोई दूसरा विकल्प चुनें। जब आज़माने के लिए अन्य विकल्प उपलब्ध हों, तो किसी नाकाम समाधान में अटके रहने का कोई कारण नहीं है।

ग्राहकों की शिकायतें

जब तक किसी आदर्श प्रॉडक्ट, संगठन या कंपनी का आविष्कार न हो जाए, तब तक हमें अपने ग्राहकों की शिकायतों से निबटना होगा। यह निश्चित है कि समस्याएँ आएँगी और यह भी इतना ही तय है कि कुछ शिकायत करने वालों को ख़ुश करना मुश्किल होगा।

इस अध्याय में पहले बताए गए सिद्धांतों पर अमल करने के अलावा हम नीचे दी गई आठ क़दमों की प्रक्रिया का इस्तेमाल करके शिकायतों को प्रभावी ढंग से सुलझा सकते हैं, संबंध बना सकते हैं और ग्राहक निष्ठा को बेहतर बना सकते हैं तथा क़ायम रख सकते हैं :

1. *अभिवादन करें :* हमेशा फ़ोन पर या आमने-सामने व्यक्ति का इस तरह अभिवादन करें, मानो आप उसे देखकर या उसकी बात सुनकर ख़ुश हों। दोस्ताना तरीक़े से शुरुआत करें। यह कहने में आसान है, लेकिन इसे करना मुश्किल हो सकता है। हमें "डे-टाइट कम्पार्टमेंट में रहने" की ज़रूरत है। ग्राहक से संपर्क करते समय नकारात्मक अनुभवों को अलग हटा देना चाहिए। अगर ग्राहक लगातार शिकायतें करता हो, तब भी वर्तमान समस्या पर ही केंद्रित रहें।

2. *सुनें :* हमें अक्सर एक जैसी शिकायतें सुनने को मिलती हैं, इसलिए लोगों की बात सचमुच सुनना चुनौतीपूर्ण बन जाता है। उन्हें उनकी भड़ास निकालने का अवसर दें। परानुभूतिपूर्ण बनें। सिर्फ़ तथ्यों को ही नहीं, बल्कि भावनाओं को भी सुनें। बहुत जल्दी प्रतिक्रिया करने के प्रलोभन से बचें। बीच-बीच में छुटपुट शब्द बोलकर या दोहराकर या ग्राहक की टिप्पणियों को अपने शब्दों में बताकर यह संकेत दें कि हम सक्रियता से सुन रहे हैं।

3. *प्रश्न पूछें :* उसकी चिंता को स्पष्ट करने के लिए प्रश्न पूछें। जब तक हम सटीकता से यह समझ न लें कि ग्राहक किन मुद्दों के बारे में चिंतित है, तब तक प्रतिक्रिया करने से बचना महत्त्वपूर्ण होता है।

   शुरुआती प्रश्न समस्या के बुनियादी तथ्यों को सामने ले आते हैं। यह हमें शिकायत करने वाले की भावना बाहर निकालने का अवसर देता है। मिसाल के तौर पर, "यह समस्या कब शुरू हुई?"

विस्तृत प्रश्नों से ज़्यादा विवरण प्राप्त हो सकते हैं। इससे ग्राहक को उसकी समस्याओं और भावनाओं को विस्तार से बताने का अवसर मिलता है। ये प्रश्न तुलनात्मक रूप से छोटे होने चाहिए, ताकि ग्राहक को ज़्यादा बोलने के लिए प्रोत्साहित किया जा सके। मिसाल के तौर पर, "मुझे सटीकता से बताएँ कि क्या ग़लत हुआ?"

मूल्यांकन करने वाले प्रश्न ग्राहक के लिए समस्या की गंभीरता को समझने में हमारी मदद करते हैं। मिसाल के तौर पर, "आपके हिसाब से हमें क्या करना चाहिए?" यहाँ हम मूल्यांकन करते हैं कि ग्राहक को संतुष्ट करने के लिए हमें कौन-से क़दम उठाने चाहिए।

4. *परानुभूति रखें :* उस व्यक्ति से सहमति का बिंदु खोजें। इसका यह मतलब नहीं है कि हम ग्राहक की शिकायत से सहमत हैं। यहाँ हम ग्राहक को दिखाते हैं कि हमने उसकी बात सुन ली है, हम उसकी चिंता को समझते हैं और हम उसके लिए इसके महत्त्व को पहचान गए हैं।

5. *समस्या को संबोधित करें :* भावनात्मक समस्याएँ दूर करने के बाद हमें शिकायत के व्यावहारिक पहलुओं को सुलझाने के लिए वह हरसंभव चीज़ करनी चाहिए, जो हमारी शक्ति में है। हमें अपनी कंपनी के कामों की ज़िम्मेदारी लेनी चाहिए। यदि ग्राहक की शिकायत दूर करने के लिए मदद की ज़रूरत है, तो इसे तुरंत और अच्छी तरह करें। यह शून्य को सौ बनाने का अवसर है। जिन लोगों की समस्याएँ सुलझा दी जाती हैं, वे आगे भी हमारे ग्राहक बने रहते हैं।

6. *परीक्षण के प्रश्न :* यह जाँच करने के लिए प्रश्न पूछें कि आपने शिकायत के भावनात्मक और व्यावहारिक पहलुओं को कितनी अच्छी तरह सुलझाया है। ग्राहक को बोलने का एक और अवसर दें।

7. *अतिरिक्त सहायता की पेशकश करें :* पूछें कि हम ग्राहक के लिए और क्या कर सकते हैं। इससे हमें बातचीत को शिकायत से दूर ले जाने का मौक़ा मिलता है, जिससे सकारात्मक अंदाज़ में बात ख़त्म करना ज़्यादा आसान बन जाता है।

8. *आगे की कार्यवाही करें :* अक्सर शिकायतें पहले संपर्क में ही पूरी

तरह नहीं सुलझाई जा सकतीं। भले ही शिकायत सुलझ गई हो, लेकिन ग्राहक से दोबारा संपर्क करने का कोई कारण खोजें। मिसाल के तौर पर, अतिरिक्त मूल्य देने का तरीक़ा खोजें। इसके अलावा, अपनी कंपनी के भीतर समस्याओं के मूल कारणों को सुलझाने के तरीक़े खोजें।

नकारात्मक नज़रिए वाले लोगों से निबटना

लगभग हर संगठन में हमें ऐसे लोग मिल जाएँगे, जो किसी भी तरह के नए सुझावों के बारे में नकारात्मक होते हैं। जब भी हम किसी चीज़ के पक्ष में होते हैं, वे उसके ख़िलाफ़ खड़े हो जाते हैं। उनके पास हमेशा कोई न कोई कारण होता है कि हम जो हासिल करना चाहते हैं, उसे हासिल किया ही नहीं जा सकता।

इस नकारात्मकता के कारण भिन्न होते हैं। यह कंपनी के अतीत के ग़लत व्यवहार के कारण उत्पन्न हो सकती है, चाहे यह वास्तविक हो या कर्मचारी को महसूस हुई हो। यदि यह मामला है, तो इसकी तहक़ीक़ात करें। यदि उस व्यक्ति के पास नकारात्मक होने के वैध कारण हैं, तो उसे विश्वास दिलाएं कि अतीत गुज़र चुका है और हमें भविष्य की ओर देखना चाहिए। यदि ग़लतफ़हमियाँ हैं, तो उन्हें दूर करने की कोशिश करें।

अक्सर नकारात्मकता की जड़ें व्यक्तित्व के दीर्घकालीन घटकों में होती हैं, जिनसे उबरना किसी मैनेजर की योग्यता से परे होता है। इस मामले में पेशेवर मदद की ज़रूरत होती है।

रुकें! देखें! सुनें!

नकारात्मक लोगों से निबटने के मामले में एक अच्छा नियम यह है कि उनके तर्कों को स्वीकार करें और उनकी अनुभूत समस्याओं से उबरने के लिए अपने साथ काम करने के लिए राज़ी करें, ताकि प्रोजेक्ट आगे बढ़ सके। उस व्यक्ति को समस्या के बजाय समाधान का हिस्सा बनाएँ।

आइए नकारात्मक लोगों द्वारा उत्पन्न कुछ समस्याओं पर नज़र डालते हैं :

परिवर्तन का प्रतिरोध। सकारात्मक नज़रिये वाले लोग भी परिवर्तन करने के अनिच्छुक होते हैं। वे जिस तरह से चीज़ें करते आए हैं, उसी तरह से आगे भी करते रहने में आरामदेह होते हैं। सकारात्मक सोच वाले लोगों को तर्क देकर परिवर्तन के लिए राज़ी किया जा सकता है। नकारात्मक लोग प्रतिरोध की ख़ातिर परिवर्तन का प्रतिरोध करते हैं। किसी तर्क से मदद नहीं मिलती है। वे अक्सर किसी स्थिति को तबाह करने के लिए हर चीज़ करते हैं, ताकि नए तरीक़े कारगर न हों और वे कह सकें, "मैंने आपको पहले ही बताया था।"

समूह के मनोबल पर प्रभाव। जिस तरह एक सड़ा हुआ सेव पूरी बोरी को ख़राब कर सकता है, उसी तरह एक नकारात्मक व्यक्ति पूरी टीम के मनोबल को नष्ट कर सकता है। चूँकि नकारात्मकता एक व्यक्ति से दूसरे व्यक्ति तक फैलती है, इसलिए इन परिस्थितियों में टीम के मनोबल को क़ायम रखना मुश्किल होता है।

जब हम नकारात्मक लोगों के सामने नए विचार पेश करें, तो उन्हें खुलकर आपत्तियाँ व्यक्त करने को कहें। इस तरह की बात कहें : "आपने कुछ अच्छे बिंदु बताए हैं और मैं उनकी क़द्र करता हूँ। इस नई योजना में हम सावधानी से इन समस्याओं पर निगाह रखेंगे। बहरहाल, हमें इस नए विचार को एक मौक़ा देना चाहिए। इस पर मेरे साथ काम करें और मिलकर हम मुश्किलों को दूर कर लेंगे।"

नकारात्मक व्यक्तित्व

अनीता हमेशा नकारात्मकता प्रवाहित करती है। यह उसकी बातों में नहीं, कामों में दिखता है। वह किसी भी सुझाव को व्यक्तिगत हमला मान लेती है और किसी नए काम को इतनी अनिच्छुकता तथा चिड़चिड़ेपन से लेती है कि हर एक का मनोबल कम हो जाता है। अनीता जैसे लोगों को अक्सर यह अहसास ही नहीं होता है कि दूसरे उन्हें कैसे देखते हैं। वे शायद नौकरी के साथ-साथ अपने व्यक्तिगत जीवन में भी ऐसा ही व्यवहार करते हैं। ऐसे लोग अपने परिवार के साथ मिल-जुलकर नहीं रहते, उनके मित्रों की संख्या कम होती है और वे हमेशा विरोध करते रहते हैं। ऐसे लोगों से निबटने के लिए अच्छी शुरुआत यह है कि उनसे दिल खोलकर बात की जाए, ताकि उन्हें पता चल जाए कि उनका नज़रिया आपके समूह के मनोबल पर कैसा

प्रभाव डाल रहा है। आश्चर्यजनक बात यह है कि कई नकारात्मक चिंतकों को ज़रा भी पता नहीं होता कि उनका व्यवहार दूसरों का मनोबल कम कर रहा है।

उन्हें डेल कारनेगी कोर्स जैसे किसी व्यक्तित्व सुधार कार्यक्रम में शामिल होने का सुझाव दें। ऐसे कार्यक्रमों ने नकारात्मकता से उबरने में कई लोगों की मदद की है और न सिर्फ़ उनकी नौकरी के प्रदर्शन को, बल्कि उनके पूरे जीवन को बेहतर बनाया है।

सभी पक्षों की जीत की दिशा में काम करें

यदि सभी नहीं जीत रहे हैं, तो दरअसल कोई नहीं जीत रहा है। दूसरों को "पराजित" करने का परिणाम यह होता है कि अंततः ग्राहक खो जाते हैं, कर्मचारी नौकरी छोड़कर चले जाते हैं, कामकाजी समूह विरोधी हो जाते हैं और कंपनियाँ क्षमता से कम काम करती हैं।

सावधानी से तैयारी करके और लोगों से व्यवहार की सर्वश्रेष्ठ तकनीकों को ध्यान में रखकर हम दूसरों से अपनी बात मनवा सकते हैं। फिर हम सभी को उत्साह से अपने विचारों पर अमल करते देखने की भारी संतुष्टि हासिल कर सकते हैं।

सार

अपने विचार स्वीकार करने के लिए दूसरों को राज़ी करने के मामले में डेल कारनेगी के सिद्धांतों से बेहतर कोई सार नहीं है। यह किसी बहस से सर्वश्रेष्ठ लाभ लेने का तरीक़ा है, चाहे यह परिवार वालों के साथ हो, सामाजिक परिचितों के साथ हो या नौकरी में हो। ये हैं :

1. सामने वाले की राय के प्रति सम्मान दिखाएँ। कभी किसी व्यक्ति से यह न कहें कि वह ग़लत है।
2. यदि आप ग़लत हैं, तो यह बात तुरंत और दृढ़ता से स्वीकार करें।
3. दोस्ताना अंदाज़ में शुरुआत करें।
4. सामने वाले से तुरंत "हाँ" कराएँ।

5. सामने वाले को ज़्यादा बोलने दें।
6. सामने वाले को यह महसूस करने दें कि यह विचार उसका है।
7. सामने वाले के दृष्टिकोण से परिस्थितियों को देखने की सच्ची कोशिश करें।
8. सामने वाले के विचारों और इच्छाओं के प्रति सहानुभूति रखें।
9. ज़्यादा ऊँचे उद्देश्यों के प्रति आग्रह करें।
10. अपने विचारों का नाटकीयकरण करें।
11. एक चुनौती उछाल दें।

7

बैठकों को ज़्यादा अर्थपूर्ण बनाना

बैठक प्रभावी संवाद की एक ऐसी तकनीक है, जिसका अक्सर इस्तेमाल किया जाता है। इससे लोगों के समूह से एक साथ संप्रेषण हो जाता है। लेकिन बैठकों को अगर ठीक से आयोजित न किया जाए, तो उनमें बहुत सारा समय भी बरबाद हो सकता है।

ज़्यादातर कंपनियों और संगठनों में बहुत सारा काम समितियों को सौंपा जाता है। पुराना मज़ाक़ है कि ऊँट वह घोड़ा है, जिसे किसी समिति ने बनाया था, हालाँकि समितियाँ बहुत लंबे समय से चली आ रही हैं, लेकिन उनकी छवि यह है कि वे दरअसल कारगर नहीं होती हैं। अक्सर पुरानी कहावतों में परस्पर विरोधी संदेश छिपे होते हैं। समितियों के मामले में क्या यह सच है, "बहुत सारे रसोइये सब्ज़ी बिगाड़ देते हैं?" या फिर यह बात सही है, "दो दिमाग़ एक से बेहतर होते हैं?" आइए देखते हैं कि जिन समितियों में हम काम करते हैं, उनके ज़रिये उद्देश्य हासिल करने के लिए क्या किया जा सकता है।

स्पष्ट और समझने योग्य लक्ष्य बनाना

लियोनार्ड बी. को तीन अन्य अधिकारियों वाली समिति का अध्यक्ष नियुक्त किया गया। समिति को ब्रांच वेयरहाउस के लिए उचित जगह खोजनी थी। उसने स्पष्ट लक्ष्य और समयसारणी तय करने के लिए एक बैठक बुलाई। अपने साथियों को इसका आदेश देने के बजाय उसने एक सहभागी नियोजन

सत्र आयोजित किया। हर सदस्य ने विचारों का योगदान दिया और मिलकर उन्होंने एक कामकाजी योजना बना ली। चूँकि समिति का हर सदस्य योजना बनाने में शामिल था, इसलिए हर एक के सामने न सिर्फ़ लक्ष्य स्पष्ट थे, बल्कि पूरा समूह उन्हें हासिल करने के लिए समर्पित भी था।

समिति के हर सदस्य को निश्चित काम सौंप देना चाहिए। अध्यक्ष को हर सदस्य की शक्तियों और विशेषज्ञता के क्षेत्र का पता लगाना चाहिए और काम सौंपते समय उनका ध्यान रखना चाहिए। लियोनार्ड के पास समिति के हर सदस्य से परिचित होने का लाभ था, क्योंकि वे लोग कुछ समय तक मिलकर काम कर चुके थे। इस वजह से लियोनार्ड प्रत्येक को सार्थक काम सौंप पाए, जहाँ वह सबसे ज़्यादा प्रभावी ढंग से योगदान दे सकता था।

बहरहाल, यदि आप किसी ऐसी समिति के अध्यक्ष बन जाएँ, जहाँ कुछ या सभी सदस्य लगभग अजनबी हों, तो उनमें से प्रत्येक के बारे में जल्दी से जल्दी जानकारी हासिल करें। कैरोल को क्लासरूम गतिविधियों में अभिभावकों की ज़्यादा सहभागिता की योजना बनाने का अध्ययन करने और अनुशंसाएँ करने के लिए पीटीए समिति का अध्यक्ष नियुक्त किया गया। उसका ज़्यादातर सदस्यों से सिर्फ़ छुटपुट परिचय था। उसने अगले कुछ सप्ताह तक उनमें से हर एक के साथ अकेले मिलने का लक्ष्य बनाया, ताकि यह पता लगा सके कि वे कहाँ सबसे ज़्यादा अच्छा काम कर सकते हैं। परिणाम यह हुआ कि दूसरी बैठक में उसने समझदारी भरी नियुक्तियाँ कीं। इसके अलावा, इन व्यक्तिगत चर्चाओं के कारण उनमें से कई सदस्यों को प्रोजेक्ट के महत्त्वपूर्ण पहलुओं के लिए स्वेच्छा से पेशकश करने के लिए भी प्रोत्साहित किया।

काम सौंपने के बाद समिति के हर सदस्य से उसके काम की योजना और समयसारणी बनाने को कहें। यह लिखित होना चाहिए और इसे अगली बैठक में अध्यक्ष के सामने प्रस्तुत करना चाहिए। योजना पर काम हो रहा है और समयसारणी का पालन हो रहा है, यह सुनिश्चित करने के लिए कोई आगामी जाँच तंत्र स्थापित होना चाहिए।

लियोनार्ड की समिति का लक्ष्य एक जगह खोजना और तीन महीने के भीतर उस इमारत को लीज़ पर लेने की व्यवस्था करना था। इसलिए पहली बैठक के दो सप्ताह के भीतर ही हर सदस्य के पास काम की योजना होना चाहिए थी। दूसरी बैठक के बाद दो सप्ताह की अवधि में हर सदस्य

के साथ आगामी चर्चाएँ रखी गईं और दूसरे महीने की शुरुआत में तीसरी बैठक आयोजित की गई।

कैरोल का प्रोजेक्ट ज़्यादा लंबा था। उसकी समिति के पास छह महीने की डेडलाइन थी। कैरोल के समूह में नौ लोग थे, इसलिए उसने प्रोजेक्ट के तीन मुख्य हिस्सों के लिए तीन उप-समितियाँ बना दीं और पहले तथा दूसरे महीने में एक बार हर उप-समिति से मुलाक़ात की व्यवस्था की। पूरी समिति के लिए मासिक बैठकें तय की गई थीं, ताकि वे रिपोर्ट कर सकें और अपने विचार व उपलब्धियाँ बता सकें।

असहमतियों को सुलझाना

जब भी किसी प्रोजेक्ट में कई लोग काम करते हैं, तो असहमतियों की आशंका रहती है। इन्हें सुलझाना अध्यक्ष की ज़िम्मेदारी होती है। कैरोल ने एक उप-समिति की पहली बैठक में इसका सामना किया। दो सदस्य एक कार्ययोजना के पक्ष गें थे, लेकिन तीसरे सदस्य ने दृढ़ता से इसका विरोध किया। तार्किक तो यही रहता कि दो-एक के बहुमत का इस्तेमाल करके उस योजना को लागू किया जा सकता था, लेकिन कैरोल जानती थी कि योजना को सफल बनाने के लिए तीसरे सदस्य का पूरा सहयोग ज़रूरी था। उसने असहमति व्यक्त करने वाले से विरोध के कारण पूछे और ग़ौर से उसकी बात सुनी। उसने दूसरों को इन आपत्तियों के बारे में सोचने के लिए प्रोत्साहित किया और मिलकर वे एकराय पर पहुँच गए। फिर उन्होंने एक ऐसी योजना तैयार की, जिसके प्रति वे सभी समर्पित थे। असहमतियों से कैसे निबटें, इस बारे में कुछ सुझाव इस अध्याय में बाद में दिए जाएँगे।

समिति की रिपोर्टें

एक बार जब सदस्य या उपसमिति सौंपा गया काम पूरा कर ले, तो परिणाम पूरी समिति के सामने पेश किए जाते हैं। इन पर चर्चा की जाती है और अंतिम निर्णय या अनुशंसाएँ की जाती हैं। आम तौर पर, समिति जिस व्यक्ति या व्यक्तियों के प्रति ज़िम्मेदार है, उसके सामने पेश करने के लिए पूरी रिपोर्ट बनाने की ज़रूरत होती है। ज़्यादातर समितियों का काम यहीं पर ख़त्म हो जाता है। बहरहाल, कई मामलों में समिति को उनकी कार्य योजना पर अमल करने की ज़िम्मेदारी भी सौंपी जा सकती है।

कैरोल की समिति को पीटीए बोर्ड के सामने एक विस्तृत रिपोर्ट पेश करनी थी। चूँकि उसकी प्रत्येक उप-समिति ने विषय के अलग-अलग पहलू की पड़ताल की थी, इसलिए उसने हर एक से लिखित रिपोर्ट माँगी। जब पूरी समिति ने उन पर चर्चा करके निर्णय ले लिए, तो उप-समिति ने इन निर्णयों को शामिल करते हुए अपनी रिपोर्ट दोबारा तैयार की। कैरोल ने समिति की रिपोर्ट का ड्राफ़्ट लिखने के लिए एक सदस्य को नियुक्त किया। इसकी सावधानी से समीक्षा की गई, इसका संपादन किया गया और इसकी प्रतियाँ समिति के हर सदस्य को भेजी गईं। समिति की अंतिम बैठक में रिपोर्ट का अनुमोदन किया गया।

लियोनार्ड की समिति ने थोड़े अलग तरीक़े से काम किया। हर सदस्य को काम का एक भिन्न पहलू सौंपा गया था। एक सदस्य ने ट्रैफ़िक के स्वरूप का अध्ययन किया था; दूसरे ने लागत के घटकों का और तीसरे ने समुदाय की वांछनीयता का। एक बार जब यह विशेषज्ञतापूर्ण जानकारी हासिल कर ली गई, तो पूरी समस्या पर बातचीत करने के लिए कई बैठकें आयोजित की गईं। इसके बाद एक अंतिम अनुशंसा और रिपोर्ट लिखी गई। सभी सदस्यों ने रिपोर्ट में योगदान दिया और अध्यक्ष ने इसे अंतिम रूप दिया। लेकिन उनका काम यहीं ख़त्म नहीं हुआ। अंतिम रिपोर्ट पेश करने के बाद लियोनार्ड को अपने अधिकारियों से मीटिंग करनी थी, ताकि उनके सवालों के जवाब दे सके और कुछ अनुशंसाओं के पक्ष में तर्क दे सके। समिति ने मौखिक प्रस्तुति की योजना बनाई और पूछे जाने वाले प्रश्नों या आपत्तियों पर भी ध्यान दिया। इसके फलस्वरूप लियोनार्ड पूरी प्रस्तुति देने, सवालों के जवाब देने और आपत्तियों को ग़लत साबित करने के लिए पूरी तरह तैयार था।

समिति के सफलतापूर्वक काम करने के लिए सावधानी से योजना बनाने की ज़रूरत होती है। इसमें लोगों को काम का एक ऐसा पहलू सौंपना शामिल है, जिसमें वे सक्षम हों। सभी सदस्यों को शामिल करना चाहिए। सौंपा गया काम पूरा हो जाए, इसकी निगरानी की जानी चाहिए और जाँच करके यह सुनिश्चित करना चाहिए कि हर काम योजना के अनुरूप हो। जब आप हर सदस्य को योजना की अवस्था से ही शामिल कर लेते हैं, तो समूह का काम सुचारू ढंग से चलेगा और समिति का उद्‌देश्य प्रभावी ढंग से पूरा हो जाएगा।

समितियों से काम कराना

हमने अक्सर समिति के सदस्यों को यह शिकायत करते सुना है : "समय की कितनी भारी बरबादी है। अगर मैंने पिछला घंटा अपनी डेस्क पर बिताया होता, तो मैं कितना ज़्यादा काम कर सकता था!" हाल के एक सर्वे में जिन लोगों का इंटरव्यू लिया गया, उनमें से 70 प्रतिशत को यह लगता था कि वे जिन बैठकों में गए थे, उनमें उनका समय बरबाद हुआ था।

लेकिन उम्मीद न छोड़ें। बैठकों को उपयोगी बनाया जा सकता है। आइए बैठकों को ज़्यादा कुशलता से आयोजित करने के कुछ तरीक़ों पर नज़र डालते हैं।

सदस्यों की संख्या सीमित रखें

सिर्फ़ वांछित प्रतिभागियों को ही आमंत्रित करें। कुछ मैनेजर नियमित स्टाफ़ मीटिंग आयोजित करते हैं - कई बार साप्ताहिक, कई बार हर दिन। इनमें ऐसे भी कई कर्मचारी आते हैं, जिनका होने वाली बातचीत से कोई सरोकार ही नहीं होता है। जो लोग बैठक में योगदान दे सकते हैं या होने वाली बातों से प्रभावित हो सकते हैं, सिर्फ़ उन्हें ही आमंत्रित करना चाहिए। इस तरह हम दूसरों का समय बरबाद नहीं करेंगे और बैठकों को ज़्यादा संक्षिप्त भी रख सकते हैं।

जिन लोगों को बैठकों में आम तौर पर आमंत्रित किया जाता है, उन्हें आमंत्रित न करने पर वे इस तरह की चिंता कर सकते हैं : "मुझे मीटिंग में क्यों नहीं बुलाया गया? क्या बॉस मुझे एक छिपा हुआ संदेश दे रहे हैं? क्या मैं बाहर निकलने की कगार पर हूँ?" इस चिंता को दूर करने के लिए पहले से सबको नई नीति के बारे में बता दें। साथ ही, यह भी बता दें कि इसे क्यों अपनाया गया।

एजेंडा बनाएँ - और इस पर केंद्रित रहें

एजेंडा किसी बैठक की सफलता या असफलता की कुंजी है। एजेंडा सावधानी से तैयार करें। इसमें वे सारे मसले शामिल होने चाहिए, जिन पर चर्चा होने वाली हो। पहले से न सिर्फ़ यह तय करें कि किन विषयों पर चर्चा

की जाएगी, बल्कि यह भी तय करें कि किस क्रम में की जाएगी। इस तरह बैठक ज़्यादा सुचारू चलेगी।

किसी बैठक में विषयों का क्रम तय करते समय एक बात का ध्यान रखें। ज़्यादा जटिल विषय शुरुआत में रखें। बैठक में आते वक़्त लोगों का दिमाग़ चौकस और स्पष्ट होता है, इसलिए वे शुरुआत में ज़्यादा प्रभावी ढंग से गहरी समस्याओं पर विचार कर सकते हैं। यदि महत्त्वपूर्ण समस्याएँ बाद के लिए छोड़ दी जाएँ, तो प्रतिभागियों के कम ध्यान देने की आशंका रहती है। इसके अलावा, पहले हुई चर्चा से भी उनका ध्यान भटक सकता है।

बैठक से कम से कम तीन दिन पहले एजेंडा शामिल होने वाले सभी लोगों को भेज दें। इससे उन्हें चर्चा के विषयों का अध्ययन करने और अपने योगदान की तैयारी करने का अवसर मिलेगा।

एजेंडा पर दृढ़ता से केंद्रित रहें। जो विषय एजेंडा में नहीं हैं, उस पर बातचीत नहीं करनी चाहिए, जब तक कि कोई आपातकालीन स्थिति न हो। इसे अगली मीटिंग के एजेंडा में रखने का सुझाव दें।

हर एक को काम में शामिल करें

प्रतिभागियों को एजेंडा का अध्ययन करने और हर बिंदु पर बातचीत की तैयारी के लिए प्रोत्साहित करना चाहिए। यदि किसी मुद्‌दे पर आँकड़े दिखाना ज़रूरी हो, तो मीटिंग में विजुअल्स (मिसाल के तौर पर, चार्ट या हैंडआउट) का इस्तेमाल करें, ताकि लोग इसे आसानी से समझ सकें। विचार-विमर्श को प्रोत्साहित करें और एक ऐसा माहौल बनाएँ, जिसमें लोग मखौल या प्रतिशोध के भय के बिना असहमत हो सकें।

यदि उचित हो, तो दिखाए गए डायग्राम, फ़्लो चार्ट या अन्य विजुअल्स की "ले जाने वाली" छायाप्रतियाँ प्रदान करें। मीटिंग में मौजूद हर व्यक्ति को एक प्रति दें, ताकि यह सुनिश्चित हो सके कि जिन विषयों पर विचार-विमर्श किया जा रहा है, वे उन्हें स्पष्ट समझ लें। ये प्रतियाँ उस सामग्री की स्थायी स्मृति के रूप में भी काम कर सकती हैं; ज़रूरत पड़ने पर प्रतिभागी उन्हें बाद में भी देख सकते हैं।

यदि हैंडआउट ज़्यादा भारी हैं या पठन सामग्री ज़्यादा गहरी है, तो मीटिंग के बहुत पहले उन्हें बाँट दें, ताकि टीम के सदस्य उनका अध्ययन कर सकें। मीटिंग जानकारी का विस्तार करने, उसका प्रदर्शन करने और उसे स्पष्ट बनाने पर केंद्रित होनी चाहिए - बिलकुल नई अवधारणाओं को बताने पर नहीं, ख़ास तौर पर तकनीकी या जटिल सामग्री को।

मीटिंग के अगुआ होने के नाते विचार-विमर्श को प्रेरित करने वाले सवाल पूछें। प्रश्नों और मतभिन्नताओं के प्रति खुली मानसिकता रखें। अपनी समस्याओं पर लंबे समय तक भुनभुनाने से बेहतर यह है कि लोग बैठक के दौरान बहस कर लें।

बैठक पर हावी न हों

गस जे. को बैठकों के कुशल संचालन पर बहुत गर्व था। वह डींगें हाँकता था कि उसके सभी लोग चर्चा में योगदान देते थे। बहरहाल, उन बैठकों के बारे में उसके स्टाफ़ की राय बिलकुल अलग थी। "गस हमें बता देता है कि वह क्या करने की योजना बना रहा है, फिर पूछता है कि क्या हमारे पास कोई विचार हैं। जब हममें से कोई किसी चीज़ का सुझाव देता है, तो वह उसे तुरंत अस्वीकार कर देता है, कई बार तो सुझाव देने वाले का मखौल भी उड़ाता है। इसलिए आम तौर पर हम सभी सहमत हो जाते हैं। कोई सच्ची सहभागिता नहीं है।"

> *हम जल्दबाज़ी के युग में रह रहे हैं। यदि आपके पास कहने के लिए कुछ है, तो इसे तुरंत कह दें, मुद्दे की बात करें, फिर रुक जाएँ और सामने वाले को बोलने का मौक़ा दें।*
>
> ***—डेल कारनेगी***

वाचाल लोगों को नियंत्रित करें

ब्रैड उनमें से एक है, जो मीटिंग में हावी होने की कोशिश करते हैं। उसके पास कहने के लिए हमेशा कुछ न कुछ रहता है - आम तौर पर महत्त्वपूर्ण नहीं, अक्सर कोई व्यक्तिगत झुंझलाहट या ध्यान भटकाने वाली बात।

यहाँ पर कुछ सुझाव दिए जा रहे हैं, जिनकी मदद से मीटिंग के संचालक ब्रैड और उसी जैसे दूसरे लोगों को शांत रख सकते हैं :

- मीटिंग से पहले ब्रैड को अलग ले जाकर कहें, "मैं जानता हूँ कि आप हमारी बैठकों में योगदान देना पसंद करते हैं और मैं इसकी क़द्र करता हूँ, लेकिन हमारे पास समय की कमी है और कई दूसरे लोग अपने विचार बताना चाहते हैं। इसलिए आइए हम उन्हें बोलने का मौक़ा देते हैं। आप और मैं आपकी समस्या पर बाद में बातचीत कर सकते हैं।"
- यदि ब्रैड इसके बाद भी मीटिंग पर हावी होता है, तो उसके साँस लेने का इंतज़ार करें - जो वह कभी न कभी तो लेगा - फिर तुरंत कहें, "धन्यवाद ब्रैड; अब हम सुनते हैं कि स्यू को क्या कहना है।"
- घोषणा करें कि हर वक्ता सिर्फ़ तीन मिनट में अपनी बात पूरी कर ले। दूसरे वक्ताओं के मामले में लचीले रहें, लेकिन ब्रैड जैसे वाचाल लोगों के मामले में कठोर रहें।

स्पष्टता से ख़त्म करें

जब एजेंडा के सभी विषयों पर बातचीत हो जाए, तो बैठक के अंत में लीडर को निर्णयों का सार बताना चाहिए। यदि बैठक के दौरान टीम के सदस्यों को काम सौंपे गए हैं, तो उन्हें यह बताने को कहें कि उनके हिसाब से उन्हें क्या करना है और कब तक करना है। इससे लीडर और बाक़ी लोगों को फ़ीडबैक मिल जाएगा।

ब्योरा लिखें

ब्योरा लिखें या किसी प्रतिभागी को कार्यवाही लिखने का काम सौंप दें, ताकि इस बारे में कोई ग़लतफ़हमी न रहे कि बैठक में क्या निर्णय लिए गए। पूरी चर्चा की विस्तृत रिपोर्ट लिखना ज़रूरी नहीं है। बस हर मुद्दे पर लिए गए निर्णयों का सार लिखें। मीटिंग के बाद ब्योरे की प्रतियाँ सिर्फ़ शामिल लोगों को ही नहीं बाँटें, बल्कि उन लोगों को भी बाँटें, जो तय हुई बातों से प्रभावित हो सकते हैं। इस ब्योरे से प्रतिभागियों को याद रहेगा कि कौन-से

निर्णय लिए गए थे। इससे उन लोगों को जानकारी मिल जाएगी, जिन्होंने बैठक में हिस्सा नहीं लिया था।

स्वयंसेवी संगठनों की बैठकें

कारोबारी बैठक संचालित करने वाले नियम स्वयंसेवी संगठनों की बोर्ड बैठकों में भी लागू होते हैं, जैसे धार्मिक समूह, सामुदायिक संगठन, सामाजिक क्लब और ऐसे ही संगठन। कई बार ये बैठकें ज़्यादा औपचारिक तरीक़े से आयोजित की जाती हैं।

इन बैठकों का आम तरीक़ा यह होता है कि शुरुआत में पिछली बैठक के कार्यवाही-विवरण पढ़े जाते हैं और आवश्यकता होने पर उनमें सुधार किया जाता है। इसके बाद कई उप-समितियों के अध्यक्ष रिपोर्ट पेश करते हैं, फिर पुराने कामकाज पर चर्चा होती है, जिसके बाद नए कामकाज की बारी आती है। रिपोर्ट और "पुराने कामकाज" के मामले में एजेंडा में कोई समस्या नहीं है, लेकिन "नए कामकाज" के मामले में बहुत कम नियंत्रण होता है।

सैन्ड्रा होम ओनर्स असोसिएशन की बोर्ड मीटिंग की अध्यक्षता कर रही थी। रात के 9 बज चुके थे और तब तक सिर्फ़ पुराने कामकाज वाला हिस्सा ही पूरा हो पाया था। चूँकि समय ज़्यादा हो गया था और सैन्ड्रा को घर पर काम भी था, इसलिए जब उसने "नए कामकाज" के बारे में बात शुरू की, तो वह बेचैन थी और यह उम्मीद कर रही थी कि कोई मामला नहीं उठाया जाएगा। लेकिन ऐसा नहीं हुआ। बोर्ड के एक सदस्य का एक प्रिय प्रोजेक्ट था, जिसे वह आगे बढ़ाने पर आमादा था, इसलिए बैठक एक और घंटे तक चली।

इस समस्या से उबरने के लिए नियम बदलने का सुझाव दें। "नए कामकाज" के बजाय "अगली बैठक के लिए सुझाव" आमंत्रित करें। इसका मतलब है कि लोग अपने विचार तो सामने रख सकते हैं, लेकिन उन पर कोई बातचीत नहीं हो सकती। इससे बैठक जल्दी ख़त्म हो जाएगी। एजेंडा पर क़ायम रहकर बैठक पर नियंत्रण सुनिश्चित किया जाता है। बाक़ी मसले तब तक टाले जा सकते हैं, जब तक कि वे एजेंडा में शामिल नहीं हो जाते।

अप्रिय बने बिना असहमत कैसे हों

किसी मीटिंग की अध्यक्षता करना हमेशा फूलों की सेज नहीं होती है। कुछ प्रतिभागी आपसे असहमत होते हैं और अक्सर अपनी राय के बारे में ज़िद पकड़ लेते हैं। इन लोगों से निबटने के कुछ सुझाव ये हैं।

इस तथ्य को स्वीकार करें कि आपसे असहमत होने वाला व्यक्ति सही हो सकता है। आप सब कुछ नहीं जानते हैं। यह समझने के लिए प्रश्न पूछें कि वह व्यक्ति क्या और क्यों कहना चाह रहा है। पूरी तरह समझने और पहचानने के लिए सुनें कि उस व्यक्ति के मन में वह विश्वास क्यों है। किसी तरह की ग़लतफ़हमी हो, तो उसे दूर कर दें। हो सकता है कि वह आपके प्रमाण को पूरी तरह न समझ पाया हो। दूसरी तरफ़, हो सकता है कि उस व्यक्ति ने कुछ ऐसे तथ्य बताए हों, जिनके बारे में आप जागरूक नहीं थे और जिनकी वजह से आपको अपने तर्क की दोबारा जाँच करने की ज़रूरत हो सकती है।

अक्सर असहमति का कारण तथ्यात्मक नहीं, भावनात्मक होता है। हो सकता है कि वह व्यक्ति किसी निजी कारण से आपके विचार पर नकारात्मक प्रतिक्रिया कर रहा हो - शायद ऐसे ही विचार का उसके निजी जीवन में पुराना ख़राब अनुभव रहा हो। प्रमाण के आधार पर तर्क करना निरर्थक है। असहमति के असली कारण का पता लगाने की कोशिश करें और यदि संभव हो, तो इससे निबटें।

झगड़ालू न बनें। "आप समझते ही नहीं हैं..." यह कहने के बजाय यह कहें, "मैं इसे इस तरह से समझता हूँ..." जब हम सहमत न होने के लिए सामने वाले को दोष देते हैं, तो वह रक्षात्मक बन जाता है। इससे द्वेष उत्पन्न होता है, जो उसे आपका विचार स्वीकार करने से रोकेगा।

अप्रिय हुए बिना असहमत कैसे हों, इस बारे में अध्याय 6 में दिए गए सुझाव दोबारा पढ़ें।

स्व-मूल्यांकन

अगली बार जब हम कोई बैठक आयोजित करें, तो नीचे दी हुई जाँचसूची से अपने प्रभावी होने की समीक्षा कर सकते हैं :

बैठक से पहले :

1. क्या हमने मीटिंग का एजेंडा तैयार किया?
2. क्या हमने मीटिंग से पहले प्रतिभागियों को एजेंडा बाँटा?
3. क्या हमने मीटिंग की शुरुआत और अंत का समय तय किया था?
4. क्या हमने विज़ुअल्स और/या हैंडआउट तैयार किए?
5. क्या हमने प्रतिभागियों को कार्यक्रम के हिस्से सौंपे?
6. क्या हमने किसी प्रतिभागी को बैठक की कार्यवाही लिखने के लिए नियुक्त किया?
7. क्या हमने सभी आवश्यक उपकरणों और आपूर्ति की व्यवस्था की थी :

    चॉक बोर्ड और चॉक

    फ़्लिप चार्ट ईज़ल

    फ़्लिप चार्ट पैड और मार्कर

    कंप्यूटर और प्रोजेक्टर पॉवरपॉइंट के लिए

    ओवरहेड प्रोजेक्टर

    स्लाइड प्रोजेक्टर

    अन्य

बैठक के दौरान :

1. क्या हम एजेंडा पर केंद्रित रहे?
2. क्या हमने सभी प्रतिभागियों को चर्चा में शामिल किया?
3. क्या हमने वाचाल और हावी होने वाले लोगों को नियंत्रण में रखा?
4. क्या हमने काम निष्पक्षता से बाँटे?
5. क्या हमने प्रतिभागियों द्वारा विचार व्यक्त करने के बाद अपने विचार व्यक्त किए?
6. क्या हमने प्रतिभागियों को प्रश्न पूछने के लिए प्रोत्साहित किया?

7. क्या हमने टीम के प्रतिभागियों के पूछे प्रश्नों का जवाब देने के लिए दूसरे प्रतिभागियों को प्रोत्साहित किया?
8. क्या हमने बैठक के अंत में मुख्य बिंदुओं का सार बताया?
9. क्या हमने मीटिंग ख़त्म करने से पहले प्रतिभागियों से उनको सौंपे गए कामों का विवरण पूछा?
10. क्या हमने प्रेरक कथन या कर्म के आह्वान के साथ मीटिंग ख़त्म की?

बैठक के बाद :

1. क्या हमने सभी प्रतिभागियों और प्रभावित हो सकने वाले दूसरे लोगों को बैठक की कार्यवाही का विवरण बाँटा?
2. क्या हमने सौंपे गए कामों की बाद में जाँच की?
3. क्या हमने मीटिंग के बारे में प्रतिभागियों से फ़ीडबैक लिया?

"हाँ" के जवाब जितने ज़्यादा हों, मीटिंग उतने ही ज़्यादा प्रभावी ढंग से आयोजित हुई थी।

> *सफल लोग अपनी ग़लतियों से फ़ायदा उठाते हैं और एक अलग तरीक़े से दोबारा कोशिश करते हैं।*
>
> ***--डेल कारनेगी***

हम जिन बैठकों में भाग लेते हैं, उनसे अधिकतम फ़ायदा उठाना

जब हम किसी बैठक का नेतृत्व करते हैं, तो हमारा इस बात पर नियंत्रण होता है कि यह कितनी अच्छी तरह होती है, लेकिन ज़्यादातर समय हम लीडर नहीं, बल्कि प्रतिभागी होते हैं। मीटिंग के पहले, इसके दौरान और बाद में सक्रिय क़दम उठाकर हम हर मीटिंग को सीखने का एक मूल्यवान अनुभव बना सकते हैं।

जब हमें मीटिंग की सूचना मिलती है, तो इसे सिर्फ़ अपने कैलेंडर पर लिखकर भुला न दें। इसकी तैयारी करने में समय लगाना बेहतर तरीक़ा है।

बैठक से पहले :

- एजेंडा का अध्ययन करें। विषयों की सूची की समीक्षा करें। भले ही हम उनके बारे में जानते हों, लेकिन फिर भी हमें सुनिश्चित करना चाहिए कि उन पर हमारे पास नवीनतम जानकारी हो। अपनी फ़ाइलों की समीक्षा करें, ताकि यह पता चल सके कि अब तक क्या किया गया है। यदि प्रासंगिक हो, तो तकनीकी या कारोबारी प्रकाशनों में उस विषय पर लेख पढ़ें।
- यदि यह कोई नया क्षेत्र है या कोई ऐसा क्षेत्र है जिससे हम परिचित नहीं हैं, तो दी गई सामग्री का सावधानीपूर्वक अध्ययन करें। यह इतना महत्त्वपूर्ण मामला है कि इस पर सिर्फ़ सरसरी नज़र डालने और मीटिंग में विस्तृत विवरण हासिल करने की उम्मीद करना ग़लत है।
- विषयों के बारे में हमारी जो टिप्पणियाँ, विचार या प्रश्न हों, उन्हें लिख लें।

बैठक में :

- सहभागिता करें : यदि हमारे मन में टिप्पणियाँ, विचार या प्रश्न हैं, तो ख़ुद को रोककर न रखें। चेतावनी : सिर्फ़ बोलने के लिए बोलना उचित नहीं है। अपनी बात सारगर्भित ढंग से रखें।
- असहमतियों से निबटें : इस बात की संभावना है कि कुछ अन्य प्रतिभागी हमारे दृष्टिकोण से असहमत होंगे। इसका बुरा न मानें। प्रतिक्रिया करते समय तथ्यों पर केंद्रित रहें। यह बहस नहीं, विचार-विमर्श है।
- सर्वसम्मति बनाने की दिशा में काम करें। यदि बैठक का उद्‌देश्य किसी समस्या को सुलझाना है, तो समाधान में योगदान दें। दूसरे दृष्टिकोणों को सुनें। वे हमारे दृष्टिकोण से बेहतर हो सकते हैं। संतोषजनक समाधान हासिल करने के लिए समझौता करने के लिए तैयार रहें।

- बैठक पर हावी न हों। कई बार ख़ुद को रोकना मुश्किल होता है, जब हमारे पास ऐसे विचार हों, जिन्हें हम व्यक्त करना चाहते हैं। दूसरों को बोलने का अवसर दें।
- लिए गए मुख्य निर्णयों को लिखें। अगर किसी नई जानकारी का पता चला हो, तो वह भी लिख लें।
- यदि बैठक के फलस्वरूप प्रतिभागियों को काम सौंपे जाने हैं, तो उस काम के लिए स्वेच्छा से पहल करें, जो हमें सबसे ज़्यादा आकर्षक लगता है। यदि हम ऐसा नहीं करते हैं, तो अंततः हमारे पास ऐसा काम आ सकता है, जो शायद उतना रोचक न हो और हमें उसे करने में इतना आनंद न आए।

बैठक के बाद :

अपनी लिखी बातों की समीक्षा करें। जहाँ आवश्यक हो, वहाँ काम करें। यदि हमें कोई असाइनमेंट सौंपा गया हो, तो लीडर से बातचीत करके यह सुनिश्चित करें कि हम यह समझ गए हैं कि वह क्या चाहता है और इसे कब तक करना है।

जब हम बाहरी बैठकों में जाएँ

कई लोग कंपनी के बाहर होने वाली बैठकों में हिस्सा लेते हैं। ये सेमिनार हो सकते हैं, ट्रेड असोसिएशन बैठकें या सम्मेलन हो सकते हैं या उन संगठनों द्वारा प्रायोजित सम्मेलन हो सकते हैं, जिनके पास ऐसे विचार या प्रस्ताव हों, जो हमारी कंपनी या हमारी रुचि के हो सकते हैं। ये कंपनी के भीतर या कंपनी के परिसर के बाहर आयोजित हो सकते हैं।

यहाँ पर कुछ सुझाव हैं, जिनसे हम इन बैठकों को अपने समय और ध्यान के क़ाबिल बना सकते हैं।

बैठक की तैयारी करें :

ज़्यादातर सम्मेलनों की घोषणा महीनों पहले हो जाती है। इस बैठक की तैयारी भी कंपनी की बैठक की तरह करें, जैसा ऊपर बताया गया है। आम तौर पर घोषणा के साथ एक एजेंडा भी होता है। इसका ग़ौर से अध्ययन

करें। क्या किसी सूचीबद्ध विषय के लिए ख़ास तैयारी की ज़रूरत है? हम अपरिचित विषयों को पढ़ सकते हैं, ताकि हमें चर्चा को समझने और योगदान देने में मदद मिले। हम उस क्षेत्र में अपनी कंपनी के अनुभव की दोबारा जाँच कर सकते हैं, ताकि हम चर्चा को अपनी कंपनी की समस्याओं से जोड़ सकें।

नए लोगों से मिलें :

बैठक में अपने सहकर्मियों के साथ न बैठें। हम उनसे किसी भी समय बातचीत कर सकते हैं। यदि सदस्यों को टेबल पर बैठना है, तो बैठक की विभिन्न अवस्थाओं में अलग-अलग लोगों के साथ बैठें। लंच या डिनर के व्याख्यानों में अक्सर हम वक्ताओं के बजाय टेबल के अपने साथियों से ज़्यादा विचार ग्रहण करते हैं। इन कार्यक्रमों में हम जिन लोगों से मिलते हैं, उनके नाम-पते लिख लें। वे भविष्य में जानकारी या मार्गदर्शन का स्रोत हो सकते हैं।

जब बाहरी वक्ता किसी बैठक को संबोधित करें, तो उसका नाम-पता लिख लें। हो सकता है कि हमें बाद में उनसे ज़्यादा जानकारी के लिए संपर्क करने की ज़रूरत पड़े।

खुली मानसिकता रखें :

वक्ता की कही बातों से अधिकतम फ़ायदा उठाने के लिए अपने दिमाग़ को नए सुझावों के प्रति खुला रखें। हम जिसे सर्वश्रेष्ठ मानते हैं, सामने वाले के सुझाव उससे अलग हो सकते हैं, लेकिन जब तक हम उसकी बात पूरी न सुन लें और निष्पक्षता से उस पर सोच-विचार न कर लें, तब तक हमें कैसे पता चलेगा? प्रगति परिवर्तन का परिणाम होती है। इसका यह मतलब नहीं है कि सभी नए विचार अच्छे होते हैं, लेकिन उन्हें सुनना चाहिए, उनका मूल्यांकन करना चाहिए और सावधानी तथा निष्पक्षता से उन पर सोच-विचार करना चाहिए।

सहिष्णु बनें :

कई बार हम वक्ता को तुरंत नापसंद कर देते हैं। हमें उसका हुलिया, कपड़े, आवाज़ या आंचलिक बोली पसंद नहीं आती, इसलिए या तो हम उसकी बात सुनना छोड़ देते हैं या उसकी बात को ख़ारिज कर देते हैं। किसी वक्ता के

ख़िलाफ़ पूर्वाग्रह श्रोताओं को कही गई बात सुनने या फिर उसके विचारों को स्वीकार करने से रोक देता है।

महत्त्वपूर्ण बातें लिखें :

महत्त्वपूर्ण बातें लिखने के दो बड़े फ़ायदे होते हैं। मीटिंग में यह हमारी सुनी गई बातों को व्यवस्थित करने में मदद करता है, जिसकी बदौलत हम ज़्यादा सुनियोजित ढंग से सुनते हैं। यह भावी संदर्भ का स्रोत भी बन जाता है।

अहा! पेज रखें :

नोटबुक के इस पेज पर मीटिंग में मिले रोमांचक विचारों की सूची बनाएँ। ये वे बातें हैं, जिन्हें हम कभी नहीं भूलना चाहते हैं।

प्रश्न पूछें :

मौक़ा मिलने पर वक्ता से प्रश्न पूछने से न झिझकें। लेकिन तुच्छ प्रश्नों से मीटिंग का समय बरबाद न करें। प्रश्न से पहले लंबी प्रस्तावना से बचें। स्पष्ट रहें। संक्षिप्त बनें।

औपचारिक प्रस्तुति के दौरान वक्ता को टोकना सही नहीं होता। यदि हमारे मन में कोई प्रश्न आता है, तो उसे नोटबुक के आख़िरी पेज पर लिखना उचित रहता है। इससे हम उन प्रश्नों को भूलते नहीं हैं, जो हम उचित अवसर आने पर पूछना चाहते हैं।

सक्रिय सहभागी बनें :

विचारों का योगदान दें। ज़्यादातर बैठकों में कुछ लोग ही स्वेच्छा से विचार और जानकारी का योगदान देते हैं। बाक़ी लोग बस बैठकर सुनते रहते हैं। जब यह पूछा जाता है कि उन्होंने ज़्यादा सहभागिता क्यों नहीं की, तो आम तौर पर यह प्रतिक्रिया सुनने को मिलती है : "मैं अपने विचार इन लोगों को क्यों बताऊँ? इनमें से कुछ मेरे प्रतिस्पर्धी हैं और मैं अपने कारोबारी रहस्य उजागर नहीं करूँगा।"

कोई भी हमसे कोई ऐसी चीज़ कहने की उम्मीद नहीं करता, जिससे हमारी कंपनी या इसकी प्रतिस्पर्धी स्थिति को नुक़सान हो, लेकिन ज़्यादातर

बातचीतें ऐसी नहीं होतीं। उनका उद्देश्य विचारों के आदान-प्रदान को प्रोत्साहित करना होता है, जो ज़्यादातर प्रतिभागियों के लिए मूल्यवान होता है। एक कंपनी के अनुभव से दूसरी कंपनियों को मदद मिलती है। विचारों का योगदान देकर हम दूसरों को ज़्यादा समृद्ध अनुभव प्रदान करते हैं, जिसके फलस्वरूप हमें भी ज़्यादा संतोषजनक अनुभव होता है।

बैठक के बाद :

बैठक में सीखी गई बातों का सार लिखें। जब बैठक की याद दिमाग़ में ताजा हो, तब लिखे विवरण की समीक्षा करें। अपने ऑफ़िस लौटने के बाद जल्दी से जल्दी सम्मेलन के बारे में एक रिपोर्ट लिख लें और उसे स्थायी फ़ोल्डर में सुरक्षित रखें।

हमने जो सीखा है, उसे बताएँ। अपने बॉस या कंपनी के दूसरे लोगों को मेमो या संक्षिप्त रिपोर्ट भेजें, जिन्हें वह जानकारी मूल्यवान लग सकती है। अपने सहकर्मियों से इस बारे में बातचीत करें। हमने जो सीखा है, उसे बताकर हम उस मूल्य में वृद्धि करते हैं, जो कंपनी ने हमें कार्यक्रम में भेजने की बदौलत हासिल किया।

इस पर अमल करें :

हमने बैठक में जो सीखा है, अगर हम उस बारे में कुछ भी नहीं करते हैं, तो यह समय और पैसे की बरबादी है।

सार

- हर बैठक का एक उद्देश्य होना चाहिए और बैठक के संचालक को यह सुनिश्चित करना चाहिए कि वह उद्देश्य हासिल हो गया है।
- बैठक के कई दिन पहले उसका एजेंडा तैयार करें। एजेंडा हर उस व्यक्ति को बाँटें, जो बैठक में शामिल होने वाला है।
- सामग्री की तैयारी करें और उपकरणों की व्यवस्था पहले से करें, जिनका हम उपयोग करना चाहते हैं। यह सुनिश्चित करें कि विजुअल्स दिखाने के लिए ज़रूरी उपकरण समीप हों। यह सुनिश्चित करें कि सभी प्रतिभागियों के लिए हैंडआउट्स की पर्याप्त प्रतियाँ हों।

- समावेशी परिवेश तैयार करें और सभी सहभागियों को अपनी बात रखने के लिए प्रोत्साहित करें। वाचाल लोगों को बैठक पर हावी होने की अनुमति न दें। संकोची या मितभाषी लोगों की सहभागिता को सुगम बनाएँ।
- बैठक ख़त्म होने पर प्रतिभागियों को संबंधित विषयों पर स्पष्ट जानकारी होनी चाहिए। हर एक को प्रश्न पूछने का मौक़ा दें, लिए गए निर्णयों का सार बताएँ और जाँच करें कि अगर किसी प्रतिभागी को बैठक के दौरान कोई काम सौंपा गया है, तो वह समझ गया है कि वह क्या करेगा और उसे कब तक करेगा। कर्म के आह्वान या प्रेरक संदेश के साथ बैठक का अंत करें।
- इस अध्याय के आख़िरी खंड में दिए सुझावों पर अमल करके आप बैठकों या सम्मेलनों से अधिकतम फ़ायदा उठा सकते हैं।

8

लिखने की आदत डालें

"जब मैं किसी से आमने-सामने या फ़ोन पर बात करता हूँ, तो मेरी बात समझाने में मुझे कोई मुश्किल नहीं आती है, लेकिन जब भी मैं पत्र या मेमो लिखता हूँ, तो मेरी बात अस्वाभाविक और अपूर्ण लगती है।" यह बात हाई स्कूल की पढ़ाई अधूरी छोड़ने वाले किसी युवक ने नहीं कही है, बल्कि एक इंजीनियर ने कही है, जिसके पास बिज़नेस एडमिनिस्ट्रेशन में स्नातकोत्तर उपाधि है। मौखिक संवाद में मुखर कई लोग काग़ज़ पर अपने विचार व्यक्त करने में कमज़ोर होते हैं।

इसका एक कारण तो यह गलत धारणा है कि लिखे शब्द बोले गए शब्दों से ज़्यादा औपचारिक होने चाहिए। इस वजह से ऐसे पत्र और मेमो लिखे जाते हैं, जो रूखे और कृत्रिम लगते हैं।

लिखित शब्द बोले हुए शब्दों से अलग होते हैं, क्योंकि मौखिक संवाद में अर्थ आवाज़ के लहज़े और बॉडी लैंग्वेज से भी संप्रेषित होता है। इसके अलावा, यदि अर्थ स्पष्ट नहीं है, तो वक्ता यह बात तुरंत समझ जाता है, क्योंकि वह देख सकता है कि सामने वाले ने इसे किस तरह ग्रहण किया है और सामने वाला सवाल भी पूछ सकता है।

कुछ स्त्री-पुरुष ऐसे प्रोजेक्ट से कतराते हैं, जिसमें उन्हें रिपोर्ट लिखना पड़े। वे इस मामले में ख़ुद को अक्षम और अयोग्य समझते हैं। मौखिक रिपोर्ट की तुलना में लिखित रिपोर्ट से डरने का कोई कारण नहीं है। यह एक ऐसी योग्यता है, जिसे सीखा जा सकता है और इसमें माहिर होने से

हमारे करियर के विकास की रफ़्तार तेज़ हो सकती है।

> *जो लोग ज़िम्मेदारी स्वीकार करते हैं, वे ऑफ़िस, फ़ैक्ट्री या जीवन के किसी भी दूसरे क्षेत्र में दूसरों से अलग हटकर खड़े होते हैं और यही लोग आगे निकलते हैं। ज़िम्मेदारी का स्वागत करें। यह छोटी-बड़ी सभी चीज़ों में करें और आपको सफलता मिल जाएगी।*
>
> ***—डेल कारनेगी***

लिखित संदेश पाठक तक बोले गए शब्दों जितने प्रभाव के साथ पहुँचे, यह सुनिश्चित करने के लिए हमारे पत्रों और मेमो की भाषा बोलने वाली भाषा से थोड़ी अलग तो होनी चाहिए, लेकिन बहुत ज़्यादा अलग भी नहीं होनी चाहिए। नीचे दिए गए सुझाव हमारी मदद करेंगे, ताकि हम बिना अस्वाभाविक लगे काफ़ी कुछ उसी तरह लिख सकें, जिस तरह हम बोलते हैं।

एक भी शब्द लिखने से पहले संदेश की योजना बनाएँ

लिखने से पहले सोचें। डेबोरा के. के पत्रों की बहुत प्रशंसा होती है। उसे इस पर गर्व है। डेबोरा हर पत्र को बोलकर लिखाने या लिखने से पहले उसकी सावधानी से योजना बनाती है।

डेबोरा न सिर्फ़ उन बिंदुओं की सूची बनाती है, जिन पर बात करनी है, बल्कि वह उन्हें महत्त्व के क्रम में भी जमाती है, ताकि पत्र तुरंत उस बिंदु से शुरू हो, जिसमें सामने वाले की सबसे ज़्यादा रुचि है। प्रस्तावना से महत्त्वपूर्ण जानकारी तक धीरे-धीरे बढ़ने के बजाय वह तुरंत मुद्दे की बात बता देती है और फिर इसके बाद उन अतिरिक्त मसलों का वर्णन करती है, जिन्हें बताना आवश्यक है।

मिसाल के तौर पर, आम तौर पर पत्र इस तरह शुरू होते हैं, "हमें आपका पत्र मिला, जिसमें आपने हमारे मॉडल नंबर 1754 के बारे में जानकारी देने का आग्रह किया था, आदि।" इसके बजाय डेबोरा ने अपना पत्र इस तरह शुरू किया : "हाँ, हमारा मॉडल नंबर 1754 आपकी समस्या सुलझा देगा," और फिर उसने प्रमाण पेश किए। सामान्य तौर पर पत्र का अंत इस तरह होता है, "आपके आग्रह के लिए धन्यवाद।" डेबोरा ने अपने पत्र का अंत इस तरह किया, "हम आपके ऑर्डर की प्रतीक्षा कर रहे हैं।"

इस तरह के कथन आग्रह पर सीधी और प्रगतिशील प्रतिक्रिया करते हैं और इनसे सामने वाला तुरंत सकारात्मक काम करने के लिए प्रेरित होता है।

संदेश पर विचार करें

एक अच्छा नियम यह है कि एक भी शब्द लिखने से पहले हम सावधानी से यह योजना बना लें कि हम क्या कहना चाहते हैं। यह सरल प्रक्रिया किसी पत्र या मेमो की योजना बनाने में मदद करेगी। इससे हम लिखना शुरू करने से पहले स्पष्टता से यह सोच सकते हैं कि हमें क्या लिखना चाहिए।

स्थिति के बारे में सोचें : मैं यह क्यों लिख रहा हूँ?
कार्य : मैं क्या हासिल करना चाहता हूँ?
लाभ : पाठक को इससे क्या फ़ायदा होगा?

इन प्रश्नों के बारे में सोचें। किसी नोटबुक में जवाब लिख लें। लिखने से पहले सोचने पर हमें यह विचार मिल जाता है कि हम क्या संदेश देना चाहते हैं। हम जिस स्थिति के बारे में लिख रहे हैं, उसके बारे में सारी जानकारी को व्यवस्थित करने में यह सूची हमारी मदद करेगी; यह बताएगी कि हम क्या कराना चाहते हैं, इससे कैसे निबटा जाए और इन कामों से हमारे पाठकों को कैसे फ़ायदा होगा।

पूर्ण, सारगर्भित और स्पष्ट रहें

कोई पत्र सारगर्भित होने के साथ-साथ पूर्ण और स्पष्ट कैसे रह सकता है? कई लेखक किसी पत्र या मेमो में बहुत सारी अनावश्यक सामग्री शामिल कर लेते हैं। जब एनरिक लैटिन अमेरिका की कारोबारी यात्रा से लौटा, तो उसने दस पेज लंबी रिपोर्ट पेश की। उसकी जानकारी निश्चित रूप से पूर्ण थी, लेकिन उसकी लिखी ज़्यादातर बातें वृत्तांत की श्रेणी में आती थीं, जिनका उसके लक्ष्य से कोई संबंध नहीं था। उसने अपनी यात्रा के उद्देश्य पर ध्यान केंद्रित करने के बजाय देखी-सुनी हर चीज़ रिपोर्ट में लिख दी।

किसी लंबे पत्र या रिपोर्ट को लिखने के पहले ये प्रश्न पूछें :

"किन महत्त्वपूर्ण मुद्दों पर चर्चा करनी है?"

"मैं इन मसलों को सबसे सारगर्भित रूप में कैसे पेश कर सकता हूँ और सारी जानकारी यथासंभव स्पष्टता से कैसे दे सकता हूँ?"

पहला ड्राफ़्ट लिखने के बाद हर वाक्य को दोबारा पढ़ें और पूछें : "क्या इस वाक्य की सचमुच ज़रूरत है?"

अपरिचित भाषा से बचें

गैरी पत्र पढ़ते समय चकरा रहा था। लेखक "ओईएम" के फ़ायदे गिना रहा था और गैरी को ज़रा भी पता नहीं था कि "ओईएम" का क्या मतलब है। लेखक ने ग़लती से यह मान लिया था कि गैरी को पता होगा कि "ओईएम" का मतलब "मौलिक उपकरण निर्माता" *(ओरिजनल इक्विपमेंट मैन्युफ़ैक्चरर)* होता है। इस ग़लतफ़हमी के कारण वह सफल संदेश नहीं पहुँचा पाया। संक्षिप्त नाम, संक्षिप्त रूप और अन्य अपरिचित शब्दों का इस्तेमाल तब ठीक होता है, जब हम ऐसे लोगों से संवाद कर रहे हों, जो इनसे परिचित हैं। किसी को भी यह मानकर नहीं चलना चाहिए कि हर व्यक्ति इनका मतलब समझता होगा।

लेकिन सामने वाला जिस क्षेत्र में काम करता है, वहाँ प्रचलित शब्दों का इस्तेमाल करने से पाठक पर अच्छा प्रभाव पड़ सकता है।

संक्षिप्त, प्रभावशाली वाक्यों का इस्तेमाल करें

अगर हम जटिल, बहु-वाक्यांशों वाले वाक्य लिखते हैं, तो हम अपनी उत्कृष्ट वाकपटुता से प्रभावित हो सकते हैं, लेकिन हमारा पत्र पढ़ने वाला हमारी बात का मतलब आसानी से नहीं समझ पाएगा। सरल घोषणा करने वाला वाक्य अक्सर सर्वश्रेष्ठ होता है। यह न कहें : "इस क्षेत्र में हुए शोध के प्रकाश में हमारी यह राय है कि हम जो कार्यक्रम पेश कर रहे हैं, वह उन कर्मचारियों की लेखन योग्यताओं को उत्कृष्ट बना देगा, जो इस प्रशिक्षण में सम्मिलित होते हैं।" इसके बजाय यह कहें : "यह कार्यक्रम आपके कर्मचारियों को ज़्यादा अच्छी तरह लिखना सिखाएगा।"

बहरहाल, सभी वाक्यों को एक ही साँचे में न ढालें। इससे पत्र नीरस बन जाएगा। संक्षिप्त और प्रभावशाली - हाँ; सरल और बोझिल - नहीं। मुख्य बिंदुओं को कैप्सूल के रूप में रखें, जिस तरह अख़बार के लेख की

हेडलाइन होती है; जहाँ उचित हो, उनके साथ ज़्यादा विविध शब्दों का इस्तेमाल करके विवरण दें।

मुद्दे की बात पर आएँ

जटिल वाक्य संरचनाओं या फ़िज़ूल की लफ्फाज़ी से बचें। संदेश को यथासंभव संक्षिप्त रखें; लेकिन इसे प्रभावशाली बनाएँ। बिंदुओं को अलग हटकर दिखाने का एक तरीक़ा उन्हें बुलेटिन में लिखना है :

- मुख्य बिंदु को हेडलाइन करें - बोल्ड प्रिंट का इस्तेमाल करें।
- पत्र या मेमो के संदेश को अलग-अलग खंडों में तोड़ें, हर बिंदु के लिए एक।
- मुख्य बिंदुओं को रेखांकित करने के लिए तारे के चिह्न (*) या बुलेट (•) का इस्तेमाल करें।
- जहाँ उचित हो, अपने शब्दों के प्रभाव को बढ़ाने के लिए ग्राफ़, चार्ट या अन्य विजुअल साधनों का इस्तेमाल करें।

पाठक से बात करें

हम जिस तरह से बोलते हैं, यदि हम उसी तरह से लिखें, तो संदेश पाठक के लिए ज़्यादा स्पष्ट होगा और वह उसे ज़्यादा आसानी से स्वीकार करेगा। कल्पना करें कि उस पत्र या रिपोर्ट को पढ़ने वाला व्यक्ति हमारे ऑफ़िस में बैठा हुआ है या हम उससे फ़ोन पर बात कर रहे हैं। अनौपचारिक बनें। तनावरहित हों। उस अंदाज़, शब्दावली, लहज़े, मुहावरों और अभिव्यक्तियों में बातचीत करें, जिनका हम आम तौर पर इस्तेमाल करते हैं।

हम आम तौर पर यह नहीं कहते हैं, "जैसा आपको विदित होगा..." या "हम आपको सूचित करना चाहते हैं कि हमारे प्लांट में आकस्मिक और संयोगवश हुए अग्निकांड के कारण आपके ऑर्डर को प्रेषित करने में दस दिवस का विलंब होने की आशंका है।" इसके बजाय हम सीधा संदेश देते हैं : "हमारे प्लांट में आग लगने के कारण आपका ऑर्डर दस दिन देर से भेजा जाएगा।" तो इसे इसी तरह क्यों न लिखें?

सीधे प्रश्नों का इस्तेमाल करें

बातचीत एकतरफ़ा नहीं होती है। एक व्यक्ति बोलता है और इसके बाद दूसरा प्रतिक्रिया करता है, अक्सर कोई प्रश्न पूछकर। "हाँ, लेकिन इससे गुणवत्ता कैसे प्रभावित होगी?" पत्र में प्रश्न डालकर हम विशिष्ट बिंदुओं पर पाठक का ध्यान हासिल करते हैं। किसी बिंदु को स्पष्ट करने के बाद कोई प्रासंगिक प्रश्न पूछें जैसे, "अपने कंप्यूटरों में इस सॉफ़्टवेयर को डालने के बाद आपको कौन-से अतिरिक्त लाभ हो सकते हैं?" इससे पाठक हमारे संदेश पर अपनी आवश्यकताओं के संदर्भ में सोच-विचार करने लगता है।

जैसा आप बोलते हैं, वैसा ही लिखें

बोलते समय हम मैं, हम और आप का बहुत इस्तेमाल करते हैं। ये बातचीत के आदान-प्रदान का हिस्सा होते हैं। लिखते समय हम ज़्यादा औपचारिक हो जाते हैं। हम इस तरह के वाक्यांशों का इस्तेमाल करते हैं, "यह माना जाता है," "यह अनुशंसा की जाती है...," या ऐसे वाक्य : "इसकी जाँच की जाएगी और इसके पूर्ण होने पर आपके संगठन को एक रिपोर्ट उपलब्ध कराई जाएगी।" स्पष्टता से यह क्यों न कहें : "हम मामले की जाँच कर रहे हैं और हमें जैसे ही जानकारी मिलती है, हम आपको बता देंगे।"

पत्र को ज़्यादा व्यक्तिगत बनाएँ। पत्र के भीतर सामने वाले के नाम का इस्तेमाल करें। यदि सामने वाला मित्र है, तो हम शुरुआती नाम का इस्तेमाल कर सकते हैं। यदि उससे सिर्फ़ व्यावसायिक या पेशेवर परिचय है, तो उचित संबोधन का इस्तेमाल करें (श्री, श्रीमती, कुमारी, डॉ. आदि) और फिर सरनेम लिखें। यह न लिखें, "इस प्रॉडक्ट का इस्तेमाल करने से कंपनी को लाभ होगा।" इसके बजाय यह लिखें, "बेथ (या मिस स्मिथ), आपने देखा, इस प्रॉडक्ट का इस्तेमाल करने से आपको कैसे लाभ होगा।"

छोटे, उत्साही वाक्यों का इस्तेमाल करें

सामान्य पाठक कुछ शब्द सुनता है और इसके बाद उसकी आँखें कुछ समय के लिए आराम करती हैं। यदि किसी वाक्य में बहुत ज़्यादा शब्द हों, तो इस बात का अंदेशा रहता है कि वह पूरा अर्थ ग्रहण नहीं कर पाएगा। अध्ययन बताते हैं कि बीस शब्दों से कम वाले वाक्यों को पढ़ना और ग्रहण करना

सबसे आसान होता है। छोटे वाक्य में यह काफ़ी स्पष्टता से समझ आ जाता है कि एक विचार कहाँ ख़त्म हुआ और दूसरा कहाँ शुरू हुआ। हर वाक्य को एक ही विचार तक सीमित रखें। याद रखें, हमारा उद्देश्य विचार को पाठक तक पहुँचाना है, अमर गद्य की रचना करना नहीं है। लंबे शब्दों के बजाय छोटे शब्दों का इस्तेमाल करने से भी मदद मिलती है।

ज़ाहिर है, तकनीकी रूप से प्रशिक्षित लोगों को तकनीकी मसलों पर लिखते वक़्त तकनीकी भाषा का इस्तेमाल करना उचित होता है। लेकिन जब हम उन लोगों को पत्र लिख रहे हों, जिनके पास उस क्षेत्र की पृष्ठभूमि होने की संभावना न हो, तो तकनीकी भाषा और जटिल शब्दों से बचें।

पत्रों को सही मानवीय स्पर्श दें

अपनी नैसर्गिक भावनाएँ बताने से संदेश व्यक्तिगत बनता है। यदि यह अच्छी ख़बर है, तो कहें कि हम ख़ुश हैं; यदि ख़बर बुरी है, तो कहें कि हमें अफ़सोस है। हमें उतना ही शिष्ट, विनम्र और रुचिवान रहना चाहिए, मानो सामने वाला हमारे ठीक सामने हो। याद रखें कि जो व्यक्ति इस पत्र को पढ़ेगा, वह एक इंसान है और भावहीन पत्र से वह चिढ़ जाएगा, जबकि शिष्ट व दोस्ताना पत्र से ख़ुश हो जाएगा।

पत्रों और मेमो को यादगार बनाएँ

मेमो और पत्र एक मायने में "दृश्यात्मक" होते हैं, लेकिन पढ़ते समय वे श्रव्यात्मक साधन बन जाते हैं। हम उन्हें पढ़कर जानकारी को ग्रहण करते हैं। मस्तिष्क इस जानकारी को उसी तरह से ग्रहण करता है, जिस तरह यह सुने गए शब्दों को करता है। मेमो और पत्रों में दृश्यात्मकता बढ़ाने पर ये ज़्यादा प्रभावी बन जाते हैं। ज़्यादातर लोग आँकड़ों के कॉलम को पढ़ने के बजाय किसी ग्राफ़ या चार्ट को देखना ज़्यादा पसंद करते हैं। जानकारी को ग्राफ़ में बदलने में थोड़ा समय लगता है, लेकिन इससे मेमो व रिपोर्ट का प्रभाव बहुत बढ़ जाता है। जिन लोगों को आँकड़े पढ़ना पसंद है, उनके लिए मामले में आँकड़े देना भी न भूलें। यदि ड्रॉइंग, फ़ोटो या अन्य चित्रों का इस्तेमाल किया जाए, तो मेमो एक बहु-इंद्रिय-प्रसारण बन जाता है। आज कई कंप्यूटर प्रोग्राम आँकड़ों को ग्राफ़ या चार्ट में आसानी से बदल सकते हैं। चार्ट रंगीन होने पर उनका प्रभाव और भी ज़्यादा बढ़ जाता है। जब चित्र

या रेखाचित्र शामिल करना उचित न हो, तो मेमो में शब्दचित्रों का इस्तेमाल करें। आइए हम दो मेमो देखते हैं, जो नौकरी छोड़कर जाने वाले श्रमिकों के बारे में लिखे गए हैं।

पहला मेमो : "शिपिंग विभाग में नौकरी छोड़कर जाने वालों की भारी संख्या से शिपिंग कर्मचारियों पर काम का बोझ बहुत बढ़ गया है, जिससे दुर्घटनाएँ होती हैं, थकान के कारण बीमारी होती है और ज़्यादा इस्तीफ़े दिए जाते हैं। इस वजह से ऑर्डर नहीं भेजे जा रहे हैं और ग्राहकों की शिकायतें बढ़ती जा रही हैं।"

अब आइए हम शब्दचित्रों का इस्तेमाल करते हैं : "मैं आज सुबह शिपिंग विभाग में गया। दस लोगों के पूरे स्टाफ़ के बजाय वहाँ सिर्फ़ छह लोग काम कर रहे थे। वे ऑर्डर पूरे करने की कोशिश में भारी दबाव में काम कर रहे थे। कल उन्होंने दस घंटे लगाए थे और उनके चेहरे के हाव-भाव और काम करने के अंदाज़ में थकान साफ़ झलक रही थी। एक आदमी छुटपुट दुर्घटना की वजह से लंगड़ा रहा था। जब मैं वहाँ था, तो तीन ग्राहकों ने शिकायत करने के लिए फ़ोन किया कि उनके ऑर्डर समय पर क्यों नहीं पहुँचे।"

पहले मेमो ने तथ्य बताए थे, लेकिन दूसरे उदाहरण ने उस मेमो पढ़ने वाले को स्थिति को "देखने" का अवसर दिया। जहाँ उचित हो, वहाँ विज़ुअल्स और शब्दचित्रों का इस्तेमाल करने से हमारा संप्रेषण - मौखिक और लिखित दोनों - ज़्यादा स्पष्ट और ज़्यादा नाटकीय बन जाएगा।

व्याकरण और वर्तनी पर ग़ौर करें

हम अपनी व्याकरण, वाक्य रचना और वर्तनी के दोषों को सही करने के लिए किसी सेक्रेटरी पर हमेशा निर्भर नहीं रह सकते। आज कई प्रबंधकों के पास तो सेक्रेटरी या प्रशासकीय सहायक होते ही नहीं हैं। उन्हें अपने पत्र ख़ुद लिखने होते हैं। यदि हमारी व्याकरण या वर्तनी कमज़ोर है, तो सृजनात्मक समीक्षा और सुझावों के लिए किसी सहकर्मी को अपना "संपादक" बना लें। किसी वर्ड प्रोसेसिंग प्रोग्राम में "स्पेलचेक" सुविधा से बहुत मदद मिलती है, क्योंकि यह प्रोग्राम ज़्यादातर टाइपिंग की ग़लतियों और ग़लत स्पेलिंग को पकड़ लेता है, लेकिन फिर भी हमें पूरे दस्तावेज़ को ध्यान से दोबारा पढ़ना चाहिए। स्पेलचेक सभी ग़लतियों को नहीं पकड़ सकता। भले

ही हम उन चंद ख़ुशक़िस्मत लोगों में से हों, जिनके पास सेक्रेटरी है, फिर भी हमें हर उस चीज़ की जाँच करनी चाहिए, जिस पर हम अपने हस्ताक्षर करके बाहर भेजते हैं।

पत्र का अंत करना

किसी पत्र या मेमो का अंतिम पैरा लिखने से पहले यह समीक्षा करें कि हम क्या हासिल करना चाहते हैं। यदि पत्र जानकारी के आग्रह के जवाब में लिखा गया है, तो क्या हमने माँगी गई जानकारी दे दी है? यदि पत्र का इरादा प्राप्तकर्ता से कोई काम कराना है, तो क्या हमने स्पष्ट कर दिया है कि हम कौन-सा काम कराना चाहते हैं?

यह ध्यान रखें कि अंतिम पैरा अपनी बात रखने का हमारा आख़िरी मौक़ा होता है। जिस तरह एक अच्छा सेल्स कर्मी अपनी सेल्स कॉल या सेल्स पत्र के अंत में हमेशा ऑर्डर माँगता है, उसी तरह हर अच्छे पत्र लेखक को पत्र के अंत में यह आग्रह करना चाहिए कि सामने वाला वह काम करे, जो पत्र में बताया गया है। धन्यवाद हमेशा अच्छा होता है, लेकिन अपने आप में यह अकेला पर्याप्त नहीं है। "आपके ध्यान के लिए आपको धन्यवाद" कहने के बजाय पत्र का अंत इस तरह करना बेहतर होता है, "संलग्न रख-रखाव अनुबंध पर हस्ताक्षर करके उसे लौटाने के लिए आपको धन्यवाद, जिससे अगले बारह महीनों के लिए आपकी मशीन का चिंतारहित रख-रखाव सुनिश्चित हो जाएगा।"

पत्र लेखन को बेहतर बनाया जा सकता है, यदि हम अपने पत्रों की योजना बनाएँ और ऊपर दिए गए सुझावों पर अमल करके अपना हर पत्र इस तरह लिखें, ताकि हमारा संदेश आसान लेकिन शक्तिशाली शैली में पहुँचे।

आने वाले पत्रों से निबटना

जैसा इस पुस्तक में पहले बताया गया है, संवाद दोतरफ़ा मार्ग होता है। हम न सिर्फ़ जानकारी भेजते हैं, बल्कि जानकारी पाते भी हैं। हमने पिछले अध्यायों में यह सीखा कि मौखिक संवाद को किस तरह प्रभावी ढंग से ग्रहण किया जाए। हम लिखित संदेशों को किस तरह ग्रहण करते हैं, यह भी महत्त्वपूर्ण है।

पत्र पढ़ने और उनका जवाब देने में बहुत सारा समय और ऊर्जा लग सकती है।

हर सुबह जब डॉन एम. आने वाले पत्रों की बास्केट ख़ाली करते थे, तो वे हर पत्र, मेमो, ब्रोशर तथा दूसरी चीज़ों को पढ़ते थे और उन्हें सावधानी से चार साफ़-सुथरे ढेरों में जमाते रहते थे। पहले ढेर में वे ऐसे पत्र और मेमो रखते थे, जिनमें त्वरित प्रतिक्रिया की ज़रूरत होती थी। दूसरे ढेर में वे पत्र रखे जाते थे, जिनके लिए उन्हें अतिरिक्त जानकारी की ज़रूरत थी या जिन्हें किसी अधीनस्थ को सौंपा जा सकता था। तीसरे ढेर में वे पत्र आते थे, जिन पर उन्हें कोई काम नहीं करना था, बस उन्हें पढ़कर फ़ाइल में लगाना था। और चौथा ढेर बेकार डाक का था, जिसे तुरंत रद्दी की टोकरी में डाला जा सकता था।

वे हर दिन किसी सुविधाजनक समय अपने पत्राचार का जवाब देते थे। उस वक़्त वे उचित जवाब देने के लिए हर पत्र को दोबारा पढ़ते थे। दिन में किसी दूसरे समय वे दूसरे ढेर के मेमो और पत्रों को दोबारा पढ़ते थे, आवश्यक जानकारी हासिल करते थे या उसे किसी दूसरे को सौंपते थे। चूँकि उन्होंने तीसरे ढेर के पत्रों को पहले ही पढ़ लिया था, जिनमें उन्हें कुछ नहीं करना था, इसलिए वे सेक्रेटरी को फ़ाइल में लगाने के लिए दे दिए जाते थे।

पत्राचार के हर पत्र को पढ़ने और दोबारा पढ़ने में डॉन के कामकाजी दिन का बहुत सारा हिस्सा चला जाता था। हम इससे ज़्यादा प्रभावी ढंग से निबट सकते हैं।

किसी पत्र या मेमो को सिर्फ़ एक बार पढ़ें और तुरंत कार्य करें

किसी पत्र को पहली बार पढ़ते समय उसके मुख्य बिंदु किसी पोस्ट-इट स्लिप पर लिख लें, जिनकी ज़रूरत जवाब देने के लिए होगी। फिर अपना जवाब लिखते या लिखवाते समय हमें पूरा पत्र दोबारा पढ़ने की ज़रूरत नहीं रहती है। इससे हर पत्र में दो-तीन मिनट का समय बच सकता है, लेकिन अगर हम एक दिन में 30 पत्रों का जवाब देते हैं, तो इस उपाय से 90 मिनट का समय बच जाता है, जिसे ज़्यादा उपयोगी मामलों में लगाया जा सकता है।

यही नीति उन पत्रों या मेमो के मामले में अपनाएँ, जिनमें हमें अतिरिक्त जानकारी की आवश्यकता है। पहली बार पढ़ते समय ही यह

लिख लें कि किस जानकारी की ज़रूरत है, यह कहाँ से हासिल की जा सकती है, यह काम किसे सौंपना चाहिए और क्या कोई प्रासंगिक निर्देश देने की ज़रूरत है।

मेमो के जवाब में नया मेमो न लिखें

हमें किसी दूसरे विभाग के मैनेजर का मेमो मिलता है, जिसमें हमसे सूचीबद्ध वस्तुओं की वर्तमान और स्टॉक संख्या माँगी गई है। आम तौर पर हम जवाब में एक नया मेमो लिखते हैं : "आपके आग्रह पर सामानों की वर्तमान और स्टॉक संख्या की सूची नीचे दी जा रही है।" फिर हम नाम और स्टॉक संख्या और हाथ की संख्या के हिसाब से हर चीज़ को लिख देते हैं।

यह कहीं ज़्यादा प्रभावी होता है, अगर हम मूल मेमो पर चीज़ के नाम और स्टॉक संख्या के बाद उसकी वर्तमान संख्या लिख दें। इससे काफ़ी समय बच जाता है और उद्देश्य भी पूरा हो जाता है। कई मामलों में प्रतियों की भी ज़रूरत नहीं होती, लेकिन अगर ज़रूरत हो, तो आँकड़े लिखने के बाद मूल मेमो की छायाप्रति करा लें। संगठन के बाहर के पत्रों का जवाब देने में भी यही नीति अपनाई जा सकती है। यदि सामने वाले के पूछे गए प्रश्न का जवाब एक ही वाक्य में दिया जा सकता है, तो पत्र के नीचे जवाब लिखकर प्रेषक को लौटा दें।

बहरहाल, यदि कंपनी में ज़्यादा औपचारिक ढंग से जवाब देने की नीति प्रचलित हो, तो पत्र लिखने का समय निकालें। हम ग्राहकों या जनता के सामने जो छवि पेश करते हैं, वह कई बार समय बचाने से ज़्यादा महत्त्वपूर्ण होती है।

पत्राचार सौंपें

अक्सर किसी पत्र या मेमो में जिस जानकारी का आग्रह किया गया है, उसे हमें किसी अधीनस्थ से हासिल करना होता है। अधीनस्थ से सिर्फ़ जानकारी हासिल करने के बजाय उस व्यक्ति को जवाब लिखने की पूरी ज़िम्मेदारी सौंप दें। इससे न सिर्फ़ हमारा समय बचता है, बल्कि अधीनस्थ को पूरा काम करने का मूल्यवान अनुभव भी मिलता है। शुरुआत में अंतिम बिंदु तक पत्र पढ़ने के बाद ही हस्ताक्षर करना उचित रहता है, लेकिन जब अधीनस्थ उन क्षेत्रों से ज़्यादा परिचित हो जाता है, तो संभवतः उनका जवाब देने में हमारी बिलकुल भी ज़रूरत न हो।

इसे फेंक दें

दूसरे विभाग कई पत्र और मेमो सिर्फ़ हमें जानकारी देने के लिए भेजते हैं। हमें उनके मामले में कुछ करने की ज़रूरत नहीं होती। इस बात की संभावना भी नहीं होती कि हमें उन्हें कभी दोबारा देखने की ज़रूरत पड़ेगी। उन्हें फ़ाइल में न रखें - उन्हें बस हटा दें! कई कंपनियों में ऐसा करना सदमे भरी चीज़ होगी, लेकिन ऐसे मेमो सँभालकर रखने का क्या तुक है? यदि उस हटाई गई फ़ाइल की ज़रूरत कभी पड़ भी जाए, तो जिस व्यक्ति ने इसे लिखा था और जिस व्यक्ति को मूल फ़ाइल मिली थी, वे हमें उसकी एक प्रति दे सकते हैं। जिन पत्रों और मेमो में काम की ज़रूरत न हो, उन्हें हटाने से न सिर्फ़ हमारा समय बचता है, बल्कि इससे हमारे लिपिकों का समय भी बचता है और इससे फ़ाइल कैबिनेट भी थोड़े ख़ाली रहते हैं।

ईमेल विस्फोट

ईमेल लिखने पर भी उतना ही ध्यान देना चाहिए, जितना हम सामान्य पत्र और मेमो लिखने पर देते हैं। याद रखें, ईमेल लिखित संवाद का एक रूप है। कई लोग इसे पत्र के बजाय फ़ोन कॉल का विकल्प मानते हैं, इसलिए वे शैली या सामग्री की परवाह किए बिना अपने संदेश फटाफट भेज देते हैं। फ़ोन के विपरीत, ईमेल को इलेक्ट्रॉनिक रूप से या प्रिंटआउट के रूप में रखा जा सकता है, इसलिए इसकी योजना और संरचना सावधानी से की जानी चाहिए।

ऑफ़िस के भीतर और बाहर का ज़्यादातर संवाद आजकल ईमेल से होने लगा है। अर्न्स्ट ऐंड यंग द्वारा किए गए एक सर्वे में यह पाया गया कि 36 प्रतिशत लोग फ़ोन सहित किसी भी अन्य संवाद साधन की तुलना में ईमेल का ज़्यादा इस्तेमाल करते हैं।

आजकल कई मैनेजर, ख़ास तौर पर युवा पीढ़ी के, ईमेल के अतिरिक्त या इसके बजाय मोबाइल से टेक्स्ट मैसेज, जिसे एसएमएस (शॉर्ट मैसेज सर्विस) कहा जाता है, का इस्तेमाल करते हैं। कारोबारी उद्देश्यों से एसएमएस का इस्तेमाल इक्कीसवीं सदी के पहले दशक के दौरान बहुत बढ़ गया। एसएमएस के कुछ व्यावहारिक उपयोग हैं, संकट की सूचना भेजना (जैसे : “फ़ोन सिस्टम ठप्प है”), माल पहुँचने या दूसरी चीज़ों की पुष्टि

करना और सेवा प्रदाता तथा ग्राहक के बीच त्वरित संवाद स्थापित करना (जैसे शेयर ब्रोकर और निवेशक)।

अधिक विस्तृत जानकारी वाले एसएमएस भेजने के लिए उन्हीं सुझावों पर अमल करें, जो प्रभावी ईमेल भेजने के लिए यहाँ दिए जा रहे हैं।

ईमेल को रोमांचक, अर्थपूर्ण और दिलचस्प बनाएँ

यहाँ बेहतर ईमेल और एसएमएस लिखने में मदद करने के लिए कुछ सुझाव दिए जा रहे हैं :

- जो लिखा जाना है, उसके बारे में सावधानी से सोचें। यदि संदेश सामान्य गपशप से अधिक है, तो इसकी योजना औपचारिक पत्र जितनी सावधानी से बनाएँ। यदि हम निर्देश दे रहे हैं, तो पाठक को सटीकता से समझ में आना चाहिए कि हम किस काम का आग्रह कर रहे हैं। यदि हम किसी पूछताछ का जवाब दे रहे हैं, तो सुनिश्चित करें कि पूछे गए प्रश्नों का संतोषजनक जवाब देने के लिए हमने सारी आवश्यक जानकारी एकत्रित कर ली है।
- ईमेल का सब्जेक्ट अर्थपूर्ण होना चाहिए। हो सकता है कि सामने वाले को दर्जनों, यहाँ तक कि सैकड़ों ईमेल संदेश मिलते हों। हमारा संदेश उचित रूप से पढ़ा जाए, यह सुनिश्चित करने के लिए "सब्जेक्ट लाइन" में ऐसा विषय लिखें, जो सामने वाले के लिए अर्थपूर्ण हो। मिसाल के तौर पर, "25 जून के आपके ईमेल के जवाब में" के बजाय ईमेल में शामिल जानकारी का हवाला दें (जैसे, "जून के बिक्री आँकड़े")।
- पत्र और मेमो लिखने के बारे में इस अध्याय में पहले जो सुझाव दिए गए हैं, उन पर अमल करें। टीएबी नीति का इस्तेमाल करें। संक्षिप्त, प्रभावशाली वाक्य लिखें। स्पष्ट, सारगर्भित और पूर्ण बनें। बिंदुवार और संक्षिप्त रहें।
- यदि ईमेल के साथ फ़ाइलें अटैच की जा रही हैं, तो लिखें कि कौन-सी फ़ाइलें अटैच की जा रही हैं, ताकि पाठक को तसल्ली हो जाए कि सभी फ़ाइलें आ गई हैं।
- संक्षिप्त रूपों, अपरिचित शब्दों या शॉर्टकट का इस्तेमाल न करें, जब

तक कि हमें यक़ीन न हो जाए कि सामने वाला उन्हें समझ जाएगा।

- संदेश सावधानी से पढ़ें और "सेंड नाउ" पर क्लिक करने से पहले स्पेलिंग की जाँच कर लें। यदि आप संदेश से संतुष्ट नहीं हैं, तो इसे न भेजें। इसे बाद में भेजने के लिए ड्राफ़्ट के रूप में सुरक्षित रख लें। इसकी समीक्षा करें और फिर इसे दोबारा लिखें। इसे भेजने से पहले यह सुनिश्चित करें कि यह पूरी तरह सही है।

आप जो भी काम कर रहे हों, यदि आपको उसमें विश्वास है, तो किसी भी चीज़ की वजह से अपना काम रुकने न दें। संसार का बहुत सारा सर्वश्रेष्ठ कार्य असंभव दिखने वाली परिस्थितियों के ख़िलाफ़ जूझते हुए किया गया है। अहम चीज़ काम को पूरा करना है।

—डेल कारनेगी

ईमेल की बाढ़

कुछ लोग ईमेल के इतने भारी दबाव में रहते हैं कि उनके पास इसे पढ़ने का समय ही नहीं रहता है, क्योंकि अगर वे इसे पढ़ने लग गए, तो वे दूसरा कोई भी काम नहीं कर पाएँगे। कई कंपनियों में कर्मचारी कंप्यूटर पर चुटकुले, व्यक्तिगत संदेश, पेशकश ("मेरे पास बिल्ली के छह प्यारे बच्चे हैं, जिन्हें घर की तलाश है") और ज़्यादातर लोगों के लिए आम तौर पर महत्त्वहीन जानकारी ईमेल करने में बहुत सारा समय बिताते हैं। कुछ कंपनियाँ इन संदेशों के लिए एक विशेष "वर्गीकृत विज्ञापन" या बुलेटिन बोर्ड ईमेल एड्रेस बनाकर नियमित ईमेल में ऐसी बाढ़ या अवांछित डाक को कम करती हैं।

ईमेल की बाढ़ का एक और उदाहरण यह है कि कोई पूरी मेलिंग लिस्ट को ईमेल भेज देता है, जबकि उस सूची के सिर्फ़ कुछ ही लोगों को उस जानकारी की ज़रूरत थी। मिसाल के तौर पर, कुछ लोग जब एक दिन की छुट्टी लेते हैं, तो वे इसकी घोषणा "एवरीवन" सूची में करके 35 लोगों को सूचना भेज देते हैं, जबकि इस जानकारी की ज़रूरत दरअसल सिर्फ़ पाँच-छह लोगों को ही थी। शायद वे अपने स्व-महत्त्व के अहसास को फुलाने के लिए ऐसा करते हैं या इस बात की ज़्यादा संभावना है कि उन्हें हर एक

को संदेश भेजना ज़्यादा आसान लगता है। शायद उन्हें यह सोचना मुश्किल लगता है कि किसे सचमुच बताया जाए और सिर्फ़ उन्हीं के नाम पर क्लिक किया जाए। किसी ईमेल का जवाब देते समय "रिप्लाई ऑल" पर तब तक क्लिक न करें, जब तक कि सभी लोगों को जवाब जानने की ज़रूरत न हो।

ईमेल की बाढ़ की वजह से होता यह है कि किसी महत्त्वपूर्ण संदेश को नज़रअंदाज़ किया जा सकता है या यह अनजाने में डिलीट हो सकता है। इसलिए सामने वाले से ईमेल मिलने की सूचना देने को कहें। यदि संलग्न मसले बहुत महत्त्वपूर्ण हैं, तो फ़ोन करके यह पक्का करें कि संदेश पहुँच गया है और समझ लिया गया है।

"मेरा ईमेल कौन पढ़ सकता है?"

हमारा ईमेल कितना निजी है? ज़्यादा नहीं। निश्चित रूप से हमारे पास पासवर्ड होता है और हम यह मान सकते हैं कि इससे हमारी गोपनीयता सुनिश्चित हो जाती है, लेकिन हैकिंग करने वालों ने दिखा दिया है कि वे बहुत आधुनिक प्रणालियों में भी आसानी से सेंध लगा सकते हैं। यह मानकर चलें कि हम ईमेल में जो भी भेजते हैं, उसे कोई दूसरा पढ़ सकता है। यदि गोपनीयता ज़रूरी हो, तो हमें ईमेल का इस्तेमाल नहीं करना चाहिए।

याद रखें, कंपनी के कंप्यूटर से भेजा गया हर ईमेल कंपनी के किसी दूसरे व्यक्ति द्वारा पढ़ा जा सकता है। पिछले कुछ वर्षों में ऐसे प्रकरण आए हैं, जिनमें कर्मचारियों को नौकरी से निकाल दिया गया था, क्योंकि उनके भेजे ईमेल कंपनी के नियमों का उल्लंघन करते थे। न्यायालयों ने निजता के अतिक्रमण के कर्मचारी दावों को ख़ारिज कर दिया।

अधिक गंभीर मामले उन कर्मचारियों के हैं, जो अपने संदेशों में यौन या प्रजातीय दृष्टि से अनुचित टिप्पणियाँ या मज़ाक़ शामिल करते हैं। ऐसे ईमेल के प्रिंटआउट कर्मचारियों की कंपनियों के ख़िलाफ़ मुक़दमों में प्रमाण के रूप में रखे जा चुके हैं, हालाँकि कंपनी के अधिकारियों को तो संदेशों की कोई जानकारी नहीं थी। इसके बाद संदेश भेजने वालों को बर्ख़ास्त कर दिया गया, साथ ही दोषी कर्मचारियों तथा कंपनियों दोनों के ख़िलाफ़ क़ानूनी कार्यवाही भी की गई।

ईमेल करें या फ़ोन करें या ख़ुद जाएँ

कई लोग फ़ोन करने या ख़ुद जाने के बजाय ईमेल करने की प्रवृत्ति रखते हैं। ईमेल करना अक्सर आसान होता है। हमें अपनी डेस्क से उठना भी नहीं पड़ता है और इसमें फ़ोन से कम समय लगता है। किसी प्रोजेक्ट के बारे में लंबी बातचीत या छुटपुट चर्चा में कोई समय बरबाद नहीं होता है। सिर्फ़ बुनियादी संदेश भेजने से काम बन जाता है। लेकिन अक्सर छुटपुट बातचीत और पक्ष-विपक्ष की चर्चा महत्त्वपूर्ण होती है। इसके अलावा, फ़ोन से हमें तुरंत फ़ीडबैक मिल जाता है। इससे न सिर्फ़ संदेश स्पष्ट हो जाता है, बल्कि यह भी सुनिश्चित हो जाता है कि हम और सामने वाला दोनों ही उन मुद्दों को एक ही तरीक़े से समझ गए हैं।

ईमेल को फ़ोन और व्यक्तिगत संपर्क का विकल्प न बनाएँ। हम जिन लोगों से नियमित रूप से व्यवहार करते हैं, उनसे फ़ोन पर या आमने-सामने संपर्क करने से व्यक्तिगत संबंध मज़बूत बनता है, जो घनिष्ठता बनाने और क़ायम रखने में बहुत महत्त्वपूर्ण होता है।

इलेक्ट्रॉनिक संदेशों के मामले में क्या करें और क्या न करें का सार

1. ईमेल और एसएमएस संदेशों की योजना सावधानी से बनाएँ।
2. "सेंड" पर क्लिक करने से पहले अपने संदेशों को पढ़ें और दोबारा पढ़ें।
3. सामने वाले को जानकारी दे दें कि कब संदेश का जवाब देने की ज़रूरत नहीं है। इससे आप दोनों का समय और अनावश्यक संदेश दोनों बचेंगे।
4. उचित होने पर पैराग्राफ़ के बजाय बुलेट का इस्तेमाल करें। प्रायः बुलेट से पढ़ना और मुख्य बिंदुओं को ग्रहण करना ज़्यादा आसान हो जाता है।
5. कंपनी के इलेक्ट्रॉनिक मेल पर आपत्तिजनक चुटकुले या कहानियाँ न भेजें।
6. मिलने वाले इलेक्ट्रॉनिक मेल पर तुरंत प्रतिक्रिया करें, ख़ास तौर पर जब त्वरित ध्यान की ज़रूरत हो। संप्रेषण की गति ही इस माध्यम का मुख्य लाभ है।

7. इलेक्ट्रॉनिक मेल को टेलीफ़ोन या व्यक्तिगत संपर्कों के रूप में इस्तेमाल न करें। हम जिनसे व्यवहार करते हैं, उनसे आवाज़-से-आवाज़ और चेहरे-से-चेहरे के संबंधों को क़ायम रखना महत्त्वपूर्ण होता है।
8. कंपनी के समय में और कंपनी के कंप्यूटरों पर इलेक्ट्रॉनिक गेम न खेलें, चेन लेटर न भेजें, उनका जवाब न दें या समय बरबाद करने वाली ऐसी ही दूसरी गतिविधियाँ न करें।
9. कंपनी के कंप्यूटरों पर अश्लील सामग्री या किसी जातीय या प्रजातीय समूहों के लिए निंदापूर्ण चीज़ें डाउनलोड न करें। याद रखें, हमारे संदेश कोई भी पढ़ सकता है और इससे कंपनी के दूसरे लोगों को ठेस पहुँच सकती है। इस तरह की गतिविधि में संलग्न होना शर्मिंदगी और यौन या प्रजातीय उत्पीड़न के संभावित आरोपों की ओर ले जा सकता है।
10. इलेक्ट्रॉनिक माध्यम से गपशप या अफ़वाहें न फैलाएँ। टेलीफ़ोन पर या आमने-सामने के संपर्क में गपशप दोहराना भी बुरा होता है, लेकिन इलेक्ट्रॉनिक मेल ऐसी जानकारी पाने वाले लोगों की संख्या को बहुत ज़्यादा बढ़ा देता है।
11. जाँच करें कि सामने वाले को महत्त्वपूर्ण संदेश मिल गए हैं या नहीं। इसके लिए सामने वाले से इसके मिलने की पुष्टि करने को कहें और/या फ़ोन कॉल करके पता लगाएँ।
12. अपनी पूरी सूची को संदेश तब तक न भेजें, जब तक कि वह संदेश हर एक के काम का न हो।

बेहतर रिपोर्ट लिखना

ज़्यादातर मैनेजरों को अपनी गतिविधियों या अपने बॉस द्वारा सौंपे गए विशेष प्रोजेक्टों पर रिपोर्ट लिखनी होती है। न सिर्फ़ यह रिपोर्ट किसी प्रोजेक्ट की सफलता के लिए अत्यंत महत्त्वपूर्ण होती है, बल्कि इसके आधार पर लेखक का मूल्यांकन भी किया जाता है।

डेनीस एक फ़र्नीचर कंपनी की क्रय प्रबंधक थी। अपने नए सहायक गैरी की बनाई रिपोर्ट पढ़कर वह सकते में आ गई। उसने उससे यह जाँच करने को कहा था कि विभिन्न प्रकार के फ़ोर्कलिफ़्ट ट्रकों में से कौन-सा

उनकी ज़रूरतों के लिहाज़ से सबसे अच्छा रहेगा। उसकी रिपोर्ट बिलकुल असंतोषजनक थी। न सिर्फ़ यह सतही थी और इसमें स्पष्ट विश्लेषण का अभाव था, बल्कि इसमें कुछ मुख्य बिंदु भी छोड़ दिए गए थे, जिनके बगैर किसी तार्किक निर्णय पर पहुँचना संभव नहीं था। दोबारा रिपोर्ट तैयार करना लाज़िमी था, हालाँकि इससे ट्रक ख़रीदने में देरी लग सकती थी। यह गैरी का पहला महत्त्वपूर्ण काम था और डेनीस बहुत निराश थी। शायद उसने गैरी को इस पद पर ग़लत प्रमोशन दे दिया था।

कई लोग ख़राब तरह से बनाई, ख़राब तरीक़े से सोची गई और यहाँ तक कि ख़राब तरह से लिखी गई रिपोर्ट पेश करके अपने पैरों पर ख़ुद कुल्हाड़ी मार लेते हैं। क्यों? शायद वे यह मानते हैं कि बुनियादी आँकड़े पेश करना ही काफ़ी होता है, जबकि एक अच्छी रिपोर्ट में सिर्फ़ बुनियादी जानकारी से बहुत ज़्यादा चीज़ें शामिल होती हैं। दरअसल, रिपोर्ट से पाठक को उस विषय पर इतनी जानकारी मिल जानी चाहिए, जिसकी मदद से वह आवश्यक निर्णय ले सके। इसे स्पष्ट और सारगर्भित अंदाज़ में भी लिखा जाना चाहिए, ताकि पाठक को चिंता के मुख्य क्षेत्रों तक पहुँचने के लिए निरर्थक बातों के जंगल से न गुज़रना पड़े।

सारे तथ्य हासिल करें

रिपोर्ट की योजना पूरी सावधानी से बनाएँ। जब गैरी को ट्रकों के बारे में जानकारी हासिल करने का काम सौंपा गया, तो उसने बस तीन अग्रणी निर्माताओं से प्रचार सामग्री बुलवाई, कुछ तथ्य इकट्ठे किए और रिपोर्ट में अपने निष्कर्षों का सार दे दिया।

ज़्यादा प्रभावी बनने के लिए गैरी को क्या करना चाहिए था?

1. *समस्या को परिभाषित करें :* रिपोर्ट का उद्‌देश्य क्या है? सामने वाला सचमुच क्या चाहता है, यह न जानने की वजह से बहुत सारा समय, प्रयास और पैसा बरबाद हुआ है। गैरी को डेनीस से कहना चाहिए था कि वह अपने उद्‌देश्य स्पष्टता से बता दे। जब तक रिपोर्ट लिखने वाले को यह पता न हो कि रिपोर्ट का इस्तेमाल कैसे किया जाएगा, तब तक यह अंदेशा रहता है कि वह सचमुच महत्त्वपूर्ण क्षेत्रों के बजाय स्थिति के गौण पहलुओं पर ज़्यादा समय लगा सकता है।

2. *तथ्य हासिल करें :* जब उद्‌देश्य स्पष्ट हो जाए, तो इसके बाद सारी आवश्यक जानकारी हासिल करने की कोशिश करें। गैरी ने उत्पादकों से प्रचार सामग्री बुलवाई थी, जो सही काम था, लेकिन वह पर्याप्त दूर तक नहीं गया था। इसके अलावा, उसे अपनी कंपनी में फोर्कलिफ़्ट का इस्तेमाल करने वाले कर्मचारियों से बातचीत करनी चाहिए थी, ताकि उसे उनकी ख़ास समस्याओं का पता चल सके। उसे यह भी मालूम करना चाहिए था कि नए ट्रक से उन्हें कैसे मदद मिल सकती है। उसे इन ट्रकों के स्थानीय डिस्ट्रिब्यूटर्स के बिक्री प्रतिनिधियों से बातचीत करनी चाहिए थी और उनका इस्तेमाल करने वालों से भी बात करनी चाहिए थी। इस तरह वह उनकी राय जान सकता था और संभवतः उसे किसी दूसरे ट्रक की जानकारी भी मिल सकती थी, जो उसकी कंपनी की ज़रूरतों के लिहाज़ से और भी ज़्यादा उचित हो सकता था।
3. *तथ्यों का विश्लेषण करें :* एक बार जब जानकारी एकत्रित हो जाए, तो सारे तथ्यों को एक जगह कर लेना चाहिए और उनका आपसी संबंध जोड़ना चाहिए। फिर सूची बनाकर और हर प्रकार के ट्रक के लाभों व सीमाओं की तुलना करके विश्लेषण करना चाहिए, ताकि यह तय करना आसान हो कि वे वांछित उद्‌देश्यों के लिहाज़ से कितने उपयुक्त हैं। यदि किसी एक प्रॉडक्ट को ख़रीदने में स्पष्ट लाभ दिख रहा हो, तो गैरी को इसकी अनुशंसा करनी चाहिए। बहरहाल, एक से अधिक विकल्प पेश करना बेहतर होता है, ताकि डेनीस अपना ख़ुद का निर्णय ले सके।

तथ्यों को इकट्ठा करने और उनका विश्लेषण करने में जानकारी को क्रम में रखने से मदद मिलती है। एक अच्छी तकनीक यह है कि प्रोजेक्ट के लिए एक कंप्यूटर फ़ोल्डर बना लिया जाए और इसमें अध्ययन की हर मुख्य श्रेणी की फ़ाइलें बना ली जाएँ। साथ ही, उचित बिक्री साहित्य, बातचीत की रिपोर्ट, लागत के आँकड़ों आदि के प्रिंटआउट रखने के लिए एक फ़ोल्डर या लिफ़ाफ़ा भी बना लिया जाए। सारी सामग्री को एक साथ रखने और बाद में उन्हें छाँटने के बजाय तथ्यों को पहले से छाँटने से हमारे कई घंटे बच सकते हैं, जो छाँटने और खोजने में बरबाद हो जाते।

रिपोर्ट लिखना

एक बार जब सारे आँकड़े इकट्ठे कर लिए जाते हैं और उनका मूल्यांकन कर लिया जाता है, तो रिपोर्ट लिखी जा सकती है। प्रभावी व्यावसायिक रिपोर्ट को पढ़ना आसान होना चाहिए। इसकी भाषा और रूप इसे पढ़ने वाले व्यक्ति या व्यक्तियों को समझ आनी चाहिए। मिसाल के तौर पर, ग़ैर-तकनीकी मैनेजरों के लिए रिपोर्ट लिखने वाले इंजीनियर को ज़्यादा से ज़्यादा ग़ैर-तकनीकी भाषा में लिखने की कोशिश करनी चाहिए।

रिपोर्ट लिखने वाला अच्छी स्थिति में रहता है, जब उसे यह पता होता है कि भाषा, सामग्री के विस्तृत विवरण, ग्राफ़िक सामग्री आदि के संदर्भ में प्रबंधक उससे क्या उम्मीद करता है। गैरी को पता होना चाहिए था कि डेनीस सारगर्भित, सटीक रिपोर्ट पसंद करती है या फिर उसे विस्तृत विवरण पसंद हैं? वह ग्राफ़ और चार्ट चाहती है या वह सटीक आँकड़े देने वाली तालिकाओं को ज़्यादा पसंद करती है?

> *पाठक को जानें। उसकी रुचियों और इच्छाओं को ध्यान में रखते हुए रिपोर्ट तैयार करें। रिपोर्ट उस ख़ास व्यक्ति के लिए लिखी गई है, इसलिए इसे उसकी पसंद के हिसाब से ढालें।*
>
> ***—डेल कारनेगी***

रिपोर्ट का प्रारूप

हालाँकि रिपोर्ट लिखने की कोई आदर्श शैली नहीं है, लेकिन नीचे दिए गए पैराग्राफ़ों में बताया गया प्रारूप प्रभावी साबित हुआ है :

समस्या को संक्षेप में बताएँ : "जैसा आपने आग्रह किया था, यहाँ हमारे वेयरहाउस के लिए फ़ोर्कलिफ़्ट ट्रकों के ब्रांडों तथा मॉडलों पर जानकारी दी जा रही है।"

सार और अनुशंसाएँ : रिपोर्ट के शुरू में ही सार और अनुशंसाएँ पेश कर दें। इससे पढ़ने वाले अधिकारियों को मुख्य जानकारी तुरंत मिल जाएगी। आपकी अनुशंसा का पता लगाने के लिए उन्हें ढेरों पन्ने नहीं पलटने होंगे।

विस्तृत समर्थन : यह रिपोर्ट का महत्त्वपूर्ण हिस्सा है। इसमें सार और अनुशंसाओं का समर्थन करने वाले सारे विवरण पेश करें। चार्ट, ग्राफ़ और आँकड़ों की तालिका से रिपोर्ट ज़्यादा आसानी से समझ में आती है। उचित होने पर फ़ोटो बहुत सहायक हो सकते हैं।

भाषा पर निगाह रखें : इसे स्पष्ट और बिंदुवार रखें। अति विस्तृत, ज्ञान के प्रदर्शन वाली पांडित्यपूर्ण शैली का इस्तेमाल करने की कोई ज़रूरत नहीं है। भाषा का इस्तेमाल पाठक की रुचियों और पृष्ठभूमि को देखते हुए करें। अच्छे शब्दों का अच्छा उपयोग और शब्दों का चयन महत्त्वपूर्ण है। यदि वाक्य संरचना में कोई विविधता न हो, शब्दभंडार में कोई रंग न हो, बहुत ज़्यादा घिसे-पिटे मुहावरे हों या लेखन शैली बहुत ज़्यादा साधारण हो, तो रिपोर्ट बहुत बोझिल हो सकती है।

रिपोर्ट कितनी लंबी होनी चाहिए? यह इतनी लंबी होनी चाहिए कि पूरी कहानी बता दे - और इससे एक शब्द भी ज़्यादा लंबी नहीं होनी चाहिए। अनावश्यक दोहराव से बचें। एक ही विचार को अलग-अलग शब्दों में बार-बार दोहराना रिपोर्ट लेखन की आम ग़लती है।

रिपोर्ट प्रस्तुत करना

रिपोर्ट पेश करने से पहले सावधानी से इसकी प्रूफ़रीडिंग करें। अच्छी रिपोर्ट भी विश्वसनीयता खो देती है, जब इसमें वर्तनी की ग़लतियाँ हों, व्याकरण की ख़राब संरचना हो या लापरवाही भरी टाइपिंग हो। आँकड़ों की जाँच सावधानी से करें। इसे दोबारा पढ़ें। यदि संभव हो, तो एक या अधिक सहयोगियों से इसे पढ़वाएँ। फिर आवश्यक परिवर्तन करें।

लिखित रिपोर्ट में जानकारी और विचार हासिल करने व पेश करने के अच्छे बिंदुओं पर ध्यान देने का परिणाम यह होगा कि हम एक ऐसे व्यक्ति की छवि बना लेंगे, जो सौंपे गए काम को बखूबी कर सकता है। इससे हम अपने अधिकारियों की नज़रों में ऊपर उठ जाएँगे। हमें ऐसे व्यक्ति के रूप में देखा जाएगा, जो विचारों को प्रभावी ढंग से संप्रेषित कर सकता है और जानकारी को प्रभावी ढंग से प्रस्तुत कर सकता है।

सार

- एक भी शब्द लिखने से पहले संदेश की योजना बनाएँ।
- पूर्ण, संक्षिप्त और स्पष्ट बनें।
- हम जिस तरह बोलते हैं, अगर हम उसी तरह लिखें, तो हमारा संदेश ज़्यादा स्पष्ट होगा और सामने वाला उसे ज़्यादा आसानी से स्वीकार करेगा।
- जहाँ उचित हो, वहाँ संदेश को स्पष्ट करने या विस्तृत करने के लिए चार्ट, ग्राफ़, फ़ोटो आदि का इस्तेमाल करें।
- व्याकरण और वर्तनी पर ग़ौर करें। हमारी लेखन शैली हमारी सक्षमता को दर्शाती है।
- ईमेल और एसएमएस संदेश लिखते समय भी उतनी ही सावधानी बरतें, जितनी सामान्य पत्र लिखते समय बरती जाती है।
- किसी रिपोर्ट को लिखते समय सारे तथ्य हासिल करें, स्थिति का विश्लेषण करें और यह बात अच्छी तरह समझ लें कि हम जिसे रिपोर्ट देंगे, वह सचमुच क्या चाहता है और किस तरह से चाहता है।

परिशिष्ट अ

डेल कारनेगी ऐंड असोसिएट्स, इन्कॉरपोरेटेड के बारे में

1912 में स्थापित डेल कारनेगी ट्रेनिंग स्व-सुधार की शक्ति में एक व्यक्ति के विश्वास से विकसित होकर प्रदर्शन-आधारित प्रशिक्षण कंपनी बन चुकी है, जिसके पूरे संसार में ऑफ़िस हैं। यह व्यवसाय में कार्यरत लोगों को अपनी योग्यताएँ पैनी करने का अवसर देने और सकारात्मक, स्थायी व लाभकारी परिणाम पाने के लिए उनके प्रदर्शन को बेहतर बनाने पर ध्यान केंद्रित करती है।

डेल कारनेगी के ज्ञान के मौलिक भंडार को लगभग एक सदी के वास्तविक कारोबारी अनुभवों के ज़रिये लगातार अद्यतन किया गया है, व्यापक बनाया गया है और तराशा गया है। पूरे संसार में कार्यरत 160 डेल कारनेगी फ़्रैंचाइज़ी अपने प्रशिक्षण व परामर्शदाता सेवाओं का उपयोग सभी व्यावसायिक क्षेत्रों में कार्यरत सभी आकार की कंपनियों के ज्ञान और प्रदर्शन बढ़ाने के लिए करते हैं। इस सामूहिक, वैश्विक अनुभव का परिणाम कारोबारी कुशाग्रता का व्यापक होता भंडार है, जिस पर हमारे ग्राहक व्यावसायिक परिणाम देने के लिए भरोसा कर सकते हैं।

डेल कारनेगी ट्रेनिंग का मुख्यालय हॉपॉग, न्यू यॉर्क में है और यह अमेरिका के सभी 50 राज्यों और 75 से अधिक देशों में कार्यरत है। 2,700 से ज़्यादा प्रशिक्षक 25 से अधिक भाषाओं में डेल कारनेगी ट्रेनिंग प्रोग्राम देते

हैं। डेल कारनेगी ट्रेनिंग पूरे विश्व के व्यावसायिक समुदाय की सेवा करने के प्रति समर्पित है। अब तक लगभग 70 लाख लोग डेल कारनेगी ट्रेनिंग ले चुके हैं।

डेल कारनेगी ट्रेनिंग ऐसे प्रोग्राम तैयार करके व्यावहारिक सिद्धांतों और प्रक्रियाओं पर ज़ोर देती है, जो लोगों को वह ज्ञान, योग्यताएँ और आदतें सिखाती है, जिनकी ज़रूरत उन्हें अपने व्यवसाय का मूल्य बढ़ाने के लिए होती है। आज़माए हुए समाधानों को असल संसार की चुनौतियों से जोड़ने की बदौलत डेल कारनेगी ट्रेनिंग को अंतरराष्ट्रीय रूप से लीडर माना जाता है, जो लोगों के सर्वश्रेष्ठ स्वरूप को उजागर करती है।

इन प्रोग्रामों में हिस्सा लेने वालों में बड़े कॉरपोरेशनों के सीईओ, हर आकार-प्रकार व वाणिज्यिक व औद्योगिक गतिविधि के व्यवसायों के मालिक व मैनेजर, शासन के विधायक और कार्यपालिका के अधिकारी तथा असंख्य व्यक्ति शामिल हैं, जिनका जीवन इस अनुभव से समृद्ध हुआ है।

ग्राहक संतुष्टि पर आयोजित वैश्विक सर्वे में डेल कारनेगी ट्रेनिंग के 99 प्रतिशत स्नातकों ने प्रशिक्षण से संतुष्टि व्यक्त की है।

परिशिष्ट ब

डेल कारनेगी के सिद्धांत

ज़्यादा दोस्ताना इंसान बनें

1. आलोचना न करें, निंदा न करें या शिकायत न करें।
2. ईमानदार, सच्ची प्रशंसा दें।
3. सामने वाले व्यक्ति में उत्सुक इच्छा जगाएँ।
4. दूसरों में सच्ची रुचि लें।
5. मुस्कराएँ।
6. याद रखें कि किसी व्यक्ति का नाम उस व्यक्ति के लिए किसी भी भाषा का सबसे मधुर शब्द होता है।
7. अच्छे श्रोता बनें। दूसरों को उनके बारे में बात करने के लिए प्रोत्साहित करें।
8. सामने वाले की रुचियों के संदर्भ में बात करें।
9. सामने वाले को महत्त्वपूर्ण महसूस कराएँ - और इसे ईमानदारी से करें।
10. किसी भी बहस में जीतने के लिए - इससे बचें।
11. सामने वाले की राय के प्रति सम्मान दिखाएँ। कभी किसी व्यक्ति से यह न कहें कि वह ग़लत है।
12. यदि आप ग़लत हैं, तो इसे तुरंत, ज़ोर देकर स्वीकार करें।

13. दोस्ताना अंदाज़ में शुरुआत करें।
14. सामने वाले व्यक्ति से तुरंत "हाँ" कहलाएँ।
15. सामने वाले व्यक्ति को ज़्यादा बातचीत करने दें।
16. सामने वाले व्यक्ति को यह महसूस कराएँ कि यह विचार उसका है।
17. सामने वाले के दृष्टिकोण से स्थिति को देखने की ईमानदार कोशिश करें।
18. सामने वाले के विचारों और इच्छाओं के साथ सहानुभूति रखें।
19. ज़्यादा बड़े उद्देश्य बताकर आग्रह करें।
20. अपने विचारों का नाटकीयकरण करें।
21. चुनौती दें।
22. प्रशंसा और सच्ची क़द्र से शुरुआत करें।
23. लोगों की ग़लतियों की ओर अप्रत्यक्ष रूप से ध्यान दिलाएँ।
24. सामने वाले की आलोचना करने से पहले अपनी ख़ुद की ग़लतियों के बारे में बात करें।
25. सीधे आदेश देने के बजाय प्रश्न पूछें।
26. सामने वाले को अपनी लाज बचाने दें।
27. हल्के से सुधार की प्रशंसा करें और हर सुधार की प्रशंसा करें। "अपने अनुमोदन में दिलदार बनें और अपनी प्रशंसा में उदार बनें।"
28. सामने वाले को एक अच्छी प्रतिष्ठा दें, जिसे वह क़ायम रख सके।
29. प्रोत्साहन का इस्तेमाल करें। ऐसा दिखाएँ कि ग़लती को सुधारना आसान है।
30. सामने वाले व्यक्ति को वह चीज़ करने के बारे में ख़ुश बनाएँ, जिसका आप सुझाव देते हैं।

चिंता से उबरने के बुनियादी सिद्धांत

1. "डे-टाइट कम्पार्टमेंट" में जिएँ।

2. मुश्किल का सामना कैसे करें :
   - ख़ुद से पूछें, "वह सबसे बुरा क्या है, जो संभवतः हो सकता है?"
   - सबसे बुरे को स्वीकार करने के लिए तैयार हो जाएँ।
   - सबसे बुरे को बेहतर बनाने की कोशिश करें।
3. ख़ुद को याद दिलाएँ कि अगर आप चिंता करते हैं, तो अपने स्वास्थ्य के संदर्भ में आपको कितनी भारी क़ीमत चुकानी पड़ सकती है।

चिंता का विश्लेषण करने की बुनियादी तकनीकें

1. सारे तथ्य इकट्ठे करें।
2. सभी तथ्यों को तौलें - फिर किसी निर्णय पर पहुँचें।
3. एक बार जब निर्णय पर पहुँच जाएँ, तो फिर काम करें!
4. नीचे दिए गए प्रश्नों को लिखें और उनका जवाब दें :
   - समस्या क्या है?
   - समस्या के कारण क्या हैं?
   - संभव समाधान क्या हैं?
   - सर्वश्रेष्ठ संभव समाधान क्या है?

चिंता की आदत को तोड़ें, इससे पहले कि यह आपको तोड़ दे।

1. व्यस्त रहें।
2. छोटी-छोटी बातों का बतंगड़ न बनाएँ।
3. अपनी चिंताओं को दूर करने के लिए औसत के नियम का इस्तेमाल करें।
4. अवश्यंभावी के साथ सहयोग करें।
5. यह निर्णय लें कि किसी चीज़ के बारे में कितनी चिंता करनी चाहिए और उसके बारे में उससे ज़्यादा चिंता न करें।
6. अतीत के बारे में चिंता न करें।

एक ऐसा मानसिक नज़रिया विकसित करें, जो आपको शांति और ख़ुशी दे।

1. अपने दिमाग़ में शांति, साहस, स्वास्थ्य और आशा के विचार भर लें।
2. अपने शत्रुओं से बदला लेने की कोशिश न करें।
3. कृतघ्नता की अपेक्षा करें।
4. अपनी मुश्किलों के बजाय अपने वरदान गिनें।
5. दूसरों की नक़ल न करें।
6. अपने नुक़सानों से फ़ायदा उठाने की कोशिश करें।
7. दूसरों को ख़ुशी दें।

अनुवादक के बारे में

डॉ. सुधीर दीक्षित *टाइम मैनेजमेंट, सफलता के सूत्र, 101 मशहूर ब्रांड्स* और *अमीरों के पाँच नियम* सहित सात लोकप्रिय पुस्तकों के लेखक हैं, जिनमें से कुछ के मराठी व गुजराती भाषाओं में अनुवाद हो चुके हैं। इसके अलावा उन्होंने हैरी पॉटर सीरीज़, चिकन सूप सीरीज़ तथा मिल्स ऐंड बून सीरीज़ सहित 150 से भी अधिक अंतरराष्ट्रीय बेस्टसेलर्स का हिंदी अनुवाद किया है, जिनमें रॉन्डा बर्न, डेल कारनेगी, नॉर्मन विन्सेन्ट पील, स्टीफ़न कवी, रॉबर्ट कियोसाकी, जोसेफ़ मर्फ़ी, एडवर्ड डी बोनो, ब्रायन ट्रेसी आदि बेस्टसेलिंग लेखक शामिल हैं। उन्होंने मशहूर भारतीय क्रिकेट खिलाड़ी सचिन तेंडुलकर की आत्मकथा *प्लेइंग इट माय वे* का हिंदी अनुवाद भी किया है।

हिंदी साहित्य और अँग्रेज़ी साहित्य में स्नातक की उपाधि लेने के अतिरिक्त डॉ. दीक्षित अँग्रेज़ी साहित्य में एम.ए. तथा पीएच.डी. भी हैं। उनकी साहित्यिक अभिरुचि की शुरुआत हिंदी जासूसी उपन्यासों से हुई, जिसके बाद उन्होंने अँग्रेज़ी के सभी उपलब्ध जासूसी उपन्यास पढ़े। वे आगाथा क्रिस्टी और आर्थर कॉनन डॉयल के लगभग सभी उपन्यास व कहानियाँ पढ़ चुके हैं।

कॉलेज के दिनों में डेल कारनेगी की पुस्तकों का उन पर गहरा प्रभाव पड़ा। कॉलेज की शिक्षा पूरी करने के बाद डॉ. दीक्षित ने *दैनिक भास्कर, नई दुनिया, फ़्री प्रेस जर्नल, क्रॉनिकल, नैशनल मेल* आदि समाचार पत्रों में कला, नाटक एवं फ़िल्म समीक्षक के रूप में शौक़िया पत्रकारिता की। उन्हें म.प्र. फ़िल्म विकास निगम द्वारा फ़िल्म समीक्षा के लिए पुरस्कृत भी किया गया। चेतन भगत और डैन ब्राउन उनके प्रिय लेखक हैं। डॉ. दीक्षित को पाठक sdixit123@gmail.com पर फ़ीडबैक प्रदान कर सकते हैं।